DAGMAR MARIA
TOSCHKA

Alte Anker rosten nicht

MORD UNTER VOLLDAMPF Es hätte eine ruhige Rhein-Kreuzfahrt werden können, wäre Linda Weißenberg nicht gerade aus ihrem eigenen Nest gefallen. Zusammen mit der exzentrischen Maike und der forschen Enni bildet sie ein ungleiches Trio, welches sich dem Bordleben ebenso trinkfest wie schlagfertig stellt. Doch dann gibt es einen Toten auf dem Schiff, das nun in seinen Heimathafen Köln-Deutz zurückkehrt. Hier übernimmt Kommissar Golt das Ruder, der für seine unorthodoxen Ermittlungsmethoden berüchtigt ist. Schnell verwandelt sich das Schiff in einen turbulenten Tatort, auf dem die drei Frauen mit anderen Passagieren und dem Mörder festsitzen wie in einem luxuriösen Knast.

Für Linda wird diese harmlose Rheinreise zu einem Überlebenstraining, bei dem sie nicht nur unter Verdacht, sondern auch in Gefahr gerät. Sie merkt, sie muss dazulernen. Aber wie soll sie sich aus dieser Lage befreien, wenn handfeste Beweise auftauchen, die gegen sie sprechen?

Dagmar Maria Toschka, am Niederrhein geboren, machte, nach kurzen Unterbrechungen durch einen Aufenthalt im Kloster und am Fließband einer Plätzchenfabrik, das Abitur in Geldern. Sie studierte Literatur, Pädagogik und Psychologie und arbeitete während des Studiums in England, den USA und Kanada. Später war sie als Hörfunkreporterin und im Tourismus tätig, gab ein kleines Reisemagazin heraus und wurde schließlich Autorin sowie Gesprächs- und Schreibtherapeutin. Dagmar Maria Toschka schreibt Kriminalromane über die Liebe, das Leben und den Mord – immer mit einem Augenzwinkern. Bevorzugt schreibt sie am oder auf dem Wasser. Und so entstand auch »Alte Anker rosten nicht« überwiegend am Tatort, auf dem Rhein.

DAGMAR MARIA
TOSCHKA

Alte Anker rosten nicht

Kriminalroman

GMEINER

Personen und Handlung sind frei erfunden.
Ähnlichkeiten mit lebenden oder toten Personen
sind rein zufällig und nicht beabsichtigt.

Immer informiert

NEWSLETTER

Spannung pur – mit unserem Newsletter informieren wir Sie
regelmäßig über Wissenswertes aus unserer Bücherwelt.

Gefällt mir!

Facebook: @Gmeiner.Verlag
Instagram: @gmeinerverlag
Twitter: @GmeinerVerlag

MIX
Papier aus verantwortungsvollen Quellen
FSC® C083411
FSC
www.fsc.org

Besuchen Sie uns im Internet:
www.gmeiner-verlag.de

Im Ehnried 5, 88605 Meßkirch
Telefon 07575/2095-0
info@gmeiner-verlag.de

1. Auflage 2021

Lektorat: Claudia Senghaas, Kirchardt
Herstellung: Mirjam Hecht
Umschlaggestaltung: U.O.R.G. Lutz Eberle, Stuttgart
unter Verwendung eines Fotos von: © abemos / stock.adobe.com
und © glenncarstenspeters / unsplash
Druck: CPI books GmbH, Leck
Printed in Germany
ISBN 978-3-8392-2852-4

Lieben Dank an:

Ralph

Ingrid, Thomas, Anja, Uschi und Kirsten K.

1. AUF INS WASSER

Ich wollte immer nur eines: alle glücklich machen.

Jetzt stand ich ganz allein auf einer kleinen Hafenbrücke und starrte auf das Graugrün des Rheinwassers unter mir. In meinen Händen spürte ich die Kälte des Stahlgeländers. Meine Finger umfassten es so fest, dass es schmerzte. Einen Moment lang gab es nur noch mich und meinen heftigen Atem. Meine Beine zitterten, wollten zum Sprung ansetzen, als ich unter mir zwei Enten schwimmen sah.

Ich befand mich etwa fünf Meter über ihnen. Wahrscheinlich überlebte man den Sturz und machte nur ein Loch ins Wasser, erschlug vielleicht ein Entenpaar. Ich ließ das Geländer wieder los und spürte, wie Gefühl in meine Finger zurückkehrte. Meine Kopfhaut kribbelte.

»Ganz schöner Blick von hier«, sagte ein Mann neben mir. Er klang bedächtig, fast vorsichtig. Ich blickte weiterhin nach unten. Ein paar schwarze Herrenschuhe stellten sich neben meine blauen Ballerinas. Unter uns das Hafenbecken.

Ich versuchte, langsamer zu atmen.

»Das Wasser ist noch kalt um diese Jahreszeit«, fügte er hinzu.

Ich schaute auf das Geländer, dann zur Seite. Weiße Hemdsärmel, dunkelblaue Hose.

»Ich könnte Ihnen eine Decke holen, damit Sie nicht frieren«, bot er an.

Auf seinen Schultern sah ich vier Streifen, einen Stern und so etwas wie einen Knopf. Alles in Gold.

Mir war nicht kalt. Alles in mir kochte. Gerade war mein Leben in Stücke gegangen, und mir quatschte ein fremder Mann seinen goldenen Knopf an die Backe.

»Kaffee?«, kam es von ihm.

Das klang schon besser.

Ich sah mich um. Wir standen auf einer grauen Brücke mitten über dem Köln-Deutzer Hafen. Hier sah man weit und breit kein Café. Hinter uns alte Industrieanlagen. Vor uns ein Feuerwehrboot, ein paar Hundert Meter weiter die Severinsbrücke in ihrem unverwechselbaren Kölner Grün. Es nieselte. Hier wollte kein Hund tot über dem Zaun hängen.

Er zeigte mit dem Finger nach rechts auf ein großes Schiff. »River Diamond« stand in bunten Lettern darauf. An die Hundert Meter weißer Stahl ankerten dort drüben an der Kaimauer. Unter dem Schriftzug ein Anker und ein blauer kugeliger Fisch, den ich kannte. Von meinem Ticket.

Das Schiff strahlte selbst an einem diesigen Tag wie heute eine sommerliche Atmosphäre aus. An Deck prosteten sich Passagiere zu und posierten für Selfies. Schlager aus den 80ern vermischten sich mit dem Geräusch heranrollender Koffer. Junge Männer in hellblauen Poloshirts und schwarzen Hosen nahmen sie entgegen, um sie eilig auf große Rollcontainer zu laden.

Wenn ich mich also nicht in diese trübe Rheinbrühe unter mir stürzte, wo wollte ich dann hin? Nach Hause ging nicht mehr. So viel stand fest.

Der fremde Mann sah mich an. Er war groß, bestimmt an die zwei Meter, seine dunklen Haare ergrauten bereits.

»Johannes Krappmann. Freunde nennen mich Jo«, sagte er. »Wie wäre es mit einem Kaffee in unserer Lounge?« Er strahlte eine ruhige Wärme aus, während in mir Gefühle und Gedanken verworren umherjagten.

Ich scheute die Nähe zu diesen Feierbiestern, die sich auf eine Schiffsreise freuten, während meine Stimmung unterhalb des Meeresspiegels lag.

»Kommen Sie.« Seine Hand berührte sachte meinen Unterarm. Ich trat einen Schritt vom Geländer zurück und drehte mich zu ihm. Hinter ihm, in etwa 30 Metern Entfernung, stand ein junger Mann mit Meckischnitt, der einen Rettungsring in der Hand hielt. Krappmann gab ihm ein Zeichen, und er zog sich zurück.

Wir liefen über die Brücke und kamen an meinem Taxi vorbei, das noch immer auf mich wartete. »Ich bin gleich wieder da!«, rief ich zum Fahrer und folgte dem Seemann in Richtung Schiff. Das Zahnpastawerbungsweiß der »River Diamond« schien mir der einzige Lichtblick dieses Tages, der versprach, der graueste Gründonnerstag meines Lebens zu werden. Dieses Jahr gab's keine bunten Eier zu Ostern. Sie hagelten gerade unbemalt auf meine Seele. Steinhart gekocht.

Längs des Hafenbeckens und entlang des Schiffes führte ein kleiner Asphaltweg mit einem Geländer. Genau darüber begann die Reling des Schiffes. So fügte sich ein Geländer über das andere. Das Deck war mit froschgrünem Teppich ausgelegt, der wie Kunstrasen aussah. Im hinteren Bereich stapelten sich weiße Plastikliegestühle. Alle paar Meter hingen an der Reling orangerote Rettungsringe. Einen davon befestigte gerade der Mecki-Mann.

In der Mitte dieses weißen Riesen verband ein kleiner Steg aus Aluminium das Deck mit dem Festland. Er war kaum anderthalb Meter breit. Zwei Werbeflaggen flatterten rechts und links davon im Wind. Eine mit Anker, die andere mit blauem Grinsefisch auf weißem Grund. Ich erwiderte sein Lächeln nicht, schaute stattdessen hinunter in den finsteren Schacht zwischen Schiff und Hafenmauer. Kaum zwei Handbreit trennte er die Passagiere an Bord von festem Boden unter den Füßen. Offenbar war die Küche nicht weit. Der Geruch von Essen vermischte sich mit dem von Schiffsdiesel. Die Motoren liefen bereits, es war kurz vor 11 Uhr. Passagiere öffneten Fenster, lachten aufgekratzt und fotografierten einander.

Vor dem Steg blieb ich zögernd stehen.

»Bis jetzt hatten wir noch immer eine Handbreit Wasser unter dem Kiel«, sagte der Mann.

Ich verstand nicht ganz.

»Sie schauen auf mein Schiff, als trauten Sie ihm nicht über den Weg.«

»Doch, doch.«

»Für einen Kaffee können wir noch an Bord gehen. Sie müssen nur rechtzeitig wieder an Land, bevor wir ablegen.«

»Sie werden lachen, ich besitze ein Ticket für Ihr Schiff.«

Er kam näher.

»Kümmert man sich um Ihr Gepäck?«

Etwas verunsichert blickte ich in Richtung meines Taxifahrers, der mit gekreuzten Armen an seinem Auto lehnte. Krappmann winkte einem der jungen Poloshirtträger, deutete auf das Taxi und hakte mich unter. »Ich bin Ihr Kapitän und zeige Ihnen jetzt mal ganz unverbindlich die ›River Diamond‹. Danach können Sie immer noch entscheiden, ob Sie mitfahren oder nicht.«

Etwas in mir wollte Widerstand leisten, tat es aber dann doch nicht. Halb zog er mich, halb lief ich mit.

»Was ist mit mir?« Mein Fahrer kam am Schiff entlanggelaufen. Ich beschloss, ihn zu bezahlen, bevor sich das Taxameter wund lief. Er sollte den schwarzen Koffer meines Mannes in dessen Apotheke nach Dellbrück fahren und meinen roten zunächst an den Straßenrand stellen. Dafür drückte ich ihm 50 Euro in die Hand, sollte das nicht reichen, musste er sich den Rest in Dellbrück geben lassen.

Johannes Krappmann, mein Kapitän, führte mich über den Steg etwa anderthalb Meter hoch auf diesen schwimmenden Vergnügungspark. Das Festland lag jetzt zwei Handbreit weit von mir entfernt. Ich drehte mich um und sah dem Taxi nach, wie es wendete und nun zu meinem Mann Adrian fuhr. Ich spürte Krappmanns Hand an meinem Ellenbogen, mit der er mich sanft über das große Deck zu einer breiten Treppe leitete, deren weiße Stufen hinunter ins Innere des Schiffs führten. Sie klangen, als seien sie aus Eisen, als wir sie betraten. An ihrem unteren Ende öffnete sich leise surrend eine breite Glastür und ich betrat die Welt der Flusskreuzfahrt. Hier war alles hell erleuchtet und in Blautönen gehalten. Passagiere wuselten wie Ameisen umher. An einer halbrunden Rezeption schräg gegenüber ballten sie sich zu einem unruhigen Pulk und stellten Fragen. Zwei kleine Jungen rannten an mir vorbei. Eine junge Frau rief ihnen nach: »Hugo, Bosse, nicht so wild!«

Herr Krappmann zog mit mir an all dem vorbei und bog links ab in einen Gang mit großen Fenstern, die vom

Boden bis zur Decke reichten. Durch sie sah ich auf das rote Feuerwehrschiff gegenüber im Hafenbecken. Es duftete nach Kaffee und Kuchen. Zu unserer Linken lag ein Restaurant. Hinter einer Abtrennung aus Holzstreben standen Tische und Stühle. Schließlich erreichten wir eine Bar, hinter der Damen in weißen Blusen und blauen Röcken Gläser sortierten. Ihnen gab er ein Zeichen und lief weiter mit mir durch eine große, elegante Lounge. Hier war alles in hellem Blau gehalten, gemütliche Sessel luden zum Hinsetzen ein. Wir kamen zur vorderen Spitze des Schiffes, dem Bug. Bodentiefe Fenster in hellen Holzrahmen umgaben uns, die nach oben hin zusammenliefen wie zu einer Kuppel. Krappmann hielt vor zwei kleinen Sofas, die Rücken an Rücken an der Stirnseite der Lounge standen. Auf dem Sofa, das in den Raum hineinschaute, saß eine Frau mit auberginelila Haar, die ihre Schuhe ausgezogen hatte und sich gerade die Füße massierte. Sie blickte zu mir hoch. »Ist was?«

»Nein, nein«, sagte ich schnell und setzte mich auf die andere Seite zum Kapitän. Hier saßen wir etwa zwei Meter unter Straßenniveau und schauten auf die kleine graue Brücke, von der ich mich eben noch stürzen wollte.

Man brachte Kaffee mit Plätzchen in Form von Ankern und mir dazu einen Schirmchencocktail. Mit seiner Porzellantasse stieß Herr Krappmann an mein Glas.

»Willkommen auf der ›River Diamond‹. Sie ist das schönste Schiff des Rheins. Und das sage ich nicht nur, weil ich es führe. Aber auch.« Sein Lächeln wirkte herzlich. Tiefe Lachfalten legten sich um seine Augen. Rund um meinen Bauchnabel regte sich etwas, was sich anfühlte wie zartes Kitzeln.

»Vertrauen Sie mir?«, fragte er.

»Inwiefern?«

»Dass ich Sie sicher von einem Hafen zum anderen bringe?«

»Das ist nicht der Punkt.«

»Was ist der Punkt?«

»Dass ich nicht weiß, wohin mit mir.«

»Dann bleiben Sie doch einfach, wo Sie sind.«

In großen Zügen leerte er seine Kaffeetasse und stand auf. »Bewegen Sie sich nicht vom Fleck. Wir müssen nur kurz ablegen, dann komme ich zurück.«

Ich sah ihm nach. Obwohl er kraftvoll wirkte, lief er mit einer gewissen Schwere, so als trüge er bleierne Schuhe. In seiner Gegenwart fühlte sich das Leben für einen Moment lang nicht so problematisch an, und man hätte annehmen können, für jedes Problem gäbe es eine Lösung.

Ich stand auf, versuchte, mich zu sortieren, und schaute durch den Salon mit seinem Meer von Sesseln. Überall kniehohe Beistelltische aus Mahagoni, darauf kleine Vasen mit rosa Gerbera. Wäre ich nicht gerade im freien Fall in die Hölle gewesen, hätte es mir hier gefallen können. Man brachte mir noch einen Cocktail, und ich fragte lieber nicht, was sich darin verbarg. Ich hatte nur wenig gefrühstückt und vertrug Alkohol allgemein nicht gut, ließ dessen ungeachtet aber das süß-sämige Getränk über meine Zunge laufen. Ich musste mich entscheiden. Sollte ich an Bord bleiben oder ins Wasser gehen? Ich brauchte frische Luft, hatte Krappmann von Ablegen gesprochen? Ich musste an Deck und suchte mir den Weg zurück, fand die Treppe mit den Eisenstufen, die Glastür schob sich auf. Oben blies ein ordentlicher Wind, meine Haare fegten übers Gesicht vor meine Augen. Trotzdem erkannte ich den Herrn, der aus einem silbergrauen Mercedes stieg und den kleinen Weg an der Kaimauer entlanggelaufen kam. Es war Adrian, mein Mann. Er winkte und rief etwas. Ich verstand ihn nicht, denn über die Bordlautsprecher setzte nun laute Karnevalsmusik ein. In meinem Herzen prallten Rosenmontag, Ostern und meine ganz persönliche Apokalypse aufeinander. Adi hielt sein Handy ans Ohr, meins vibrierte, ich zog es aus der Jackentasche, sah sein Bild auf dem Display.

Fast unmerklich und ganz sanft setzte sich währenddessen dieses Schiff mit seinen vielen Sesselchen, mit seinen hin und her laufenden Passagieren, die wie wild fotografierten, in Bewegung. Der Aluminiumsteg lag längs auf dem Schiff, der Abstand zur Kaimauer vergrößerte sich. Und ich war immer noch an Bord.

Adrian fuchtelte mit den Armen. Ich bildete mit einer Hand eine Faust und schleuderte mit der anderen mein Handy in seine Richtung. Es fiel ins Wasser. Wie dumm von mir. Für einen Moment wollte ich hinterherspringen. Aber man sah es nicht mal mehr, es war auf der Stelle untergegangen. Heftiger Regen setzte ein. Passagiere schunkelten, sangen ein Karnevalslied, prosteten sich zu.

Ich fühlte mich alleine unter ihnen. Entfernte mich von Adrian. Still stand er an Land. Seine Arme hingen herab. Ich sah ihm nach und er mir. Jetzt war nichts mehr zu ändern.

Behutsam schob sich das Schiff rückwärts aus dem engen Hafen heraus, unter der Severinsbrücke hindurch auf den Fluss. Der Rhein warf Wellen. Die Welt drehte sich um mich. Bald sah ich Adrian nicht mehr. Mitten in Köln fühlte ich mich wie auf hoher See. Obwohl man überall das Ufer sah, schien es mir unerreichbar.

Tränen und Regentropfen mischten sich auf meiner Haut. Sachte brachte sich das Schiff auf unserem Fluss in Stellung und fuhr los in Richtung Süden. Der Hafen verschwand hinter einer Landzunge, man sah nur noch die Häuser auf der Siegburger Straße, hinter uns der Rheinauhafen, verdeckt von den Kranhäusern. Ein Lastschiff schob sich zwischen uns und das Ufer, dann die lange Baumreihe der Alfred-Schütte-Allee, Silos, Lastkräne.

Eine Weile blieb ich wie versteinert an Deck stehen, ließ mir Wind und Regen ins Gesicht wehen. Wir fuhren an den Häusern der Stadt vorbei, unter den drei alten Stahlbögen der Südbrücke und den geschwungenen Seilen der Rheinbrücke Rodenkirchen hindurch zu meiner Heimat. Hier wohnten Adrian und ich. Ich sah das weiße Kapellchen Alt-Sankt-Maternus. In ihr wurde seinerzeit unsere Tochter Floriane getauft. Ich spürte ihren kleinen Körper noch in meinen Armen, als wäre es gestern gewesen. Gerade erst vor 24 Jahren.

Dann der Sandstrand der Kölschen Riviera. Vom Wasser aus wirkte alles schöner. Man sollte einfach nicht zurück an Land gehen.

Adieu, Köln. Ich verließ es bis auf weiteres.

Nun gab es für mich erst mal kein Zurück. Ich würde mit diesem Schiff fahren, wohin es mich auch trug. Vielleicht sogar ohne Gepäck, denn ich wusste nicht, ob mein Koffer noch am Straßenrand stand. Darauf hatte ich nicht mehr geachtet, als ich Adrian wild winken sah. Es war jetzt sowieso egal. Im Notfall verbrachte ich die nächsten Tage unter der Bettdecke, da brauchte man nicht viel.

Johannes Krappmann begrüßte seine Gäste durch die Lautsprecheranlage und erzählte etwas zur Strecke, die vor uns lag.

Mein Kopf fühlte sich an wie unter einer Taucherglocke, an die meine Stirn von innen stieß. Starr stand ich da. Ließ das Ufer, die Mitreisenden mit ihrer guten Laune, die ganze Welt an mir vorüberziehen. Vielleicht war es wirklich der momentan beste Ort, um sich zu sammeln und herauszufinden, wie mein Leben weitergehen konnte. Hugo und Bosse, beides Vorschuljungen, wie ich annahm, rannten um mich herum und wurden von zwei Gleichaltrigen verfolgt. Deren Mutter rief entnervt: »August, Oskar, kommt ihr wohl hierher!« Sie dachten nicht daran.

Mein Blick fiel auf einen achteckigen Glasbau vorne auf dem Schiffsdeck, dessen Fenster nach außen hin verspiegelt waren. Jetzt öffnete sich eine Tür in ihm und Krappmann trat heraus. Er zog sich den Reißverschluss seines Anoraks zu. Als er mich sah, kam er zu mir, und ich fragte mich, ob er Zeuge meiner Handyversenkung geworden war. Aber er ließ sich nichts anmerken, sondern erkundigte sich danach, wie mir meine Kabine gefiel.

»Zu der bin ich noch nicht vorgedrungen.«

»Dann wird es aber höchste Zeit.« Er senkte seine Augenbrauen etwas herab. Als er mich unterhakte und vorschlug einzuchecken, spürte ich so etwas wie Wellengang in meiner Beckengegend. Er ging mit mir wieder die eiserne Treppe hinunter, führte mich an die Rezeption, an der es noch immer von Gästen wimmelte, und rief eine der Damen hinterm Tresen beim Vornamen. Sofort wandte sie sich uns zu. Ich zeigte Ticket und Pass, dann überreichte mir der Kapitän mit feierlicher Geste meine Schlüsselkarte, die mehr als nur ein Schlüssel war. Auf sie konnte man buchen lassen, was das Herz begehrte: Massagen, Landausflüge, WLAN und anderes mehr. An Bord war sie meine Kreditkarte. Ein neues Leben in Scheckkartenformat lag in meiner Hand. Zumindest für die nächste Woche. Kabine 305. Meine vorerst neue Bleibe.

Krappmann deutete nach rechts hinter uns, wo ein paar Stufen hoch in einen Gang führten. Dort ging es lang. Er verabschiedete sich bis auf später, und ich lief Richtung Kabine. Der Gang, der zu ihr führte, ebenfalls hellblau gestrichen, war nur dämmrig erleuchtet. Einige Deckenspots strahlten herunter auf den Teppich an Stellen, auf denen der kugelige Fisch eingewebt war. Man fühlte sich wie in einem Flussbett. Ich lief bis zur Nummer 305 und zückte meine Schlüsselkarte.

»Is was?«, fragte mich eine Frau, die in diesem Moment die Kabinentür öffnete. Von innen. Es war die Fußmasseuse aus der Lounge.

»Fängt man so ein nettes Gespräch an?«

»Ich führe keine netten Gespräche.«

»Nie?«

»Nee.«

»Auch nicht, wenn Sie in andererleuts Kabine wohnen? In meiner zum Beispiel?«

Sie zog ihre Augenbrauen zusammen und wirkte so finster auf mich, dass ich einen Schritt zurücktrat. Unter ihren Augen zeigten sich dunkle Ringe und tiefe Furchen, ihre Haut war aschfahl.

»Du bist mir ja ein Spaßvogel. Das ist meine Kabine. Die nimmt mir keiner weg. Her mit der Karte.« Ihre Stimme klang harsch, und sie wirkte sehr entschlossen. Mit der wollte man keinen Krach. Freiwillig rückte ich meine Karte raus, die sie in einen Schlitz über dem

Türknauf steckte. Es tat sich nichts. Demnach passte sie nicht. Es stellte sich heraus, dass ich eine Tür weiter musste.

Sie lachte laut und kettensägenschrill. »Macht nichts, Blondi, nicht jeder kann schlau sein.«

Oder freundlich, lag mir auf der Zunge, aber ich hielt die Klappe. Nicht alles verdiente eine Reaktion. Stattdessen zog ich eine Tür weiter und nahm mir vor, mich in meiner Kabine fürs Erste unter dem Bettzeug zu verkriechen. Ich wollte alleine sein und meine Ruhe haben. Wahlweise hätte mir auch ein warmer, nicht enden wollender Schokoladenstrom gefallen, in dem ich baden und meine Wunden hätte lecken können. Für die kommende Woche war mir nach Selbstmitleid.

Als ich meine Schlüsselkarte in den dafür vorgesehenen Schlitz stecken wollte, um endlich meine Tür aufzuschließen, öffnete die sich ebenfalls von innen.

Vor mir stand eine rundliche Frau Mitte 50 in einem bodenlangen Kaftan, den ich sehr gut kannte. In ihm steckte meine Cousine Maike.

»Da bist du ja. Ich hab schon gedacht, du hast das Schiff verpasst«, sagte sie und schlang ihre Arme um mich, als hätten wir uns Jahre nicht gesehen. Dabei war es noch keine Woche her.

»Was machst *du* denn hier?«, fragte ich.

Sie reagierte verwundert. »Ich helfe aus.«

»Wem?«

»Euch.«

»Wie?«

»Ich bin doch für deinen Adi eingesprungen.«

Jetzt verstand ich gar nichts mehr, und zur Vorsicht stützte ich mich am Türrahmen ab, denn ich hatte das

Gefühl, keinen festen Boden mehr unter meinen Füßen zu spüren.

Behutsam zog sie mich in die Kabine zu einem Sessel. Es stellte sich heraus, dass Adrian ihr in der Frühe eine Nachricht gesendet hatte, in der er sie bat, kurzfristig statt seiner an Bord zu gehen, um mich zu begleiten. Er wollte das mit der Reederei klären, die ihr kurz darauf ein geändertes E-Ticket auf ihr Handy schickte. Hastig hatte sie daraufhin ein paar frische Kaftane in den Koffer geworfen, um ein paar Stunden später auf der »River Diamond« einzuchecken.

Erst jetzt erkannte sie, dass ich von all dem nichts wusste, und bot an, im nächsten Hafen wieder von Bord zu gehen. Von dort wollte sie per Bahn nach Hause fahren.

Ich fragte mich, ob Adi dies alles von langer Hand vorbereitet hatte. Eine Zeit lang schwiegen Maike und ich. Wie brachte ich ihr bei, dass ich jetzt nicht auf Gesellschaft eingestellt war? Sie konnte ja nicht wissen, in welche Turbulenzen sie geraten war. Unser nächster Stopp stand erst in Cochem an. Wann genau, wusste ich nicht auswendig. Sicher nicht vor morgen früh. Die Ärmste konnte nichts dafür, mit mir hier gestrandet zu sein. Ich neigte meinen Kopf zur Seite an das große Fenster hinter mir. Das Glas kühlte meine Stirn. Draußen zog gemächlich das Rheinufer an uns vorbei. Je länger ich darauf schaute, desto mehr spürte ich das leichte Wiegen des Schiffes in meinem Körper. Gleichzeitig fühlte ich mich wie losgelöst von dieser Welt.

Maike setzte sich in den Sessel neben mir. »Was ist denn passiert? An deinem Geburtstag am Freitag war doch noch alles in Ordnung. Adi schenkte dir diese Rheinfahrt. Das fand ich toll. Du hast dir immer eine Schiffsreise gewünscht.«

»Mensch, Maike, ich träumte von romantischen Abenden mit Blick auf türkisblaues Wasser, bunten Schirmchencocktails in der Hand und einer lauen Karibikbrise im Haar. Diese Reise geht von Köln nach Straßburg. Demnach steht uns eine Woche auf grauem Flusswasser bevor, mit einem Regenschirm in der Hand und einer rheinischen Schlechtwetterfront im Haar.«

Ich fuhr mir mit den Händen übers Gesicht. Sie hatte recht. Letzten Freitag, vor nicht ganz einer Woche, war mein Leben noch in Ordnung. Danach kam Schritt für Schritt so etwas wie ein Tornado in Gang, der über mich hinwegfegte und meine Welt in Stücke zerlegte.

»Dann machen wir es uns an Bord gemütlich. Ist doch kein Problem. In die Karibik könnt ihr immer noch«, fand sie.

Es klopfte an unserer Kabinentür. Wir sahen uns an. Hoffentlich nicht noch ein ungebetener Gast. Maike ging durch einen kleinen Vorraum zur Tür, um zu öffnen. Das Raubein von nebenan hielt neben einem halbvollen Sektglas eine rote Plastikschachtel in der Hand, die sie meiner Cousine entgegenhielt. »Probier, die sind Weltklasse.«

Beide Frauen wirkten vertraut miteinander, so als kannten sie sich schon eine Weile.

»Linda, darf ich dir unsere Nachbarin Enni vorstellen. Wir lernten uns beim Boarding kennen und haben schon gemeinsam die Bar, ich meine das Schiff erkundet.«

Während ich überlegte, wie ich mit unserem ersten Aufeinandertreffen umgehen sollte, kam sie mit ihrer Plastikschachtel zu mir und bot mir etwas von seinem Inhalt an. Sie tat, als wäre nichts gewesen. Offenbar fürchtete sie, an Bord zu hungern, denn die Schachtel enthielt Selbstgebackenes.

»Bedien dich, Blondi, ist allerbeste Ware!«

Aus Höflichkeit folgte ich ihrer Einladung, griff in die Schachtel und nahm quasi als Friedenspfeife einen großen Schokoladenkeks heraus. Er schmeckte teigig, nach viel Butter und Vanille und roch irgendwie anders als erwartet. Es blieb ein Nachgeschmack im Mund, den ich nicht zuordnen konnte.

»Iss aber schön langsam und vielleicht nicht alles auf einmal«, riet sie.

Lustlos mümmelte ich ihr Gebäck, als eine Durchsage darauf hinwies, dass man in wenigen Minuten, um 12 Uhr, das Mittagsbuffet eröffne. Die beiden setzten sich in Bewegung, um sich schön zu machen. Ich fragte mich, wofür? Für das Essen? Den Koch? Den Kellner? Darüber musste ich mir keine Gedanken machen. Männer interessierten mich nicht mehr. Die beiden Frauen verabredeten sich an einem Fenstertisch hinter den Süßspeisen. Dort sollte es am schönsten sein. So viel hatte man erkundet. Enni ging, Maike setzte sich neben mich in einen Sessel. »Willst du mir nicht sagen, was bei euch los ist?«

Es fiel mir schwer, darüber zu sprechen, und so schlug ich vor, erst einmal essen zu gehen. In Wahrheit versetzte mir der Gedanke daran einen Schlag auf den Hinterkopf wie von einer Bratpfanne. Einer gusseisernen. Sie zögerte, verschwand dann aber ins Bad.

Bei ihrem Besuch zu meinem Geburtstag war ich noch die brave Ehefrau, die allabendlich auf ihren hart arbeitenden Gatten wartete, ihm das selbstgekochte Essen servierte und sich damit begnügte, gemeinsam mit ihm vor dem Fernseher Platz zu nehmen, ganz gleich, was das Programm uns bot. Kurz darauf wurde sein Kopf an meiner Schulter schwerer, bis er begann zu schnarchen. Seit Jahren wiederholte sich dieses Ritual allabendlich. An diesem Freitag nicht.

2. KARTEN LÜGEN NICHT

»Du hast nicht zufällig ein schönes Parfüm dabei?«, rief Maike durch die halb offene Badezimmertür.

Ich zog einen Flakon aus meinem Reisenecessaire, reichte ihn ihr und sah mir unsere Bleibe an, die mich an meine Studentenbude erinnerte. Die war ähnlich klein, alles befand sich auf engstem Raum. Damals spielte das keine Rolle, denn ich besaß nicht viel. Wozu sollte ich jetzt mehr benötigen? Trotzdem war ich froh, gleich neben dem Bett meinen roten Koffer stehen zu sehen, den offenbar einer der jungen Polohemdmänner an Bord gebracht hatte.

Maike kam aus dem Bad, zog etwas aus dem gegenüberliegenden Kleiderschrank und verschwand wieder.

Anders als in meiner Studentenbude dominierte diese Kabine ein immenses Doppelbett in Himmelblau. Wir zwei Frauen würden es uns teilen müssen. Und wir waren beide nicht ganz schlank. Auf den Kopfkissen lagen zwei kleine Cellophantütchen, in ihnen je ein Plätzchen in Ankerform und eins in Form eines Fisches. Dazu ein Hinweis: »Herzlich willkommen an Bord der ›River Diamond‹. Solange wir in Köln sind, bieten wir Ihnen eine ganz besondere Spezialität unseres Chefkochs an: Bierplätzchen. Achtung, enthält Spuren von Alkohol.«

Ich sah mich um. Der ganze Raum war in blauen Farbnuancen gehalten. Auf dem Teppich sprang hier und da der Kugelfisch, das Logo der Reederei, umher. Mit ihm und dem vielen Blau im Raum kam man sich vor wie im Aquarium.

Maike betrat jetzt frisch duftend in einem karminroten Kaftan den Raum. Dazu schlang sie sich ein Tuch in gleicher Farbe wie eine Beduinenfrau um den Kopf. Um den Hals hängte sie sich eine Kette aus Federn, auf deren Innenseite etwas geschrieben stand. Man sah es nur, wenn sie sich bewegte. Lesen konnte ich es nicht.

»Komm, wir genießen das Essen«, lud sie mich ein, »das soll hier super lecker sein. Und es ist alles schon bezahlt.«

Schwankend erhob ich mich aus dem Sessel. Seegang? Nicht auf dem Rhein. Die Cocktails? Das Leben? Wahrscheinlich eine Mischung aus allem. Maike hakte mich unter und öffnete die Tür. Im Gang brausten Hugo und Bosse auf kleinen bunten Rollern vorbei, und ich hoffte, dass sie an die Stufen am Ende des Flurs dachten. Wir folgten ihnen weniger rasant entlang der cremeweißen Kabinentüren, vorbei an der Rezeption, in den Gang zum Restaurant. Dort reihten wir uns in die Schlange vor dem Eingang ein. Gleich hinter einer aufgebrachten Mittvierzigerin, die ihren Partner anfauchte:

»Wie oft habe ich dich gefragt, ob ich etwas mitnehmen muss, und du hast mich jedes Mal beruhigt, jetzt haben wir den Schlamassel.« Sie zog ein Taschentuch aus ihrer Jackentasche und schnäuzte hinein.

»Britt-Marie, bitte!« Der Mann an ihrer Seite klang entnervt und rollte mit den Augen. Es ging um glutenfreie Kost. Man holte den Koch und der zählte auf, was er alles dafür an Bord hatte. Erst jetzt stellte sich heraus, dass ihr Partner diese Kostform brauchte, nicht sie.

Ganz vorne in der Schlange stand Enni Flichs. Wir folgten ihr in einen abgeschiedenen Restaurantbereich. Dort besetzte sie bereits einen Fenstertisch für vier Personen, gleich an der Glasfront mit Blick aufs Wasser. Wir setzten uns zu ihr. Auf den Stuhl neben sich hatte sie eine bunte Plastiktüte gelegt. Hinter ihr war Wand, sie überblickte den Rest des Raumes und schaute, als würde sie nach jemandem suchen, während sie ihr Glas erhob. »So, Kinder, lasst die Korken knallen. Seid ihr auf *all inclusive*?«

Keine Ahnung, worauf ich war. Ich wusste nur eines: Ich war auf Liebesentzug. Sie griff nach meiner Schlüsselkarte, winkte damit eine junge Kellnerin herbei und zeigte sie ihr. »Hübsches Fräulein, ist das hier all inclusive?«

Die nickte.

»Dann mal her mit der Runde Sekt für drei durstige Kehlen.« Sie zwinkerte mir zu. »Ist alles schon bezahlt in diesem Tarif. Du kannst hier an Bord trinken, bis der Ast bricht.«

Es näherte sich eine Gruppe von vier Frauen, etwa Anfang 40. Alle gepflegt, manche im Cashmere-Twinset, mit dezentem Make-up, schlichten Frisuren und unaufdringlichem Goldschmuck. Sie nippten an ihren Wassergläsern und wirkten auffallend unamüsiert. Bevor sie sich an einen Nachbartisch setzten, taxierten sie uns drei mit kurzen Seitenblicken. Als unser Sekt gebracht wurde, klatschte Enni vor Freude so laut in die Hände, dass die Twinset-Truppe ihre Hälse in unsere Richtung reckte.

Enni prostete ihnen zu. »Noch nie saufende Frauen gesehen?« Nach einem kurzen Moment der Schockstarre wandten die sich ab. Maike stieß mit ihr an: »Auf schöne Tage hier an Bord.«

»Und ein paar Mordsnächte«, fügte Enni hinzu. Beide lachten eine Spur zu laut, um noch angenehm zu klingen.

Links von uns brachte sich Frau Glutenfrei in Stellung. Auf den Tischen waren Ständer platziert, an denen das Besteck wie an einer Wäschespinne hing. So konnte man sich bei jedem Gang einfach das passende vom Haken nehmen. Teller standen am Buffet. Unsere neue Tischnachbarin aber deckte ihren Tisch ein, holte Teller, arrangierte dazu zwei Servietten, die in einem Halter neben den Besteckhaken steckten. Dann holte sie ein Tellerchen mit Obst und schnitt es in kleine Stücke. Ihr Gesicht wirkte merkwürdig angespannt, so als ließe es keine Mimik zu. Irgendwas schien wie festgezurrt an ihr. Sie holte Kaffee und schaute unruhig in Richtung Gang. Sicher rechnete sie jeden Augenblick mit der Erscheinung des Herrn. Dieser betrat endlich die Bühne, setzte sich zu ihr, würdigte sie aber kaum eines Blickes, sondern griff zur bereits gefüllten Kaffeetasse. Sie sah ihn an und fragte: »Suppe?« Er nickte, ohne aufzuschauen. Sofort stand sie auf und lief in Richtung Buffet.

»Die wird es auch noch lernen«, sagte Enni. »Männer kann man nicht halten, indem man sie betüttelt wie ein Kind. Das finden sie bequem, aber nicht sexy. Ganz gleich, wie viel Zucker man ihnen in den Hintern bläst. Wenn er weg ist, wacht sie auf«, fügte sie fachmännisch hinzu. »Jetzt bettelt sie noch um Liebe. Aber je mehr sie für ihn macht, desto mehr zieht er sich zurück, und je mehr er sich zurückzieht, desto mehr wird sie sich um ihn bemühen. Irgendwann geht er doch, und sie fragt sich, warum. Schließlich habe ich alles für ihn getan.«

Ich dachte daran, wie viel Tonnen Zucker ich Adi seit Jahren in den Allerwertesten geblasen hatte. Den Marsch hätte ich ihm blasen sollen. Wer weiß, was ihm gerade … Ich verbat mir weiterzudenken.

»Woher wissen Sie das alles?«, fragte ich sie.

»Kindchen, ich kenn mich aus mit den Kerlen. Ich hab schon einige durch. Aber wir sind per Du, merk dir das.«

Draußen regnete es, das Rheinufer wirkte düster und menschenleer. Wir fuhren am Zündorfer Hafen vorbei, »Rheinkilometer 677« stand auf einem großen Schild. Hier sahen die Bäume aus wie in die Höhe gezogene Kopfweiden.

Es duftete nach Essen. Jemand freute sich, dass er *Himmel un Äd met Blootwoosch*, jenes typisch Kölsche Gericht aus Kartoffelpüree, Apfelmus und Blutwurst auf dem Buffet entdeckt hatte. Noch waren wir ja auch so gut wie fast in Köln. Die Tische füllten sich. Dem unseren näherte sich eine akkurat gekleidete Dame. Ihr Gesicht glänzte. Vielleicht hatte man ihr als Kind zu viel Lebertran gegeben. Bedächtig ihr Umfeld beobachtend, mit einer Tasse Kaffee in der Hand, steuerte sie auf uns zu. Zuerst schaute sie auf den leeren Stuhl, dann zu Enni, die ihrem Blick auswich und den Kopf zur Seite drehte. Gerade so weit, dass sie die Fremde nicht ganz aus den Augen verlor. Die blieb stehen. Schließlich zog Enni die Augenbrauen zusammen, senkte den Kopf wie ein Stier vor dem Angriff und schaute von unten auf: »Is was?«

Die Dame streckte ihre Kaffeetasse vor, bereit, sie auf unserem Tisch abzustellen. »Ist hier noch frei?«

Enni beugte sich vor. »Nein.«

»Aber ich sehe niemanden auf diesem Platz.«

»Sie vielleicht nicht.«

Zögernd zog die Frau ihre Kaffeetasse wieder zurück. »Was meinen Sie damit?«

Enni verschränkte beide Arme vor der Brust. »Nicht jeder sieht alles, meine Liebe.«

»Hier liegt nur eine Tüte.«

»Fräulein Hochglanz, Sie müssen lernen, zwischen den Zeilen zu lesen.«

»Ich will nicht lesen, ich will sitzen.«

»Können Sie aber nicht, weil hier jemand sitzt. Merken Sie das nicht?«

Enni öffnete ihre verschränkten Arme und stützte ihre Hände auf dem Tisch ab. »Ach, meine Kleine, du musst noch viel lernen.«

Mir reichte es. Ich stand auf und bot der Dame meinen Platz an. Pikiert zog die jedoch ab. Zu Recht, wie ich fand.

Maike beugte sich über den Tisch. »Auf wen wartest du?«

»Auf den Mann meines Lebens.« Enni senkte ihre Stimme. »Eine 1A Kartenlegerin hat es mir geweissagt. Auf dieser Reise treffe ich mein Glück. Und ich glaube, da kommt es schon.«

Maike und ich drehten uns um und sahen einen Mann im dunklen Anzug, groß und elegant, braun gebrannt, seine Haare von der Sonne blond gebleicht. Als er uns drei sah, lächelte er und nickte uns andeutungsweise zu. Enni nahm unauffällig die Plastiktüte vom Stuhl und deutete an, dass dieser Platz noch frei sei. Kurz zögerte er, blickte sich noch einmal um, nahm dann aber Kurs auf unseren Tisch.

»Einen schönen guten Abend, die Damen.« Seine Stimme klang leise und sanft. Er setzte sich und faltete seine Hände vor sich auf dem Tisch. Mir fiel auf, wie gepflegt sie waren. Als hätten sie in ihrem Leben noch nichts Unangenehmes berührt. Er trug einen goldenen Siegelring, an seinem Hemd Manschettenknöpfe, die aussahen wie kleine Bücher. Ich ging davon aus, dass er um sein gutes Aussehen wusste. Dennoch gab er sich bescheiden, fast zurückhaltend, fragte sogar, ob es uns recht sei, wenn er unsere Gesellschaft suche. Sollte er ahnen, dass mindestens eine von uns ihn bereits als den Mann ihres Lebens identifiziert hatte, so ließ er es sich nicht anmerken.

Er orderte Wein und stand auf, um sich etwas vom Buffet zu holen. Enni schob ihre Lesebrille, das Diadem der bürgerlichen Frau, in ihr Haar, um ihm nachzublicken. Sobald unser Salonlöwe außer Hörweite war, instruierte sie uns, so schnell wie möglich zu Ende zu essen und den Tisch zu verlassen, damit sie diesen schönen Mann für sich alleine hatte.

»Woher willst du wissen, dass er sich nicht vielleicht für mich interessiert?«, wollte Maike wissen. Aber Enni schien sich ihrer Sache sicher. Dieser Mann war ihr Schicksal, Kartenlegerinnen irrten nicht. Ich für meinen Teil hatte schon Schicksal genug und keinen Appetit. Am Dessertbuffet, auf dem unzählige Puddingschüsselchen und Kuchenstücke auf ihren Verzehr warteten, nahm ich mir einen Kaffee und ging in den Salon. Dort setzte ich mich wieder auf das Sofa mit Blick aus dem Fenster, um alleine zu sein. Von hier aus hatte man den besten Blick auf den Rhein, man saß in Fahrtrichtung, die Ufer glitten gemächlich rechts und links an einem vorbei. Regentropfen liefen über die schrägen Glasscheiben und versahen alles mit einem kleinen Schleier. Hier war es ruhig. Die meisten Gäste gingen zum Essen ins Restaurant hinter mir.

Es dauerte jedoch nicht lange, und unser Traumprinz setzte sich neben mich. Er roch nach teurem After Shave und orderte Espresso. Seine Hände, die er vor sich auf seinem Hosenbein ablegte, zeigten eine golden schimmernde Bräune und sahen jünger aus als er selbst. Ich schätzte ihn auf Mitte 50.

Er hielt mir einen kleinen Teller mit Gebäck hin. »Darf ich Ihnen ein *Rheingestein* anbieten? Eine Spezialität des Hauses, oder sollte ich besser sagen des Schiffes?«

Das Gebäck erinnerte entfernt an einen Stein und sah einem Stück Braunkohle ähnlich. Also eher einem Urgestein. Als ich hineinbiss, war es krachend knusprig, mit einer nussig-süßen Note. Es schmeckte wesentlich besser, als es aussah. Er reiste offensichtlich nicht das erste Mal über den Rhein auf diesem Schiff.

Wir aßen den Teller mit *Rheingestein* leer, sprachen über die gute Sicht von dieser Stelle und das schlechte Wetter dort draußen. Wie nass und gleichzeitig warm es für April schon war. Er trug einen dunkelblauen Anzug aus teurem Stoff, dazu ein weißes Hemd. Beides nun mit braunen Gebäckkrümeln bedeckt.

»Eigentlich hatte ich mich Ihretwegen an diesen Tisch gesetzt«, sagte er dann zu meiner Überraschung. Weil ich nicht wusste, wie ich reagieren sollte, ging ich über seine Bemerkung und mein Erröten hinweg, versuchte, ein unverfänglicheres Gespräch in Gang zu bringen. Wie ihm die Reise bisher gefalle und ob er alleine reise, fragte ich, obwohl ich davon eigentlich ausging. Aber mir fiel auf die Schnelle nichts Besseres ein.

Er nickte mit dem Kopf. »Leider. Ich wäre lieber in guter Gesellschaft unterwegs. Aber was soll ich machen? Ich bin allein. So ungern wie unfreiwillig.« Seine Stimme klang nun tiefer. »Und Sie?«

»Ich? Auch.«

Er nickte und schenkte mir ein Lächeln, das sich gut anfühlte. Es wirkte sexy auf mich. Zu meiner Überraschung.

»Sind Sie in der Buchbranche?«, fragte ich.

»Wie kommen Sie darauf?«

»Wegen der Manschettenknöpfe.«

Er griff nach einem der kleinen Bücher an seinem Ärmel.

»Ich schreibe. Darf ich mich vorstellen: Gunnar Behorn.« Er stand auf und reichte mir ganz offiziell die Hand.

»Sehr angenehm, Linda Weißenberg.«

»Was machen Sie beruflich, Linda?«

»Nichts. Rein gar nichts. Schrecklich, nicht wahr? Ich bin und kann … nichts.«

»Jeder ist etwas und kann etwas.«

»Ja, vielleicht, aber ich kann wirklich nichts.«

Behorn erklärte, wie schwierig es war, vom Dichten zu leben, dass er trotzdem daran festhalten musste, weil er sich das schuldig war. Schließlich hatte er sein Leben lang davon geträumt.

»Träume sind wichtig«, sagte er, »unser Wesen offenbart sich in dem, wovon wir träumen.« Er beugte sich zu mir herüber. »Wovon träumen Sie?«

Ich versuchte, seinem Blick standzuhalten, und schaute in das kühle Grau seiner Augen. Im Augenblick träumte ich davon, dass die letzten Tage nicht stattgefunden hatten, nur ein Albtraum waren, aus dem ich endlich erwachen durfte. So gesehen sehnte ich mich danach, dass jede Sekunde der Wecker klingelte.

Er strich mir sanft über den Arm. »Jeder träumt von etwas.«

»Vorige Woche träumte ich noch von einer Kreuzfahrt in die Karibik mit einem aufmerksamen, mal nicht arbeitenden Ehemann.«

»Und nun sind Sie auf dem Rhein gelandet, dem Nil des kleinen Mannes.«

Ich wusste nicht, ob ich lachen oder weinen sollte.

»Was immer Ihnen gerade zusetzt«, sagte er und rückte noch ein wenig näher, »ich wünschte, ich könnte Sie trösten. Es gibt immer einen Weg heraus. Selbst wenn man gerade keinen sieht.«

Er klang liebevoll, beruhigend geradezu. Sollte er allerdings noch näher rücken, saß er auf mir.

Den Gedanken, dass sich unser Wesen durch das ausdrückte, wovon wir träumten, fand ich interessant. Aber wer waren wir, wenn wir keine Träume hatten? Und hatte ich wirklich keine? Die Karibikkreuzfahrt war im Grunde unwichtig.

»Träumen Sie denn nicht auch von der Liebe?«, fragte er, lehnte sich zurück und seufzte. »Ich tue das unentwegt.«

»Man kann auch zu viel lieben«, warf ich ein.

»Ach was, man muss sich dieser Welt mit seiner Liebe vorbehaltlos entgegenwerfen.« Zart, fast vorsichtig, legte er seine Hand auf meine. »Sie inspirieren mich. Darf ich ein Gedicht über Sie schreiben?«

»Dazu brauchen Sie doch nicht meine Erlaubnis.«

»Ohne die würde ich es nicht tun.«

Er sah mich auf eine Weise an, die ich so noch nicht kannte. Etwas darin brannte, begehrte, machte mir Angst, machte mich an. Während ich versuchte, mir nichts anmerken zu lassen, nahm er meine Hand hoch, küsste sie und flüsterte: »Ich möchte nichts tun, was Sie nicht wollen.«

Etwas bewegte sich in mir, als er das sagte. Und zwar unterhalb der Gürtellinie. Wärme schoss in meine Wangen. Und in meinen Schoß.

»Da sitzen sie«, hörte ich Maike sagen.

»Lassen Sie mich das übernehmen«, sagte Gunnar, stand auf und lief mit weit ausgebreiteten Armen auf Enni und Maike zu, die uns offensichtlich suchten. Er hakte beide unter, um sie in Richtung Bar zu führen. Dabei drehte er den Kopf zurück und zwinkerte mir zu.

Ich schaute durch die Glaskuppel hinaus in das verwaschene Blau des Himmels und fühlte mich wie in einer Waschmaschine, die mich mit meinen Gefühlen umherschleuderte. In meinem Kopf klingelte es wie am Freitagabend, meinem Geburtstag. Dem letzten mit einer Vier voran. Dort klingelte es auch. An meiner Haustür. Als ich sie öffnete, stand diese fremde, stark geschminkte Frau Anfang 50 vor mir, in einem kurzen, ananasgelben Mantel und mit schulterlangem schwarzem Haar. Sie streckte mir ihre rechte Hand entgegen, an der ein lila Plastikring steckte. In der linken hielt sie eine goldene Zigarettenspitze mit rotem Mundstück.

»Wie schön, dich endlich kennenzulernen«, sagte sie lächelnd, und ich hatte keine Ahnung, wer sie war.

»Dies hier ist Hausnummer 38«, erklärte ich, denn ich war sicher, sie hatte sich verirrt.

»Richtig«, meinte sie, »du musst Linda sein.«

Sie trat einen Schritt auf mich zu. Ich wich zwei zurück.

3. UNTERGEHENDE FISCHE

»Schon eingelebt?« Mit lautem Seufzen setzte sich Kapitän Krappmann neben mich. Er roch nach Minze und Tabak. Seine Stimme klang, als würde sie ganz tief aus dem Bauch kommen und durch seinen ganzen Körper strömen. Wie ein Brummen. Er war ein Mann der kurzen Sätze. Für jeden schien er tief Luft zu holen und sie dann mit dem Satz zusammen auszustoßen. Endete der Atem, endete der Satz.

»Man schreibt bereits Gedichte über mich«, berichtete ich.

»Oh.« Er legte seinen Kopf ein wenig schief und sah mich streng von der Seite an. Dann gab er der Crew an der Bar, die etwa 20 Meter hinter uns stand, ein Zeichen. Dort reagierte man sofort. Es dauerte nicht lange, und eine junge Frau kam mit einem Tablett auf uns zu. Darauf zwei Kaffees und für mich ein orangefarbener Drink. Er prostete mir mit seiner Tasse zu.

Der letzte Strohhalm, an den ich mich gerade klammerte, steckte also in einem Cocktail. Der schmeckte bitter und süß zugleich.

»Die Sache mit dem Gedicht missfällt Ihnen?«, fragte ich.

»Kommt darauf an, wer es schreibt.«

Ich schaute auf seine Hand, die seine Tasse hielt. Sie war groß und kräftig, so wie er selbst, und längst nicht so gepflegt wie die von Behorn. Johannes Krappmann war ein rustikaler, handfester Mann. Hinter uns hörte ich Gäste, die vom Essen kamen. Sie verteilten sich in die Sessel und begannen Unterhaltungen. Eine Durchsage lud alle Passagiere in den Salon zu einer Sicherheitsübung ein. Krappmann klopfte mir sanft auf den Oberschenkel, er müsse wieder. Schon stand er auf, um zu gehen, was ich schade fand, denn seine Gegenwart beruhigte mich. Ich war so frei, ihm unverhohlen auf den Po zu schauen, als ich ihm nachsah. Etwas, was ich vor Jahrmillionen, kurz nach Erkalten der Erdmasse, das letzte Mal getan hatte. Bei Adi.

Ich blieb auf meinem Sofa, harrte der Dinge, die da sicherheitstechnisch auf mich zukommen sollten, und stopfte mir eins der Kissen unter den Kopf, während sich der Salon hinter mir langsam füllte. Die hellen Holzrahmen der Fenster und das frische Blau der Möbel gaben der Lounge etwas Freundliches, auch wenn das Wetter draußen grau wirkte. Eine kleine Gruppe schob sich zwei Meter von mir entfernt ein paar Sessel zurecht. Einer von ihnen, ein Herr im dunkelgrauen Pullunder, war mir schon in der Mittagessensschlange aufgefallen. Er hörte nicht auf, sich zu beklagen, und sprach wie in einer Dauerschleife mit jedem, der sich in Hörweite befand. Allerdings trat nun ein anderer Mann hinzu, der so laut redete, dass er nicht nur den Dauerredner zum Verstummen brachte, sondern den halben Salon unterhielt. Er wolle nichts Negatives mehr hören, damit solle der Herr Dauerredner jetzt mal aufhören, es wäre Urlaub, und dieses schwimmende Luxuszuhause sei super. Der Lautredner trug eine Goldkette mit riesigen Gliedern um den Hals, in seinem Haar steckte eine bunt verspiegelte Sonnenbrille, und seine kräftigen Oberschenkel schienen seine zerlöcherten Jeans fast zu sprengen. Auf seinem schwarzen T-Shirt stand in goldenen Lettern »SAUNABOY«. Darunter ein paar Tropfen, ebenfalls in Gold, die offenbar Schweiß symbolisierten. Wo er sich positionierte, unterhielt man sich entweder mit ihm oder gar nicht. An seiner Hand zappelte eine zierliche Endzwanzigerin mit blondem Pferdeschwanz, die nicht viel sagte, dafür aber nach jedem seiner Sätze lachte. Auch sie trug eine bunt verspiegelte Sonnenbrille im Haar. Man fragte sich, wo die beiden bei dieser Wetterlage Sonne erwarteten, aber vielleicht wussten sie da mehr als ich. Er gehörte zu dem Typ Mann, der sich offensichtlich nicht unterhalten wollte. Der wollte einem nur etwas sagen. Wäre ich nicht so erledigt und vielleicht auch angetrunken gewesen, hätte ich schnell das Weite gesucht, zumindest so weit, dass ich ihm nicht mehr hätte zuhören müssen. Ich schloss die Augen.

Irgendwann spürte ich meinen Rücken. Mühsam richtete ich mich auf. Ein junger Steward räumte Schwimmwesten weg, die Passagiere drängelten sich an der Bar. Ich musste eingeschlafen sein und wusste nun nichts darüber, wie ich zu retten war. Mist, gerade dieses Wissen hätte ich so gut gebrauchen können. Herr Behorn näherte sich mit ausgebreiteten Armen und einem strahlenden Lächeln. Seine Bräune erinnerte an sonnigere Zeiten.

»Da sind Sie ja noch, wie schön.«

Er stellte sich vor mich hin, schaute mir einen Moment lang schweigend in die Augen und lud mich dann zu einem Champagner ein. Während er zur Bar lief, um den zu holen, kam Maike zu mir aufs Sofa. Sie schwärmte von den tollen Drinks an der Bar und von Herrn Behorn.

»Das ist ein richtig netter Mann. So gepflegt. Ich glaube, der ist sehr belesen.«

Er selbst kam nicht zurück. Aber Enni mit einer lila Nylontasche. Aus der zog sie ihre Plastikdose hervor, um uns etwas aus ihrem Fundus von Selbstgebackenem anzubieten. Etwas umständlich schob sie sich einen Sessel, der schwerer war, als er aussah, zu unserem Sofa. »Nachtisch, Mädels. Der ist besser als das Zeug vom Buffet. Und das ist schon nicht schlecht.«

Um nicht unhöflich zu sein, aber auch, weil ich inzwischen Hunger hatte, nahm ich ein paar Plätzchen. Zu dritt knabberten wir ihr Gebäck und schauten unseren Mitreisenden beim Leben zu, wie sie sich mit Getränken versorgten, lachten, miteinander plauderten und trotz der grauen Nieselsoße draußen aus den großen Fenstern fotografierten.

Enni schleckte eines ihrer Schokoplätzchen ab. »Der Behorn, Mädels, der isses. Wie der mich ansieht, da wird mir alles feucht. So was wie den an meiner Seite traut mir niemand zu. Aber ich sage euch«, wieder streckte sie ihre Zunge heraus, um genüsslich an ihrem Plätzchen zu lecken, »den habe ich verdient nach all den Pleiten.«

Rein äußerlich konnten die beiden kaum unterschiedlicher wirken. Behorn sah mit seiner Eleganz aus, als wäre er einer Vorabendserie entsprungen. Enni wirkte dagegen ungepflegt und wenig stilvoll. Obwohl mein letzter Drink eine Weile her war, fühlte ich mich angeheitert. Ich erhob einen Finger in Richtung Bar, und tatsächlich reagierte man darauf. Ohne dass ich mit jemandem sprach, brachte man mir einen Cocktail in Türkis.

Dabei wollte ich nur Wasser. Die Alkoholversorgung lief hier wie am Schnürchen. Als Nächstes verlegte man sicher bald eine Pipeline direkt in meinen Mund. Ich wünschte Enni viel Glück mit Herrn Behorn. Es war immer schön, wenn sich jemand verliebte. Ich hatte erst mal ausgeliebt. Mein Drink schmeckte nach Curacao. Dort wollte ich immer schon einmal hin.

»Auf nach Curacao!«, hörte ich mich rufen und griff erneut in Ennis rote Dose. Ich fing an, mich an ihre etwas herb schmeckenden Plätzchen zu gewöhnen.

»Nicht so hastig, nimm vielleicht nicht so viele auf einmal.« Sie klang ermahnend wie eine Mutter, die verhindern wollte, dass man sich den Magen verdarb.

Krappmann kam, und ich wollte aufstehen, um diesen aparten Mann, der die Geschicke unseres Schiffes lenkte, zu begrüßen. »Hallo, Herr Krappitän«, sagte ich, als mich unerwartet ein blauer Fisch ansprang. Nein, ich fiel ihm entgegen. Es roch plötzlich ein wenig nach Turnhalle. Ich lag auf dem Boden, Auge in Auge mit den Fischen auf dem Teppichmuster. Dieser Geruch mischte sich mit Pfefferminze und Tabak, als Krappmann sich zu mir herunter beugte. Vorsichtig versuchte er mich aufzurichten. Er rief nach einem Wasser.

Ich schlang meine Arme um seinen Hals und zog seinen Kopf nah an mich heran. »Ich weiß leider nicht, wie man mich rettet. Habe die Einweisung verschlafen. Ist das nicht verboten?«

»Oh ja, das ist strengstens untersagt, aber vielleicht pausieren wir mal kurz mit den Cocktails.«

»Warum?«

»Duschen Sie kalt.«

»Mit Ihnen?«

Hatte ich das wirklich gesagt? Das sah mir gar nicht ähnlich. Ich versuchte aufzustehen. Beim Versuch zu gehen flog mir jedoch einer dieser schlecht riechenden Fische wieder entgegen. Schwammen die hier überall herum? Sanken wir? Ach, was machte das schon. Dann ging ich eben unter. Adieu, Adi. Ich tauche ab. Krappmann half mir wieder hoch.

»Ich zeige Ihnen jetzt mal, wo die Dusche ist«, sagte er.

»Oh ja! Zeigen Sie mir, wo der Frosch die Locken hat.«

Der Mann trug mich. Gab's hier eine Türschwelle? Nein, nein, falscher Film. Bei jedem Schritt wippte die Welt. Hatte Adi mich seinerzeit eigentlich über eine Schwelle getragen? Ich erinnerte mich nicht mehr, aber ich war da schon sehr schwanger und wahrscheinlich viel zu schwer. Krappi machte seine Sache gar nicht schlecht. Heidewitzka, Herr Krappitän. Eine Welle, nein, eine Treppe. Der Mann war stark, ich wog jetzt auch ohne Kind im Bauch so viel wie damals. Vor allem mein Kopf war sehr schwer geworden, der wog bestimmt zehn Kilo mehr als noch heute Morgen.

»Fliegen wir nach Curacao?«, fragte ich.

»Aber ja.«

»Jetzt?«

»Gleich morgen früh.«

»Dann muss ich packen.«

»Nach dem Duschen.«

»Ist gut.« Er trug mich durch das Flussbett, den Kabinengang entlang. »Ach Krappi, haust du Adi eine runter?«

»Mach ich.«

»Wann?«

»Gleich morgen früh.«

»Gut.«

Er ließ mich herunter, meine Knie knickten ein. Maike tauchte auf, öffnete die Tür. Die beiden legten mich auf mein Bett. Da würde ich liegen bleiben bis ans Ende meiner Tage und konnte die Fische essen, die hier überall herumsprangen. Ich müsste nicht mal aufstehen dafür. Sollte sich die Welt ruhig ohne mich weiterdrehen. Es wurde leise.

Ich hörte Wasser rauschen und rief nach Adi, bevor mir dämmerte, wo ich mich befand.

Barfuß und mit tropfenden Haaren tapste Maike, in ein Handtuch gewickelt, aus dem Bad ins Zimmer.

»Ich bin's nur. Hast du gut geschlafen?«

»Meine Zunge wiegt 'ne Tonne.«

»Am besten kombinierst du nicht so viel Alkohol mit Ennis Plätzchen.«

Maike machte sich fertig für den Volkssport hier an Bord: essen. In diesem Fall Abendessen.

Krappmann wollte, dass ich kalt dusche. Hatte ich? Hatten wir zusammen? Ich sah an mir herunter und war nicht nur bekleidet, sondern auch trocken. Wohl nicht. Oder ich war komplett vertrocknet. Meinen Kopf anzuheben fiel schwerer als gedacht. Auch die Beine spielten nicht so richtig mit. Die paar Meter bis zum Badezimmer erschienen mir recht weit. Einmal links um die Ecke, die freundlicherweise angeschrägt war, so kam man besser um sie herum. Dies war eigentlich der Ort der kurzen Wege. Liegend zog ich mich aus. Maike half mir auf und führte mich vorsichtig ins Bad, während ich mich an der abgeschrägten Ecke entlang abstützte. Wie konnte man nur so schnell altern? Ich fühlte mich wie hundert und ließ das Wasser in der Dusche auf mich herunterregnen. Ich schlief sonst nie am Tage. Saufen bekam mir nicht. Es half auch nicht. Maike brachte mir einen der weißen Bordbademäntel. Ein wenig erschöpft nach diesem Ausflug ins Bad setzte ich mich zu ihr aufs Bett. Sie sah mich an.

»Willst du mir nicht sagen, was wirklich los ist? Ich hatte Adi ein Dutzend Mal auf meiner Mailbox. Der schien ganz durcheinander und will dringend, dass du ihn zurückrufst.«

Mit noch immer schwerer Zunge wollte ich jenes Fiasko vor ihr ausbreiten, das meine Welt seit einer Woche aus den Fugen riss. Ich begann mit der Frau im ananasgelben Mantel vor meiner Haustür, als es an unserer Kabinentür Sturm klopfte.

Maike öffnete, und Enni, unsere liebestolle Nachbarin, brauste herein. Sie war sichtlich erregt, hatte doch der schöne Herr Behorn angekündigt, an unserem Tisch hinter der Dessertabteilung auf uns zu warten, damit wir zusammen zu Abend aßen. Maike ließ sich von Ennis Freude darüber anstecken. Man war gleich der Meinung, sich beeilen zu müssen, damit sich keine anderen Frauen zu ihm setzten, das ging gar nicht. Enni wollte nur noch kurz Make-up und Haare machen und in zehn Minuten zum Tisch eilen. Maike, nun ebenfalls ganz aufgekratzt, schloss die Tür hinter ihr und verfiel in Hektik. Dass ich nun meine Geschichte nicht erzählen musste, war mir recht. Sie zog mich zu sehr runter.

»Linda, hilf mir, ein schönes Tuch für meinen Turban auszusuchen, du hast doch Sinn für Farben.«

»Dieser Sinn sagt mir, du solltest es mal mit deinen eigenen Haaren versuchen.«

»Die taugen nicht zu einer Frisur.«

Ich deutete auf ein graues Tuch. Das schien mir am unauffälligsten. Zum ersten Mal in meinem Leben war es mir egal, wie ich aussah. Wieder drängte sich mir das Bild von der Frau in Gelb auf, wie bei einer Schallplatte, die festhing und ständig dieselbe Stelle abspielte. Maike aber ließ nicht locker und zog eine weiße Bluse mit schwarzer Hose samt grünem Seidenschal, den Flori mir Freitag zum Geburtstag geschenkt hatte, aus meinem Koffer. Beides legte sie aufs Bett, und ich zog mich schließlich an. Den Schal zu tragen fiel mir schwer. Ich hängte ihn an die Garderobe, die sich gleich rechts von der Kabinentür befand.

Seit einer Afrikareise im vorigen Jahr trug Maike diese Kaftane. Bodenlange Hängekleider, die sie verhüllten und in unseren Breitengraden etwas sonderbar wirkten. Sicher waren sie bequem. Schön fand ich sie nicht. Dazu trug sie Turbane, die sie aus Tüchern wickelte. Ich fand, man hatte das Recht, im Alter ein wenig sonderbar zu werden und sich auch so zu kleiden. Sie war jetzt Mitte 50. Der Gedanke, mir könnte es ähnlich ergehen, ließ mich schaudern. Sonderbar. Wie das schon klang. Das kam kurz vor aussortiert.

Maike legte ordentlich Make-up auf, schlang sich das graue Tuch um den Kopf und hielt sich für ausgehfertig. Als wir um kurz vor 17.30 Uhr auf den Gang traten, öffnete sich die Tür einer Nachbarkabine.

»Mama, jetzt komm, ich hab Hunger«, hörte ich eine tiefe Männerstimme. Es trat ein stämmiger Herr Anfang 40 auf den Gang mit einer älteren Dame, die nicht mehr gut zu Fuß war. Ungeduldig trottete er hinter ihr her. Freundlicherweise ließen sie uns an sich vorbei, während ich mich fragte, wie es sich wohl für einen Mann anfühlte, in diesem Alter noch das Bett mit der Mutter zu teilen. Vermutlich besser, als es für den Rest seines Lebens mit niemandem mehr zu teilen. Dagegen war Maike als Bettgenossin ein richtiges Schnäppchen.

Kurz vor der Rezeption kam uns eine ernst dreinschauende Dame in dunkelblauer Uniform entgegen. In ihrem kastanienbraunen Pagenkopf steckte eine Lesebrille. Sie ergriff meine Hand, schaute mir tief in die Augen und stellte sich als die Hoteldirektorin dieses Schiffes, Heike Hurter, vor. Für eine Sekunde hellte sich ihr Blick auf, und sie schenkte mir ein freundliches Lächeln, dann senkten sich ihre Gesichtszüge wieder herab. Wenn es mir an etwas fehlen würde, solle ich sie ansprechen, sie sei für das Wohlergehen der Passagiere an Bord zuständig und immer für mich da. Was für ein schönes Versprechen, dachte ich. Hier wollte man bleiben. Jetzt ergriff sie Maikes Hand, und alles wiederholte sich. Sie bat uns zu warten, damit sich die Crew den Gästen vorstellen konnte. Deshalb blieben wir im Gang vor dem bereits gut gefüllten Restaurantbereich stehen, der jetzt mit einer Kette abgesperrt war. Durch den Raumteiler aus Holzstreben sahen wir, wie man sich an den Tischen angeregt unterhielt. Vor uns sammelten sich Mannschaftsmitglieder in Uniform. Manche sprachen russisch, ein untersetzter Herr mit Ziegenbart plapperte ein paar Brocken nach und brachte damit den Rest der Truppe zum Lachen. Bei ihm klemmte etwas im Bart, was ich nicht einordnen konnte. Als er bemerkte, wo ich hinsah, kam er auf mich zu und zeigte es mir aus der Nähe.

Ein lachender Totenkopf aus Silber klemmte seinen bereits ergrauenden Bart in der Mitte zusammen. »Das ist eine Bartperle«, erklärte er. »Fassen Sie sie ruhig an.«

Das ging mir dann doch zu weit. Tatsächlich hatte ich so etwas noch nie gesehen. Er reichte mir seine Hand und stellte sich vor. »Ladislaus Stapetke, Erster Technischer Offizier an Bord.«

Sein kugelrunder Bauch war das Einzige, was zwischen uns stand, und der zog ihn leicht vornüber, sodass mir sein Gesicht recht nahe kam. Ich beugte mich zurück und stellte mich als einfache Passagierin vor.

»Für uns sind Sie alle etwas Besonderes«, war seine Reaktion, bevor er in die Reihe seiner Kollegen zurücktrat. Bei jedem neuen Gast unterbrachen sie ihre persönliche Unterhaltung für ein »Guten Abend« mit kurzem Lächeln. Alle trugen Uniformen mit und ohne Streifen. Auf ein Zeichen stellten sie sich hintereinander auf wie bei einer Polonaise. In dieser Stellung verharrten sie noch kurz, bis Krappmann, jetzt in blauer Kapitänsuniform, angerannt kam und sich an die Spitze dieses Zuges stellte. »Los, du Sonnensittich«, drängte ihn der Bartperlenträger. Es erklang festliche Musik, und alle marschierten in Reih und Glied ins Restaurant, wo die Gäste bereits Platz genommen hatten und schlagartig still wurden. Krappmann sprach einige Sätze der Begrüßung, gab dann das Mikro weiter an die Hoteldirektorin und verschwand wieder.

Wir Zuspätkommer standen noch immer im Gang und sahen alles durch die Holzstreben von hinten. Es duftete nach Fleisch und leckerem Gemüse. Enni kam in Stöckelschuhen, auf denen sie so unsicher lief, dass man ihr Krücken reichen wollte. Dazu trug sie ein knielanges hochzeitskleidweißes Glitzershirt und sah aus wie eine Braut, die man aus dem Wasser gefischt hatte. Ihre Haare standen hochtoupiert vom Kopf ab. Ein Anblick zum Davonlaufen.

Endlich durften wir zu unserem vereinbarten Tisch hinter den Desserts. In blütenweißem Hemd und lila Samtjackett saß dort bereits Herr Behorn. Er lächelte, deutete an, sich zu erheben, als wir uns an den Tisch setzten, und sagte ansonsten nichts. Er wirkte in allem, was er tat, jungenhaft und auf eigentümliche Weise unbeschwert. Auch hier am Tisch vermochte er es, die Laune seiner Umgebung positiv zu beeinflussen. Selbst einer durchhängenden Trauermaus wie mir tat er irgendwie gut.

Noch bevor einer von uns zum Buffet aufbrach, kam eine Kellnerin mit einem Gruß aus der Küche für jeden von uns. »Lorena« stand auf ihrem Namensschild. Ich schätzte sie kaum älter als 18. Im Haar trug sie lauter bunte Plastikspängchen, mit denen sie auch die letzte Strähne am Kopf fixierte. Jedem von uns servierte sie eine kleine Pastete. Während ich sie etwas fade fand, verzog Herr Behorn sein Gesicht, lief rot an und produzierte Schweißperlen auf seiner Stirn. Hektisch griff er nach seinem Wasserglas, trank es aus, dann Wein, Sekt, was immer er in die Finger bekam. Ich machte mir Sorgen um ihn, denn er bekam kaum Luft und lief rot an. Hustend stand er auf und kam erst nach einer ganzen Weile, immer noch mit rotem Gesicht, wieder zurück. Enni hörte nicht auf, mit Anzüglichkeiten um sich zu werfen. Ich war knapp davor, mich vor Scham aus dem Fenster zu stürzen. Dieses hier ließ sich allerdings nicht öffnen. Kurz schloss ich die Augen. Als ich am Morgen dieses Tages unser Haus verließ, wäre ich nie auf die Idee gekommen, dass ich nicht zurückkehren konnte. Jetzt war ich hier gefangen. Zumindest bis zum nächsten Hafen.

Ich öffnete die Augen wieder und schaute auf die kleinen, rundlichen Wellen des Wassers. Allmählich stellte sich eine Art Grundmüdigkeit ein. Vieles wurde einem einfach egal. Dieser dösige Zustand war nicht gut und auch nicht schlecht. Ich fühlte mich merkwürdig getrennt vom Rest der Welt, der da an Land geschäftig seinen Angelegenheiten nachging. So wie ich. Sonst.

Es wurde immer dunkler draußen, hier und da waren noch Lichter an Land zu sehen, aber es wurde immer anstrengender, etwas erkennen zu wollen, bis meine Augen schließlich müde aufgaben und alles zur grauschwarzen Einheitsbrühe erklärten.

Der Club anonymer Steuerberaterinnen, wie ich das Auch Vierertrüppchen Frauen im Twinset getauft hatte, ließ sich an einem der Nachbartische nieder. An ihnen sah man edle Perlen, teure Uhren und perfekte Frisuren. Ich seufzte. Meine Haare machten gerne, was sie wollten. Meine Naturkrause stand bei Regen in alle Richtungen ab, man bekam sie kaum gebändigt. Struwwelpeter war mein zweiter Vorname. Vielleicht sollte ich auch auf Maikes Turbankonzept zurückgreifen. So musste man sich nicht mehr um eine Frisur kümmern.

Ein Paar besetzte den Tisch gegenüber. Er sehr akkurat im Strickpullunder und grauer Stoffhose mit Bügelfalte. Die junge Frau mit wallender Mähne und blutrotem Lippenstift, ein südländischer Typ mit dunkler, makelloser Haut, um einiges jünger als er. Als sie ihr kleines Jäckchen auszog, entblößte sie zarte Schultern und ein Dekolleté so tief wie der Vesuv. Sie griff mit der Hand eine Haarsträhne und strich mit einer langsamen, lasziven Bewegung an dieser herunter bis auf die Spitze ihres Busens. Dann ließ sie die Hand wie in Zeitlupe weiter an sich hinuntergleiten in den Schoß. Eine der aufreizendsten Gesten, die ich bis dahin je in der Öffentlichkeit gesehen hatte. Seitlich vom Tisch schlug sie nackte Endlosbeine übereinander. Die war niemals seine Ehefrau. Ich dachte an Adi, und mir explodierte fast das Herz.

In diesem Moment wandte sich Herr Behorn an mich. »Endlich allein mit Ihnen.«

Enni und Maike liefen zum Buffet. Gunnar Behorn legte seine Hand auf meinen Oberschenkel.

»Ich bin ganz verrückt nach Ihnen«, flüsterte er.

Für einen Moment war ich geneigt, mich umzudrehen, um zu schauen, ob noch jemand hinter mir saß, der gemeint sein könnte. Ich hatte keine Ahnung, wie ich reagieren sollte, starrte ihn nur an. Hektische Flecken breiteten sich in Windeseile über meinen Körper aus. Auch an Stellen, an denen ich sie sonst nicht kannte.

»Sie müssen nichts sagen, ich spüre Ihr Herz«, meinte er.

Ich spürte es auch. Es schlug Alarm. Schon schlenderte Enni unserem Tisch mit einem Haufen Pommes auf dem Teller entgegen. Behorn zog seine Hand zurück und schob mir einen Zettel zu: »Treffen Sie mich um sieben Uhr, dann zeige ich Ihnen, was ich fühle. Hier steht, wo und wann. Ich ersehne Sie.«

So schnell und eindeutig hatte mich in meinem ganzen Leben noch niemand angebaggert.

Er stand auf und verschwand. Seinen Zettel steckte ich schnell in meine Hosentasche, auf keinen Fall durfte Enni ihn sehen. Ich wollte ihr nicht den Traummann ausspannen. Das hätte ich ihm gleich sagen sollen. Hastig trank ich meinen Wein. Dolores' gelber Mantel poppte wie ein Tennisball gegen meinen Kopf. Als Enni mir eins ihrer Plätzchen zum Nachtisch anbot, griff ich zu und orderte bei Spangen-Lorena einen *Sex on the Beach* für uns alle drei. Mit den Cocktails in der Hand zogen wir zum Musikbingo in den Salon der tausend Sessel. Ein junger Mann in Borduniform und weißem Hütchen tippte mit dem Finger ans Mikro, der Auftakt für einen wilden Unterhaltungsabend, wie er versprach. »Sie haben nur eine Pflicht: Lassen Sie die Bude brennen.« Schon dröhnte laut Oktoberfestmusik. Mitten im April. Irgendwie war alles aus dem Takt.

Der erste Gast klatschte, zog aber sein Engagement sofort zurück, als er merkte, dass er damit alleine blieb. Ein älteres Paar in Pantoffeln nahm sich an den Händen und floh. Unser Vergnügungsoffizier tanzte wie ein Derwisch und winkte den Gästen zu, die ungerührt in ihren Sesseln saßen. Dann legte er eine Pause ein, wollte gleich mit einer Überraschung wiederkommen. Ich nahm noch ein Plätzchen. Nach einigen Minuten der Ruhe kehrte unser Sänger im engen Paillettenoverall zurück, rief einen Elvis-Abend aus und schwang seine schmalen Hüften. Tatsächlich sprangen jetzt einige Gäste auf und tanzten. Es dauerte nicht lange, und die Hälfte des Saales rockte zwischen den Sesseln. Enni und Maike suchten Gunnar Behorn. Bald sah ich sie in dem Gewirr der Leute nicht mehr. Kurz vor 19 Uhr zog ich Behorns Zettel aus der Tasche. Darauf stand, welchen Weg ich nehmen sollte, um an einen besonderen Ort des Schiffes zu gelangen, wo wir allein sein konnten. Dort wollte er auf mich warten.

Kurz erwog ich, vom Schiff zu flüchten, aber wie? Mit rundherum nur kaltem Wasser. Draußen sah man plötzlich 1000 Lichter, die Erdölraffinerie und Chemiewerke von Wesseling erstrahlten in der Nacht. Schaute man nur aufs Wasser, wirkten die Lichter romantisch. Hob man den Blick, erlosch dieser Eindruck, und man erkannte schemenhaft Rohre, Tanks, Arbeitsflächen und Kräne. Ja, so war das mit der Romantik. Sah man genauer hin, änderte sich das Bild schon mal. Das würde leider auch Herr Behorn einsehen müssen. Es half nichts, ich musste diesen mysteriösen Ort suchen und ihm reinen Wein einschenken. Also schlängelte ich mich zwischen Sesseln, Tischen und Tänzern hindurch bis zur Rezeption. Dort arbeitete Frau Hurter. Sie unterbrach ihre ernste Miene, um mir ein kurzes Lächeln zu schenken, und ich überlegte, ob abends ihre Wangen krampften von diesen vielen Lächelblitzen.

Laut meinen Anweisungen sollte ich die große Treppe, die sich in der Mitte des Schiffes gegenüber der Rezeption befand, zwei Stockwerke tief hinuntergehen. An ihr war ich schon einige Male vorbeigegangen. Es handelte sich um eine pompöse Wendeltreppe mit breiten blauen Stufen. Sie führte in ein rundes Loch, das mit einem weißen Geländer umgeben war, damit kein Passagier hineinfallen konnte. Aus der Entfernung wirkte es wie das Geländer eines Swimmingpools. Auf der Treppe kamen mir gut gelaunte Herrschaften entgegen, einige im Bademantel. In der zweiten Etage unterhalb der Lobby wirkte alles ein wenig enger und dunkler, es gab nur noch Bullaugen und keine großen Fenster mehr wie in den oberen Stockwerken. Auf Hinweisschildern stand »Fitnessraum« und »Saunabereich«. Hier war es wohlig warm, das Licht gedimmt, es roch nach Minze und Honig. Ich sollte den Gang links entlanglaufen bis an sein Ende, dort würde eine Tür einen Spaltbreit für mich offen stehen. So ging ich an Sauna und Fitness vorbei auf eine Tür zu. Kurz bevor ich sie erreichte, kam Behorn mir aus ihr entgegen.

»Linda, da sind Sie ja. Kleine Planänderung. Ich schulde Ihnen noch Champagner. Der steht oben schon für uns bereit.«

Sanft berührte er mich am Rücken und führte mich zurück in Richtung Treppe. Bevor ich etwas sagen konnte, legte er seinen Arm um meine Hüfte. »Habe ich Ihnen schon gesagt, wie feurig Ihre Augen im Dunkeln funkeln?«

Es war ein Jammer, dieser Galanterie eine Absage erteilen zu müssen. Er küsste mich aufs Ohr. »Sie duften wunderbar. Chanel?«, fragte er im Flüsterton.

»Das Bordduschgel.«

»An Ihnen vollbringt es Wunder.«

Mir fiel nicht mehr ein, wie das mit den Komplimenten ging. Ob sie dazu da waren, ernst genommen zu werden, so rein inhaltlich. Bei Licht betrachtet, und von dem gab es auf dieser Treppe nicht sehr viel, also auch bei wenig Licht betrachtet, war meine Ehe mit Adi zu einer komplimentfreien Zone geraten. Das letzte dieser Art musste kurz nach der Bronzezeit gefallen sein. Außer einem »Lecker« beim Essen erinnerte ich mich an nichts und fühlte mich dementsprechend aus der Übung. Wie reagierte man jetzt? Gab ich eins zurück? Herrje, war ich verkorkst. Während dieser stillen Grundsatzdiskussion mit mir selbst führte mich Herr Behorn zielstrebig die zwei Etagen wieder hoch in den Eingangsbereich. Frau Hurter war an der Rezeption im Gespräch mit einem Gast. Herr Behorn nahm seinen Arm von meiner Hüfte, lief schweigend neben mir zurück in meinen Kabinengang und hielt gleich vor der ersten Tür. Er residierte demnach zwei Kabinen von mir weg, nur Enni wohnte noch dazwischen, und ich war froh, dass die mich hier nicht mit ihm sah. Er steckte seine Karte in den Schlitz und öffnete die Tür. »Treten Sie ein in mein bescheidenes Reich.«

»Unsere Reiche sind hier doch alle gleich bescheiden.«

Seine Kabine glich haargenau der meinen. Derselbe kleine Vorraum, durch den man eintrat, rechts die Badezimmertür, links der Kleiderschrank aus Zedernholz, dahinter öffnete sich die Kabine mit dem großen Bett. Auf einem kleinen Tisch standen zwei gefüllte Champagnerschalen. Er reichte mir eine. Wir tranken und schauten einander an. Ich genoss das erfrischende Prickeln auf meiner Zunge. Aber es war ihm gegenüber nicht fair, die Wahrheit noch länger hinauszuzögern. Er machte es mir nicht leicht, ihn abzuweisen.

»Lieber Herr Behorn.«

»Gunnar.«

»Lieber Gunnar.«

Er legte einen Finger auf meine Lippen, fuhr ganz sachte mit seiner Nasenspitze über meine Ohrmuschel, folgte dann mit seiner Zunge. In mir setzte sich etwas in Bewegung, das sich anfühlte wie ein Rinnsal im Wüstensand. Dann fuhr er mit seiner Zunge über meine Augenbrauen und in meinen Mund. Das Rinnsal wurde Sturzbach. Mein Denken setzte aus. Ich erwiderte seinen Kuss. Mein Pulsschlag tanzte Tango, und es gab keinen Ort an meinem Körper, an dem ich diese Zunge nicht spüren wollte.

4. BÖSES ERWACHEN

Draußen hörte ich Stimmen, die alle durcheinanderredeten, so als wäre etwas Schlimmes geschehen. Es schien sich vor meinem Fenster abzuspielen. Was ja gar nicht möglich war, denn wir befanden uns auf dem Wasser. Oder doch schon im ersten Hafen? Mein Kopf fühlte sich an, als wäre ein Specht in ihm eingezogen. Dieses Saufen musste enden. Inzwischen hatte ich gefühlt für fünf Jahre im Voraus Alkohol getrunken. Jemand rannte durch den Gang. Im Dunkeln versuchte ich, auf meiner Armbanduhr zu erkennen, wie spät es war. 5.30 Uhr. So früh zerrte man keinen Hund vor die Tür. Meine rechte Betthälfte war leer, und ich fragte mich, wo Maike war. Beim Joggen konnte sie nicht sein, hier ging nur Wasserski. Bestimmt hing sie noch an der Bar. Mit Enni, dieser Wilden. Vielleicht gab es schon Frühstück. Mir war nur nach Kaffee. Schwerfällig stand ich auf und trat als Erstes auf meine Hose von gestern, die auf dem Boden lag, neben meiner Bluse und den Schuhen. Benommen ging ich ans Fenster und schob den Vorhang einen Spalt zur Seite. Das Schiff stand still, ich blickte auf rostigen Stahl, der etwa einen halben Meter Blick nach oben freigab, darüber ein hellgraues Geländer. Die Häfen dieser Welt schienen alle gleich auszusehen. Vorsichtig öffnete ich das Fenster, die Gardine schützend vor mich drapiert. In diesem Moment flog aus dem Nachbarfenster eine Plastikdose in den schmalen Schacht zwischen Schiff und Land. Einen Moment lang überlegte ich, ob wir wieder im Köln-Deutzer Hafen lagen. Maschinenschaden? Vergessen, Brötchen fürs Frühstück zu kaufen? Das machte keinen Sinn. Hinter dem Geländer sah man ein paar männliche Hosenbeine im Dunkeln. Ich zog mich lieber wieder zurück und schloss das Fenster, als sich die Tür öffnete. Maike fand also doch noch heim.

»Das ist die Kabine«, hörte ich jemanden sagen, und das Licht ging an.

Die Hotelchefin Heike Hurter trat ein mit einem dunkelblonden Mann in grauem Rollkragenpullover und olivgrünem Leinenjackett, einen guten Kopf größer als sie. Ich sprang ins Bett und zog das Plumeau hoch bis zum Hals. Auf mir breiteten sich hektische Flecken wie ein Gewitter aus. Dieses Eindringen in mein kleines Reich der nackten Privatheit fand ich frech. »Ich muss doch sehr bitten. Verlassen Sie sofort meine Kabine.«

Der Mann lief um mein Bett herum und betrachtete mich ausführlich. Er roch nach Zigaretten, war schlecht rasiert, mit rötlichblonden Bartstoppeln und dunklen Ringen unter den Augen. »Und Sie sind …?«, fragte er.

»Linda Weißenberg, rechtmäßige Bewohnerin dieser Kabine.«

»Mein Name ist Golt. Raimund Golt.« Er hielt mir einen bläulichen Ausweis vor die Augen. »KRIMINALPOLIZEI Nordrhein-Westfalen, Polizeidienstausweis«, sein Foto mit Namen und das NRW-Wappen.

»Wie standen Sie zu Herrn Behorn?«, wollte er wissen.

»Wie Sie sehen, stehe ich gar nicht. Ich liege. Und jetzt raus aus meiner Kabine.«

»Wann haben Sie ihn das letzte Mal gesehen?«

»Gestern Abend, wir haben zusammen …«, ich zog das Bettzeug hoch bis zu meiner Nasenspitze. »Das geht Sie gar nichts an.« Meine ungeliebten roten Flecken verteilten sich wie ein Lauffeuer auf meinem ganzen Körper.

Der Mann zog ein kleines Aufnahmegerät aus seiner Jackentasche und legte es aufs Laken. Ich sollte deutlich Namen, Adresse sowie Telefon- und Kabinennummer nennen, es würde bereits aufgenommen, darauf wies er hin. Bevor ich etwas sagte, wollte ich mich eigentlich anziehen, aber Herr Golt wiegelte ab, das könne warten. Wo ich in der letzten Nacht zwischen 20 und 22 Uhr gewesen sei, wollte er wissen.

»Wird das jetzt ein Krimidinner, nachdem wir gestern einen Elvis-Abend hatten?«, fragte ich. Ich konnte die Situation nicht einordnen, wusste nicht, ob sie ernst zu nehmen war oder ein Spiel. Vielleicht schlief ich noch und träumte nur.

»Herr Gunnar Behorn ist tot.«

»Das kann nicht sein, ich habe ihn gerade noch … ich meine, er hat mich … das muss ein Irrtum sein.«

»Wann genau haben Sie ihn gestern Abend das letzte Mal gesehen?«

»Um 19 Uhr. Haben Sie denn schon in seiner Kabine nachgesehen? Vielleicht ist er an seinem Geheimplatz eingeschlafen, auf diesem kleinen Hinterdeck, ganz unten im Schiff. Dort hält er sich gerne auf, wie er mir sagte. Haben Sie dort nach ihm gesucht?«

Der Kommissar atmete tief durch. »Frau Hurter, in welcher Kabine befinden wir uns denn nun?«

Sie zeigte ihm einen Computerausdruck, und er las vor: »Kabine 301, Gunnar Behorn. Nummer 303, Eleonore Flichs, Nummer 305, Herr und Frau Weißenberg durchgestrichen, jetzt Linda Weißenberg und Maike Freisin. Dies ist Kabine 301.« Golt sah zu mir.

Jetzt fiel es mir ein. Ich war gestern Abend zu Gunnar auf die Kabine gegangen. Wir tranken Schampus, er küsste mich auf eine Art und Weise, die alle Uhren dieser Welt innehalten ließ. Danach Filmriss. Ich lag jetzt also nicht in meinem, sondern in seinem Bett. Und er war tot! Mir wurde schlecht. Tränen liefen über mein Gesicht, ich begann zu zittern. Der Kommissar bat Frau Hurter, den Raum zu verlassen, und wollte von mir wissen, was nach dem Champagner geschehen war.

Mir wurde heiß und kalt, denn ich wusste es nicht mehr.

»Denken Sie genau nach. Sie stehen jetzt ein wenig unter Schock, das legt sich gleich. Wie ging es weiter gestern Abend?«

Das hätte ich auch gerne gewusst. Aber meine Erinnerung endete an diesem Punkt.

»Frau Weißenberg, warum ist Herr Adrian Weißenberg nicht wie geplant an Bord?«

»Wegen seiner Kassenanlage, die ist abgestürzt. Er wollte seine Apotheken nicht alleine lassen. Dolores auch nicht. Die ist seit Samstag Floris Schwiegermutter.« Es brachen alle Dämme in mir, ich schluchzte laut. Golt zog die Augenbrauen hoch.

»Bevor Sie mir das alles der Reihe nach erklären, besorge ich uns einen Kaffee, und Sie beruhigen sich derweil.«

Er öffnete die Kabinentür und gab bei einem dort wartenden Beamten zwei Kaffee in Auftrag. Zurück kam er mit einem Herrn Köttenthal in weißem Ganzkörperoverall von der Kripo Köln, der mir Blut und Fingerabdrücke abnehmen sollte. Ich ließ ihn gewähren, biss die Zähne zusammen, als er mit seiner Nadel in meine Armbeuge stach, und drückte meine Finger auf ein kleines elektronisches Gerät.

»So, Frau Weißenberg, der Kaffee ist da, der Kollege ist fertig, jetzt erzählen Sie mir, wie Sie in dieses Bett hier kamen.«

Ich setzte noch einmal ganz von vorne an. Wie ich Gunnar kennenlernte, er sich mit mir verabredete, ich mit in seine Kabine ging bis zu diesem sagenhaften Kuss, und dann war Schluss. Ich musste eingeschlafen sein. Unvorstellbar, wenn man bedachte, wie Herr Behorn seine Zunge führte.

»Was ist ihm denn passiert? Ist er vom Schiff gefallen?«, fragte ich.

»Wie kommen Sie darauf?«

Meine Brust zog sich zusammen. »Gestern wirkte er noch so lebendig, ich meine, so gesund.« Ich redete mich um Kopf und Kragen. Außerdem lag noch immer dieses Aufnahmegerät neben mir auf dem Bett. Ich wartete dringend darauf, dass der Wecker klingelte und es wieder vorige Woche Freitag war. Von mir aus auch gestern Abend vor 19 Uhr. Herr Golt verschränkte die Arme.

»Irgendetwas muss Sie auf diese Idee gebracht haben.«

»Nein, nichts. Ich meine nur, wie sollte man hier sonst so plötzlich sterben, wenn man nicht gerade ins kalte Wasser fällt. Der Rhein ist gefährlich, das weiß man ja.«

»Tödlich bisweilen«, fügte er in einem Ton hinzu, der nicht frei von Spott schien. Sein Blick fiel auf den Boden, wo meine Hose lag. Daneben ein Zettel, den ich sofort wiedererkannte. Es war Behorns Wegbeschreibung zum kleinen Hinterdeck.

»Der ist von mir, beziehungsweise von Herrn Behorn, den hatte ich ganz vergessen.«

»Sie vergessen eine ganze Menge, dafür sind Sie eigentlich zu jung.«

»Jung ist relativ.«

Er las, was auf dem kleinen Stück Papier stand. »Waren Sie unten an dem beschriebenen Treffpunkt?«

»Nein, er kam mir auf dem Weg dorthin entgegen.«

Golt stand auf und holte einen Bademantel, der noch zusammengefaltet in einem der Regalfächer lag.

»Wie wäre es, wenn Sie den anziehen und wir gemeinsam in Ihre Kabine gehen, also die mit der Nummer 305?«

Ich nickte stumm. Er wollte vor der Tür auf mich warten. Meine Hände zitterten, als ich den Bademantel anzog und den Frotteegürtel zuknotete. Mein Körper mochte jetzt bedeckt sein, aber meine Seele blieb auf eine eigentümliche Weise nackt.

Ich folgte ihm auf den Gang.

»War es denn kein Unfall?«, fragte ich leise.

»Das müssen wir noch herausfinden«, antwortete er ebenso leise.

Barfuß lief ich über den Teppich mit den blauen Fischen bis zu meiner Tür, meine Anziehsachen hatte ich in der Aufregung liegen lassen. Mir liefen noch immer die Tränen über die Wangen. Wie sollte ich Maike die schlimme Nachricht beibringen, an Enni wagte ich gar nicht zu denken. Ihr Traummann war tot. Ich öffnete die Tür, aber die Kabine war leer. Vielleicht hing Maike noch an der Bar. Und mit einem Mal hoffte ich, dass sie dort war oder irgendwo auf diesem Schiff und nicht auf dem Grund des

Rheins. Ich drehte um, lief den Gang zurück in Richtung Bar, mein Herz raste, als Golt mich einholte und festhielt. »Wo wollen Sie hin?«

»Maike, ich muss wissen, ob sie lebt.«

Er sah mich an, nickte kurz und lief mit mir zusammen an die Bar. Dort saugte nur jemand die Sitzpolster der Sessel ab. Von Maike keine Spur. War sie etwa dort unten mit Behorn gewesen? Ihr hatte er auch so gut gefallen. Nicht auszudenken, wenn ihr etwas zugestoßen war, wo sie nur für Adi einspringen wollte. Das würde ich mir mein Leben lang nicht verzeihen. Krappmann kam mit zerzausten Haaren und übernächtigtem Gesicht. Er verstand sofort, ließ Maike über den Bordlautsprecher ausrufen. Wir eilten zur Rezeption, dort sollte sie hinkommen, wenn sie dies hörte. Es dauerte keine zwei Minuten, und Maike erschien. Müde rieb sie sich die Augen. Ich rannte ihr entgegen, umarmte sie stürmisch, rief erleichtert: »Du lebst!«, und küsste sie mehrmals quer über das Gesicht.

»Warum denn nicht?«

»Behorn ist tot. Er starb letzte Nacht«, erklärte ich ihr.

»Was?« Sie reagierte verstört. »Das kann nicht sein. Er war doch gerade noch pupsgesund. Der schläft vielleicht nur woanders hier an Bord.«

»Habe ich auch erst gedacht, aber der Kommissar«, ich zeigte auf Herrn Golt, »ist hier, um den Fall zu untersuchen.«

Ich wischte mir die Tränen von den Wangen, während Maike nach meinem Arm griff und sich an mir festhielt.

Golt sah auf seine ausgedruckte Passagierliste. »Frau Maike Freisin, wo verbrachten Sie die letzte Nacht?«

»Erst an der Bar, dann bei Enni, also Frau Flichs, auf ihrer Kabine, dort bin ich eingedöst und irgendwie hängengeblieben. Durch die Borddurchsage bin ich aufgewacht.«

»Wollen Sie mich mal zu Frau Flichs führen?« Maike nickte, und wir bewegten uns alle wieder zurück in Richtung Kabinen.

»Frau Freisin alleine genügt mir«, fand Golt. Wir blieben zurück. Krappmann nahm mich in den Arm. »Schreckliche Geschichte«, meinte er, »so was ist mir während meiner ganzen Dienstzeit noch nicht passiert.«

Es tat gut, von ihm gehalten zu werden, und ich hoffte, dass er nicht erfuhr, in wessen Bett man mich gefunden hatte. Wir setzten uns auf ein kleines Sofa mit Blick auf Hafenmauer und graue Brücke, die sich jetzt, nur spärlich angeleuchtet, in ihrer Silhouette zeigte. Es war noch immer dunkel. Wir befanden uns tatsächlich wieder dort, wo wir gestern aufgebrochen waren. Ich im Bademantel, er zwar bekleidet, aber zerzaust. Noch zeigte sich kein Gast in der Lounge. Krappmann war über die Vorgänge bereits informiert. Offenbar hatte der Matrose eines passierenden Frachtschiffes zufällig gesehen, wie jemand auf der »River Diamond« über Bord ging, und sofort ein Rettungsmanöver eingeleitet. Man fischte Behorn aus dem Wasser, was nachts auf dem Rhein schon eine Meisterleistung war und nur mit viel Erfahrung gelang. Etwa eine Viertelstunde später verstarb er jedoch an Bord des Frachters. Sofort funkte man die Wasserschutzpolizei und den wachhabenden Offizier der »River Diamond« an, der wiederum riss Kapitän Krappmann aus dem Schlaf. Man nahm den Leichnam an Bord und kehrte auf Anweisung der Wasserschutzpolizei zurück in den Köln-Deutzer Hafen, wo die Kriminalpolizei in Person von Raimund Golt bereits wartete. Denn der rettende Matrose hatte den Verdacht geäußert, dass Behorn unter Umständen nicht allein gewesen, vielleicht sogar ins Wasser gestoßen worden war.

Der Rückweg nach Köln verlief mit der Strömung, also war das Schiff sehr viel schneller als auf der Hinfahrt, wo man »zu Berg fuhr«, wie er es nannte. Man wollte den Passagieren die Möglichkeit geben, im Ausgangshafen von Bord zu gehen. Aber es war in jedem Fall die Kölner Polizei zuständig, weil die Reederei dort ihren Hauptsitz hatte.

»Ich komme eigentlich aus der Hochseeschifffahrt und dachte, so ein Vergnügungsdampfer auf dem Rhein, mit dem Ufer immer in Sichtweite, das wäre eine ruhige Angelegenheit.«

»Warum ermittelt die Polizei?«, wollte ich wissen.

»Die müssen herausfinden, ob es sich um Fremdeinwirkung, Unfall oder Freitod handelt.«

Mir sank das Blut in die Zehen. Sollte sich Gunnar Behorn das Leben genommen haben, nachdem er mich geküsst hatte?

Krappmann sah mich seufzend an. »Was geht Ihnen durch den Kopf?«

»Wie ich wohl küsse.«

Er sah mich an, als hätte ich etwas Kesses gesagt.

»Das ist jetzt schwer zu verstehen«, versuchte ich zu erklären, als er mir ganz langsam die Kaffeetasse abnahm, sie abstellte und näher rückte. Eine kitzelnde Gänsehaut breitete sich an verschiedenen Stellen ober- und unterhalb der Gürtellinie aus, als jemand rief: »Guten Morgen, du zickiger Zackenbarsch.«

Es war der Herr mit der Bartperle, der in einem ölverschmierten Overall quer durch die Lounge auf uns zulief.

Krappmann rückte von mir ab, und ich spürte die plötzliche Rückkehr der Erdanziehung.

»Es ist gleich 6 Uhr. Ich kann sowieso nicht mehr schlafen und will in den Maschinenraum. Es sei denn, ich würde hier oben noch gebraucht. Außerdem wollte ich mit dir noch besprechen, wie ich mit der Maschine jetzt verfahren soll.«

Ich stand auf, um mich zu sammeln, denn meine Hirnzellen und einiges andere mehr in mir taumelten. Tief durchatmend verabschiedete ich mich von den beiden und lief in Gunnars weißem Bordbademantel, noch immer barfuß, über die blauen Fische des Teppichbodens, die mich gestern noch angesprungen hatten, zurück zu meiner Kabine. Vor der Tür stand ein Mann in Uniform. Er könne mich nicht hereinlassen, hätte Kommissar Golt so angeordnet. Der kam kurz darauf aus Ennis Kabine und bat mich um ein wenig Geduld, er müsse Maike erst vernehmen, dann dürfe ich herein.

Diesen polizeilichen Aufwand veranstaltete man sicher nicht, wenn man von einem Unfall ausging. Aber ein Freitod? Nein, das konnte ich mir nicht vorstellen. Schon gar nicht meinetwegen. Niemand brachte sich meinetwegen um.

Schließlich öffnete Golt die Tür und ließ mich herein. Maike wirkte aufgewühlt und verschwand im Bad. Ich setzte mich aufs Bett, unterdrückte nur mühsam den Impuls, laut loszuheulen und mich danach unter der Decke zu verkriechen, mit allen verfügbaren Kissen über meinem Kopf. Aber vor Kommissar Golt riss ich mich zusammen. Der schob einen der Sessel nahe an mich heran, zog aus seinen alten grauen Jeans ein Handy, wählte und wartete. Währenddessen schaute er mich unentwegt an. Das Schilfgrün seiner Augen wirkte matt, aber sein Blick strahlte etwas sehr Direktes, Unerschrockenes aus. Während sein dunkelblondes Haar kaum Grau zeigte, wirkte sein Gesicht so zerfurcht wie das eines alten Mannes. Durch seinen langen, nicht mehr so dichten Pony sah man tiefe Falten auf seiner Stirn. Er beorderte den Mann der Kriminaltechnik, Köttenthal, her, um das ganz große Programm zu fahren, wie er es ausdrückte. Während ich meine Gedanken kaum zügeln konnte, über einen möglichen Mord an Behorn nachdachte und mich schon im Gefängnis sah, verstaute Golt gelassen sein Handy in der Hosentasche.

»Frau Weißenberg, wie kooperativ wollen Sie sein?«

Ich verstand nicht ganz. »So gut ich kann selbstverständlich.«

»Gut, dann wäre es schön, wenn Sie mich in meiner Arbeit unterstützen und nicht auf richterliche Beschlüsse bestehen. Die zu bekommen, würde meine Ermittlungen enorm verzögern. Sie wollen doch sicher bald wieder von Bord, sehe ich das richtig?«

Stumm nickte ich mit dem Kopf. Er bat mich, dem Kollegen jetzt meine gesamte Kleidung inklusive Unterwäsche und Schuhe zu übergeben, damit sie auf Spuren untersucht werden konnte. Ich schluckte.

»Wie gesagt, das ist freiwillig, aber wenn Sie nichts zu verbergen haben, entlasten Sie sich so.«

Er faselte irgendwas von meinen Rechten und bat mich, vorerst an Bord zu bleiben, um mich zur Verfügung zu halten. Aber wohin sollte ich im Bademantel schon gehen? Einen Moment lang überlegte ich, Adi zu informieren. Dann traf mich wieder dieser gelbe Tennisball am Kopf, und ich beschloss, das vorerst nicht zu tun. Harry, sein bester Freund, war Anwalt. Aber den würde ich in Loyalitätskonflikte bringen, wenn ich ihn anrief. Außerdem war sein Fachgebiet Wirtschaftsrecht. Es klopfte an der Kabinentür, Herr Golt schüttelte mir die Hand und überließ mich zwei Herrschaften in weißem Ganzkörperoverall, die meine Kleidung in große graue Plastiktüten stopften. Als Maike aus dem Bad kam, nahm man auch ihre. Betreten sahen wir uns an. Sie war durch unsere Schuld, nein, eigentlich durch Adis Schuld, in diese Misere geraten.

»Es tut mir leid, Maike.«

»Was sollte dir leid tun? Dass ich mich mit Gunnar Behorn auf diesem Hinterdeck treffen wollte? Das habe ich selbst entschieden.«

So sah das also aus, wenn man sich der Welt bedingungslos mit seiner Liebe entgegenwarf. Für einen Augenblick hatte ich tatsächlich angenommen, ich bedeutete ihm etwas. Wie dumm von mir. Er hatte sich nicht nur mit mir treffen wollen. Sie überreichte mir einen kleinen Zettel, auf dem stand mit Füllfeder geschrieben:

»Liebe Maike, dies schrieb ich für Dich

Die Welt steht still
in Deinem Blick
hält sie sich an
die Zeit
ich sehne mich
ich lehne mich
ganz still
an Dich

In Sehnsucht
Gunnar Behorn«

Auf der Rückseite befand sich eine Wegbeschreibung zum Hinterdeck, wortgleich zu meiner. Nur dass er Maike genau eine Stunde später, nämlich um 20 Uhr, treffen wollte. Mir wurde flau, und ich gestand ihr, dass er mich auch dorthin geladen hatte. »Dieser Mann war keinen Cent wert. Dem sollten wir nicht nachtrauern.«

Sie nahm die Tütchen mit Ankerplätzchen von den Kopfkissen, setzte sich zu mir aufs Bett. »Dann warst du also auch dort unten.«

»Er fing mich vorher ab. Ich wollte ihm sagen, dass aus uns nichts wird.«

»Hätte mich auch gewundert.«

»Und du?«, fragte ich sie, wissend, dass ich nicht die ganze Wahrheit sagte.

»Verpfeif mich nicht an Enni, aber als er mir Avancen machte, wurde ich schwach. Allerdings war er nicht da, als ich an die vereinbarte Stelle kam. Da war ich ganz schön enttäuscht.«

Wir beide schauten dumm aus der Wäsche, der nicht mehr vorhandenen. Wie konnten wir uns so schnell um den Finger eines solchen Mannes wickeln lassen?

»Ruf Adi an, der soll mit einem guten Anwalt vorbeikommen, um uns hier rauszuholen. Bei der Gelegenheit kann er uns gleich etwas zum Anziehen mitbringen.«

»Eher gehe ich in den Knast.«

»Wie bitte?« Sie strich sich die Haare aus dem Gesicht. »Habt ihr euch gestritten?«

»Schlimmer. Als du Freitagmittag bei mir zum Kaffee warst, ging alles noch seinen gewohnten Gang. Nachdem du aufgebrochen warst, um zu deinem Selbsterfahrungs-Workshop nach Berlin zu fahren, ging es Schritt für Schritt bergab.«

Es war an der Zeit, Maike die ganz Wahrheit zu erzählen. Auch wenn es mir schwerfiel. An jenem Abend kam Adrian gestresst nach Hause, weil es Probleme mit seinem neuen EDV-System gab. Ich machte ihm einen Tee und kochte weiter, denn Floriane wollte zum Abendessen kommen. Als es an meiner Tür klingelte, stand draußen eine fremde Frau in gelbem Mantel. Kurz darauf fuhr Flori mit einem jungen Mann vor, den sie mir als Matthes Truse vorstellte, die Frau als seine Mutter Dolores. Verblüfft ließ ich alle rein. Kaum saßen wir am Tisch, überreichte mir Flori ihr Geschenk, eine Stola in verschiedenen Grüntönen. Dann ruckelte sie sich auf ihrem Stuhl zurecht, nahm die Hand des jungen Mannes neben ihr und eröffnete uns, dass sie ihn morgen früh auf der »Happy Days«, dem Boot ihres Patenonkels Harry, heiraten würde. Nachmittags ging es auf nach Australien, um dort Opale zu schürfen. Bis auf weiteres unterbrachen beide ihr Pharmaziestudium, was mir ganz und gar nicht gefiel. Ich hatte Angst, dass sie es nicht mehr zu Ende brachte. So wie ich damals, als ich mit ihr schwanger wurde. Davor wollte ich sie bewahren. Vor einer übereilten Ehe sowieso. Matthes war ein gut aussehender Mann. Er wirkte verschlossen und auf unbestimmte Weise interessant. Aber waren interessante Männer gute Ehemänner? Selbst wenn jetzt noch für die beiden alles rosarot erschien, musste man ja auch unterhalb von Wolke sieben miteinander klarkommen.

All meinen Bedenken zum Trotz heirateten sie am nächsten Morgen. Flori war so lieb und manchmal etwas gutgläubig. Das hat sie von mir. Unsere alte Tradition, alles miteinander zu besprechen, so abrupt zu beenden, tat mir weh. Meine größte Sorge war, dass dies so blieb und sie nicht mehr zu mir zurückfand, sondern mich zurückließ wie einen alten Schuh, vielleicht ganz in Australien blieb. Darauf fühlte ich mich nicht vorbereitet. Sie war Stück für Stück erwachsen geworden, bezog nach dem Abitur ihre Studentenbude im Kölner Univiertel. Aber bis jetzt war sie doch immer noch nach Hause gekommen, aß, trank und redete mit mir. Mit einem Schlag entglitt mir mein Lebensprojekt, meine größte Leidenschaft. Und meine bisherige Mutterrolle. Schon jetzt brannte dieses Loch, was es in mir riss, wie eine offene Wunde. Ich musste mein Leben neu justieren. Dieser Blitz von einer Hochzeit zeigte mir, dass ich diese Aufgabe noch meistern musste, diesen Job noch zu erledigen hatte.

Adi prostete mir zu. »Woran denkst du?«

»An einen Job«, war meine Antwort. Er schaute mich verdutzt an. Anstatt darauf einzugehen, mahnte er zur Eile, wenn das Brautpaar seinen Flug nicht verpassen wollte. Hastig brachen wir alle auf.

Am Flughafen erblindete ich vor Tränen, als meine Kleine mich auf die Wange küsste und mir ins Ohr flüsterte: »Es sollte alles schnell gehen, damit es nicht so wehtut.«

Dann warf sie ihren Brautstrauß in den Müll, rief laut: »Ich hab dich lieb!«, und verschwand samt Seesack hinter der Absperrung.

Maike nahm mich in den Arm. »Aber Linda, davon geht doch die Welt nicht unter. Deine kleine Flori hat etwas überstürzt geheiratet. Sie ist erwachsen geworden und geht nun ihre eigenen Wege und nicht mehr die, die du für sie vorgesehen hast. So was passiert.«

Gerade, als ich ansetzte, ihr zu erzählen, dass dies noch nicht das Ende war, klopfte es schon wieder Sturm, und Maike sprang auf, um Enni die Tür zu öffnen.

»Mädels, ich brauch ’nen größeren Bildschirm, mein Handy ist so klein, wer hat was Besseres? Ich muss Klamotten ordern. Es kann Tage dauern, bis ich meine zurückkriege, sagt Golt. Keinen Augenblick länger als nötig bleibe ich im Bademantel. Nicht vor diesem Kommissärchen oder sonst irgendeinem.«

Diese Frau verblüffte mich, hatte ich doch erwartet, dass sie um Behorn trauerte, aber von dem war keine Rede mehr. Während Maike ihr Gepäck durchsuchte, fragte ich Enni, warum auch sie ihre Sachen abgeben musste.

»Das Golt-Stück wollte sie haben, um sie zu untersuchen. Keine Ahnung, was er sich davon verspricht. Er will meine Fasern mit welchen abgleichen, die man auf dem Hinterdeck gefunden hat, was weiß ich.«

»Warst du denn dort?«, wollte ich wissen.

»Wo?«, fragte sie zurück.

»Auf dem Hinterdeck.«

»Wird das hier noch ein Verhör?«

Maike zog ihren Laptop zurück, den sie Enni bereits reichen wollte.

»Nein«, sagte sie und setzte sich in einen der Sessel. »Ja.«

»Was denn nun?«

»Ihr geht mir auf die Nerven.«

Ich setzte mich zu ihr.

»Ich war nur kurz unten. Behorn war gar nicht da. So, jetzt wisst ihr Bescheid.« Sie rollte mit den Augen und schaute hoch zur Decke. »Nicht, dass es euch irgendetwas angeht, aber der schöne Herr Behorn hat mich zu einem Stelldichein dorthin bestellt. Sogar ein Gedicht hat er mir geschrieben. Jetzt seid ihr platt, was?«

Maike zeigte Enni den Zettel, den sie von Behorn bekommen hatte. »Etwa so eines?«

Enni sah sich das Stück Papier ausführlich an. »Wo hast du den her?«

»Dreimal darfst du raten: von Behorn.«

Wortlos stand sie auf, lief in ihren weißen Frotteelatschen, die Teil des Bordbekleidungspaketes waren, zur Tür, ließ die hinter sich offen, als sie über den Gang zu ihrer Kabine ging, und kam zurück. Mit einem Zettel, der haargenau wie der aussah, den Maike von Behorn erhalten hatte. Beide stammten von dem kleinen Block, den die Reederei auf jede Kabine als Werbegeschenk legte. Seufzend ließ sie sich wieder im Sessel nieder und zog ihre Lesebrille aus dem Haar. Sie hielt beide nebeneinander und las vor.

»Liebe Enni, dies ist für Dich:
Die Welt steht still
in deinem Blick
hält sie sich an
die Zeit
ich sehne mich
ach lehne dich
ganz still
an mich

Sehnlichst
Gunnar«

Dann las sie Maikes Gedicht vor. Die beiden unterschieden sich lediglich darin, wer sich an wen lehnte. Ich verstand, warum Behorn von seiner Poesie nicht leben konnte. Warum es nicht einmal zum Ahorn reichte, sondern nur zum Behorn.

Enni zerknautschte ihren Zettel, warf ihn einem der springenden Fische auf dem Teppich zum Fraß vor und gab Maike den ihren zurück. »Der war ein noch schlimmerer Hallodri, als ich dachte«, murmelte sie. »Und warum sitzt du hier in einem schlichten Bademantel, Blondi, wo du dich sonst so adrett anziehst?«

Ich räusperte mich und streckte meinen Rücken durch, bevor ich mit der Sprache rausrückte. Daraufhin sah sie mich mit offenem Mund an. In diesem Moment wünschte ich, diesem Mann niemals begegnet zu sein oder ihm doch zumindest widerstanden zu haben. Aber nun war es raus. Ich hatte Enni hintergangen und erkannte mich selbst nicht wieder. Schlimmer noch, ich wusste nicht, was ich zu meiner Verteidigung sagen sollte.

»Wie ich die Sache sehe, brauchen wir hier alle Klamotten«, war erstaunlicherweise ihre einzige Reaktion.

»Wo sollen wir die Sachen denn hinschicken lassen?«, gab Maike zu bedenken. »Wir können ja wohl kaum den Deutzer Hafen als Adresse angeben. Sonst werfen die Paketzusteller alles ins Wasser.«

Enni hatte bereits alles durchdacht. Anstatt Behorn lange nachzutrauern oder gar ihre Lage zu beklagen, schmiedete sie Pläne für das Hier und Jetzt, also für ihr vorerst kleidungsloses Leben an Bord. Bei der Anreise hatte sie einen Kiosk gesehen. Ein paar 100 Meter weg vom Hafen. Dessen Besitzer wollte sie anrufen, um ihn zu fragen, ob wir seine Adresse als Lieferanschrift angeben konnten. Für ein paar Euro würde er die Pakete vielleicht sogar herüberbringen.

»Oder will eine von euch im Bademantel über die Straße laufen?«, fragte sie uns. »Viel wichtiger ist, wer noch genug Geld auf dem Konto hat, um die Sachen zu bezahlen. Ich bin pleite. Und zwar Dispo-Pleite, wenn ihr wisst, was ich meine. Alle meine Ersparnisse stecken in dieser verdammten Reise hier, die ja nicht mal aus dem Hafen kommt, so wie es aussieht.«

Die Aussicht, tagelang ohne Kleidung herumzulaufen, den Herren Kommissar und Kapitän in Frottee zu begegnen, empfand auch ich als würdelos. Adi zu bitten, mir Kleidung von zu Hause zu bringen, lag allerdings in der nach unten offenen Richterskala der Würdelosigkeit noch tiefer. Flori und meine Eltern waren im Urlaub, Maike bei mir und in derselben Lage. Auch sie hatte niemanden, der ihr etwas bringen konnte. Die Nachbarin, die einmal im Monat ihren Kaktus goss, war ausnahmsweise selbst verreist. Enni wohnte in Leverkusen, hatte aber alle nennenswerten Klamotten mit an Bord genommen.

Wir gingen online. Eine Borddurchsage unterbrach unseren Bestellvorgang. Heike Hurter wies darauf hin, dass man aufgrund eines Unfalls wieder im Köln-Deutzer Hafen festgemacht habe und alle Passagiere zunächst an Bord bleiben mögen. Die Polizei wolle jeden befragen. Erst wenn die ihre Zustimmung erteile, könne man das Schiff verlassen. Sie dankte für unser Verständnis und lud ab 8 Uhr, also in wenigen Minuten, zum Frühstück ein. Nachdem wir kurz aufgeblickt hatten, als spräche der Herrgott persönlich zu uns, vertieften wir uns wieder ins Internet, um weiterzushoppen. Enni fand die Telefonnummer des Kiosks heraus und rief gegen meine

Bedenken, es sei zu früh am Tage, um jemanden anzutreffen, dort an. Es meldete sich ein freundlicher Herr Kaplan, der unsere Geschichte zunächst nicht glauben wollte, dann aber auf unseren Vorschlag einging, die Sachen nicht nur entgegenzunehmen, sondern auch zu unserem momentan ankernden Zuhause zu bringen. Wir orderten Express, am nächsten Tag sollten alle wieder bekleidet sein.

Enni rieb sich die Hände. »Die anderen können von mir aus alle in fadem Frottee herumlaufen. Mir steht das nicht. Morgen bin ich wieder eine flotte Biene.«

Ihr vermeintlicher Traummann war gestorben. Ihre mangelnde Trauer darüber verwirrte mich, denn ich fühlte mich im Gegensatz zu ihr selbst ein wenig wie gestorben.

»Auf, Mädels!«, rief sie. »Lasst euch nicht hängen, es gibt Essen. Wer will den Kapitän?«

Enni hatte offensichtlich keine Hemmungen, in diesem Aufzug ins Restaurant zu gehen. So wollte ich eigentlich niemandem begegnen. Andererseits waren wir ja alle in derselben Lage, und bis zur Lieferung unserer neuen Sachen würden wir ansonsten hungern müssen. Vorsichtig öffnete ich die Tür, schaute auf den leeren Gang und entdeckte vor mir auf dem Teppich einen Briefumschlag. In ihm steckte eine Mitteilung, auf der noch einmal stand, was die Hoteldirektorin schon durchgesagt hatte. Man kündigte veränderte Essenszeiten und ein neues Abendprogramm an: Gedenkminute für den Verstorbenen, danach klassische Musik und ein Dia-Vortrag über den Rhein von der Quelle bis zur Mündung. Im Bademantel würde ich dem sicher nicht beiwohnen. Heike Hurter huschte über den Flur. Sie trug eine recht kurze dunkelblaue Hose, dazu eine weiße Bluse, die in der Oberweite spannte. Sollte ihr ein Knopf abplatzen, konnte ich Zwirn aus meinem Reisenähset anbieten. Für kleinere Malheurs, die man weg- oder zunähen konnte, war ich gerüstet. Es waren die großen Löcher, die mich aus der Bahn warfen. Die, die man nicht so einfach stopfen konnte.

5. DIE NACKTE WAHRHEIT

Wir drei machten uns auf den Weg zum Restaurant. Kurz bevor sich der Gang zum Rezeptionsbereich hin öffnete, kam uns unser Kabinennachbar mit seiner Mutter entgegen. Beide waren vollständig bekleidet, aber wir sahen ihnen nach, als wären sie nackt. Während ich noch darüber nachdachte, ob Raimund Golt vielleicht der alten Dame zuliebe eine Ausnahme gemacht hatte und ihr die Bademantelschmach ersparte, kam uns auf Höhe der Rezeption die nächste Gruppe angezogener Passagiere entgegen. Vorsichtig lugten wir durch die Holzstreben, die den Restaurantbereich vom Gang abgrenzten. Hier sammelten sich bereits einige, die frühstücken wollten. Alle normal bekleidet. Wir sahen uns an. Wieso hatten die noch ihre Sachen? Vielleicht hatte man sie noch nicht verhört. Maike rang nach Luft. Den Blick auf den Teppichboden gesenkt, über zahllose blaue Fische hinweg liefen wir eilig zurück zu unseren Kabinen. Meine Wangen glühten.

Vor ihrer Tür blieb Enni stehen. »Ich hab eine Idee. Wir tun so, als kämen wir aus der Sauna.«

Um diese Legende zu vervollkommnen, holte sie schnell ein Handtuch aus ihrem Bad, schlang es sich um den Kopf, wie man es bei nassen Haaren tat, und schritt erhobenen Hauptes zurück zum Restaurant. Mit knurrendem Magen und einem Gefühl von Respekt vor ihrem Mut blickte ich ihr nach. Maike und ich zogen uns schmollend in unsere Kabine zurück. Schlagartig wurde uns klar, dass nicht das ganze Schiff unter Verdacht stand, sondern nur einige an Bord. Zu diesem kleinen Kreis gehörten leider wir, die Gästeliste des Frauenflüsterers Gunnar Behorn. Ich setzte mich in einen der Sessel und fand, dass wir wirklich selten dämliche Hühner waren.

»Lass uns lieber darüber nachdenken, wie wir in Würde an Essen kommen«, schlug Maike vor. Sie suchte die Nummer vom Kiosk wieder raus und rief dort an. Adam Kaplan meldete sich. Tatsächlich gab es bei ihm belegte Brötchen und Kaffee. Gegen einen kleinen Aufpreis wollte er unsere Bestellung bringen. Maike beschrieb ihm das Schiff und öffnete das Fenster. Kühle Luft wehte herein, zusammen mit einem modrigen Geruch, der sich keine zehn Minuten später mit Kaffeeduft mischte. Wir sahen graue Baumwollhosenbeine auf abgelaufenen Schuhen draußen am Geländer vorbeilaufen. Höher als bis zur Hüfte konnten wir nicht sehen. Mehr gab unser Aussichtsschlitz nicht her.

»Herr Kaplan, sind Sie das?«, rief Maike durch das offene Fenster.

Die Beine blieben stehen, gingen in die Hocke. Ein älterer Herr mit zotteligen grauen Haaren, die der Wind ihm ins Gesicht blies, schaute durch die Streben zu uns herunter. Er hielt ein Tablett vor sich mit zwei Pappbechern und einer Papiertüte.

»Brötchen und Kaffee, haben Sie das bestellt?«

Maike jubelte.

»Dann gibt es Sie also wirklich«, sagte er. »Habe mit meinem Sohn gewettet, dass man sich einen Spaß mit uns erlaubt.«

Schnell stieg ich auf einen Sessel, um den Höhenunterschied zu überbrücken, und er reichte mir die Sachen einzeln durch die Geländerstreben herunter. Ob es an Bord nicht genug Essen gäbe, wunderte er sich.

Jetzt stieg Maike auf den Sessel und sagte leise: »Eine lange Geschichte.«

»Lange Geschichten sind etwas Wunderbares«, flüsterte er zurück. Einen Augenblick lang sahen sich die beiden an. Dann nickte er kurz und richtete sich wieder auf.

»Halt«, rief Maike, »wir schulden Ihnen noch Geld, bitte gehen Sie noch nicht, was gibt es denn sonst noch alles in Ihrem Kiosk? Ich meine, welche Speisen?«

Er kam zurück in die Hocke. Nach einigem Hin und Her versprach er, gegen Mittag mit einer warmen Mahlzeit für uns beide zurückzukehren. Wir mögen uns überraschen lassen. »Sind das Ihre Schuhe?« Er zeigte mit dem Finger nach unten. Maike bückte sich und holte von einem kleinen Rost vor dem Fenster ein Paar blaue Ballerinas, die ich am Vorabend dort hingestellt hatte. Sie sollten lüften, denn mein Imprägnierungsspray, mit dem ich sie vor der Abreise eingesprüht hatte, roch ziemlich stark. Jetzt hatten sie sich mit Regenwasser vollgesogen. Ich nahm sie entgegen und brachte sie schnell ins Bad. Vielleicht erholten sie sich von diesem Zustand. Sie waren nicht ganz billig gewesen und jetzt die einzigen Schuhe, die mir geblieben waren.

Maike biss in eines der Käsebrötchen und sagte kauend: »Muss gerade daran denken, wie viele unschuldig verurteilt im Gefängnis landen.«

Ich legte daraufhin mein Brötchen zurück in die Tüte. Daran hatte ich noch gar nicht gedacht. Bis zu diesem Moment war ich davon ausgegangen, dass sich meine Unschuld bald von ganz alleine herausstellen würde.

Sie kaute weiter. »Auf Mord steht lebenslang, glaube ich.«

Ich dachte an Flori in Australien, wie mochte es ihr gehen? Würde ich sie wiedersehen, wenn ich im Gefängnis landete? Dann dachte ich an Adi. Unsere Ehe hatte so vielversprechend, mit so viel Liebe begonnen. Und jetzt? Krappmann schaute von draußen aus der Hocke zu uns hinunter und grüßte uns. Zwei Minuten später klopfte es und er stand vor unserer Tür. Ich zupfte meinen Bademantel zurecht, bot ihm Maikes Sessel und mein Brötchen an. Nichts von beidem nahm er an. Aber er wunderte sich. »Schmeckt Ihnen unser Buffet nicht?«

Maike und ich sahen uns an. Als er sich setzte und die Beine übereinanderschlug, legte eine zu weite und zu kurze Hose nackte Fesseln frei. Dann legte er einen Finger auf die Lippen und flüsterte: »Golt steht da oben, der hat seine Ohren überall.«

Maike schloss sofort das Fenster. Krappmann bat darum, die Ruhe zu bewahren, die Wahrheit käme sicher bald ans Licht. Er versprach, so lange bei uns an Bord zu bleiben, bis alles aufgeklärt sei. Ich glaubte ihm nicht nur, ich ließ mich durch ihn tatsächlich beruhigen. Er war Seemann, hatte sicher schon viel erlebt und wusste, wovon er sprach. Zumindest hoffte ich das. Es klopfte. Raimund Golt kam zu uns herein. »Na, kleines strategisches Meeting, die Damen und der Herr?«

Krappmann stand auf. »Hier an Bord bin ich für meine Passagiere verantwortlich, umso mehr, als man sie ihrer Kleidung und damit ein Stück weit ihrer Würde beraubte.«

Golt blieb ruhig. »Reine Routine, Herr Kapitän. Wir machen hier beide unsere Arbeit. Sobald die Laborergebnisse kommen, wissen wir mehr und jeder kann sich wieder vernünftig anziehen. Bis dahin bitte ich um ein wenig Geduld. Es dauert nicht mehr lange.«

»Ihre Ermittlungsmethoden finde ich befremdlich«, sagte Krappmann.

»Es steht Ihnen völlig frei, meine Arbeit zu finden, wie Sie wollen. Allerdings käme ich nicht auf die Idee, Ihnen zu erklären, wie Sie Ihr Schiff zu führen haben.«

Enni erschien in der Tür, noch immer mit dem Handtuchturban auf dem Kopf. Als sie die beiden Herren sah, zögerte sie kurz, kam dann aber doch herein. Golt sah uns der Reihe nach an, ohne etwas zu sagen. Überhaupt sprach er weniger, als dass er schaute. Er schien immerzu alles und jeden zu mustern. Dabei verzog er keine Miene. Man wusste nie, was er gerade dachte.

Er müsse dann auch mal wieder, meinte Krappmann nach einem Moment des Schweigens und ging. Der Kommissar folgte ihm. Wir atmeten durch.

Aus ihren Bademanteltaschen zauberte Enni gekochte Eier, zwei Brötchen und drei Päckchen Marmelade, dazu noch einzeln verpackte *Rheingesteine*. Das alles warf sie aufs Bett.

»Hier, für meine hungrigen Häschen, das muss bis Mittag reichen, wenn ihr euch nicht raustraut.«

Sie schien fast etwas enttäuscht darüber, dass wir uns bereits selbst versorgt hatten, sammelte alles wieder ein und stopfte es in ihre Taschen zurück. Man wusste nie, wozu man es noch brauchen könnte, befand sie.

Die Tür stand noch offen. Joscha, der Bordmusiker und selbsternannte Vergnügungsoffizier, kam mit einem Tablett voller Brötchen, duftendem Rührei und Kaffee. Er wollte uns versorgen, damit wir nicht ins Restaurant mussten. Seine guten Gaben setzte er auf dem kleinen Tisch zwischen den Sesseln am Fenster ab und goss erst mal jedem einen frisch gebrühten Kaffee ein. Wie es uns ginge, erkundigte er sich. Das sei auch für sie als Schiffscrew nicht ganz einfach.

Er hatte schöne braune Augen, ich schätzte ihn auf Ende zwanzig. Der Pailletten- und Perückenträger von gestern Abend schlug heute leisere Töne an, wirkte ernsthaft besorgt. Eilig trank er seine Tasse aus und trug das Tablett, von dem wir nichts angerührt hatten, wieder hinaus.

Enni öffnete ein Fenster, schloss es gleich wieder und rief: »Mist!«

Oben hinter dem Geländer stand Golt und dirigierte einen Matrosen, der in dem schmalen Spalt zwischen Schiff und Kaimauer etwas aus dem Wasser fischen sollte. Eine Plastikdose. Ennis Plätzchendose.

»Ich hab sie!«, rief der Matrose.

»Super. Ich komme!«, kam von Golt.

Enni atmete plötzlich schwer und sank in den Sessel. »Ich bin erledigt.«

»Aber das Zeug bringt doch keinen um«, wandte Maike ein.

»Umbringen? Und was für ein Zeug?«, wollte ich wissen. Es stellte sich heraus, dass ihr Backwerk, das so schwer auf der Zunge lag und merkwürdig schmeckte, es in sich hatte. Nämlich Marihuana. Wir alle hatten davon gegessen. Inklusive Gunnar Behorn. Es erklärte meine

Kapriolen und körperlichen Aussetzer. Zumindest ging ich davon aus. Ich war sauer, dass mir niemand etwas gesagt hatte. Aber Enni tat mir leid. Sie saß jetzt in der Tinte.

»Geh zu Golt und sag die Wahrheit«, riet ich ihr, »nur so kannst du verhindern, dass es ein schlechtes Licht auf dich wirft.«

Sie schüttelte den Kopf. Ich gab der Sache ein paar Stunden, bevor sie sich aufklärte. Viele Passagiere hatten Enni damit gesehen. Aber sie wollte sich auf keinen Fall als Besitzerin der Plastikdose zu erkennen geben. Ich versuchte ihr klarzumachen, dass sie sich nur unnötig verdächtig machte, indem sie es zu vertuschen versuchte. Außerdem gab es unsere Blutproben. Spätestens durch deren Auswertung würde man uns auf die Schliche kommen. Enni schlug mit der Faust aufs Bett. Ihr Handtuchturban fiel herunter. Ich strich ihr über das Haar. Sie war nicht zu beruhigen. So saß ich nur stumm an ihrer Seite. Dann wetterte sie: »Lorena sollte stolz auf mich sein, ich wollte ihr bei der Arbeit zusehen. Und jetzt das.«

Vorsichtig erkundigte ich mich, wer Lorena war. Enni wurde still, nahm den Kopf hoch und sah mich mit glasigen Augen an. »Meine Tochter.«

Es handelte sich um Fräulein Hundert-Spangen, jene junge Kellnerin, die uns am Vortag bedient hatte. Auf keinen Fall sollte sie erfahren, dass ihre Mutter Drogen an Bord konsumierte, und ihre Vorgesetzte, die Hoteldirektorin Heike Hurter, kurz H.H., schon gar nicht. Wenn das herauskam, wäre nicht nur Lorenas Karriere hier an Bord beendet, sondern ihre gesamte Zukunft ruiniert. Enni dachte laut darüber nach, das Schiff heimlich zu verlassen und abzuhauen. Irgendwohin, wo sie niemand fand. Das mache die Lage nur noch schlimmer, gab ich zu bedenken.

»Du kannst die Sache nicht rückgängig machen. Nun ist entscheidend, wie du damit umgehst. Übernimm Verantwortung. Alles andere wäre unwürdig. Auch vor Lorena«, fand ich.

Mir schien, als sähe sie durch mich hindurch und hörte mich nicht.

»Hast du eine Tochter?«, fragte sie. Ich nickte. »Hast du dich vor ihr schon mal geschämt?« Ich zögerte. »Und hast du dieses Kind ganz alleine großgezogen? Bist nachts putzen gegangen, damit sie tagsüber eine Mutter hat?« Ich schüttelte den Kopf. »Dann hast du keine Ahnung.«

Sicher hatte sie recht. Schwerfällig stand sie auf und schlurfte in ihren Frotteelatschen zur Tür. Sie wollte jetzt alleine sein und verließ unsere Kabine.

Maike warf sich aufs Bett. »Ein Schnaps wäre jetzt nicht schlecht«, fand sie. Da konnte ich nur widersprechen. Vor allem der Alkohol hatte uns in diese missliche Lage gebracht. Verschlimmert durch Marihuana. Wer hätte sich bei klarem Verstand in die Arme eines Blenders wie Gunnar Behorn geworfen?

»Ich«, erklärte Maike. »Ich warte nichts mehr ab. Meine Blätter fallen.«

»Was für Blätter?«

»Meine Lebensblätter. Wie bei den Bäumen im Herbst, du weißt schon.«

Sie ging ins Bad. Ich stand auf und trat zu dem großen Spiegel, der zur Garderobe gleich an der Tür gehörte, um mich darin zu betrachten. Wahrscheinlich um herauszufinden, was meine Lebensblätter so machten. In meine dunkelblonden Krauslocken schlichen sich die ersten grauen Haare. Damit war zu rechnen in meinem Alter. Schön fand ich sie nicht. Ganz gleich, wie weit ich mein Kinn nach oben reckte, um mein Doppelkinn zu straffen, meine Pausbacken blieben. Seit Floris Geburt wichen sie nicht mehr aus meinem Gesicht. Meine knubbelige Stupsnase hatte ich an sie vererbt. So wie meine rundliche Gestalt und die zu kurzen Beine. Ob meine Blätter noch alle an mir dranhingen, vermochte ich nicht mit Sicherheit zu sagen. Aber sie färbten sich bereits. Der Anfang meines Herbstes war demnach eingeläutet.

Als Maike die Badezimmertür öffnete, zuckte ich regelrecht zusammen. Ich fühlte mich bei meiner Selbstinspektion ertappt und verzog mich schnell zurück in meinen Sessel. Sie begann, im Kleiderschrank zu kramen, und stieß auf drei Bewerbungsbücher, die ich auf diese Reise mitgenommen hatte. Schließlich zog sie einen roten Flachmann aus ihrem Koffer und streckte sich auf dem Bett aus.

»Marillenschnaps.« Sie hielt ihn mir entgegen, sodass ich den Alkohol roch. »Selbstgebrannt. Hab vergessen, von wem.« Ich lehnte dankend ab. Sie nahm einen kräftigen Schluck und erkundigte sich, ob wir noch von den Bierplätzchen hätten, die wären jetzt genau das Richtige. Dann erkundigte sie sich, was es mit den Büchern auf sich hatte.

Ich atmete tief durch und legte mich neben sie aufs Bett, um zu erzählen, wie es nach Floris Hochzeit mit mir weitergegangen war. Ich fiel in ein Loch, wie ich es bis dahin noch nicht kannte. Adi beschäftigte sich mit dem neuen EDV-System seiner Apotheken, so als wäre nichts gewesen. Die Welt konnte untergehen, ich in einer Erdspalte versinken, er würde sich in jedem Fall seiner Arbeit widmen. Selbst am Sonntag. Für ihn schien das eine Art Allheilmittel. Wenn Arbeit half, brauchte ich vielleicht auch eine. Auf jeden Fall musste ich das Loch stopfen, das sich in mir auftat. Gleich Montag früh besorgte ich mir in der Stadt Bewerbungsratgeber. Ich musste und ich wollte etwas Neues mit mir anfangen. Etwas Spannendes. Mein abgebrochenes Lehramtsstudium als Oma im Hörsaal zu beenden, schien mir wenig attraktiv. Das Einzige, was ich mir noch zutraute zu bestehen, war ein Bluttest. In einem der Ratgeber stand, man solle kreativ mit Lebenslauflücken umgehen und Phasen der Erwerbslosigkeit als Auszeit für Weltreisen deklarieren. Um meine 24-jährige Pause auf diese Weise zu erklären, hätte ich mehrfach den Globus umrunden müssen. Zu Fuß.

Ich musste erkennen, dass sich die Zeit nahezu unbemerkt an mir vorbeigeschlichen und ich unverändert an meiner Mutterrolle festgehalten hatte. Sie gab mir Halt. Vielleicht erschöpfte sich mein Potenzial darin und war alles, wozu ich taugte. Nach dieser überstürzten Heirat erschien mir jedoch auch das nicht mehr sicher.

Meine beruflichen Gehversuche scheiterten bereits an der Bewerbung. In einem Lebenslauf konnte ich nur Seemannsgarn spinnen. Berufliche Stationen gab es nämlich nicht. Ebenso wenig Stärken, die man auflisten sollte.

»Jeder hat welche, das hat die Natur so vorgesehen«, sagte Maike.

Sie meinte es sicher gut, aber ich gehörte nun mal zu der seltenen Spezies der Talentfreien.

»Wir hängen auf diesem Schiff fest«, sie richtete sich auf, »da können wir sammeln, was uns zu dir einfällt. Fangen wir damit an, was dir alles gelungen ist.«

Mir fiel nichts ein. Aber ich hätte im Nu auflisten können, was ich alles nicht erreicht hatte. Schlimmer, vielleicht saß ich bald im Gefängnis, weil ich im Marihuana-Alkohol-Koma Herrn Behorn von Bord gestoßen hatte und mich schlicht an nichts erinnerte. Hörte man nicht hin und wieder von Insassen, die dort studierten? Ich konnte in aller Ruhe meinen Abschluss machen. Kurz vor der Rente wäre ich dann fertig.

Maike rüttelte an mir. »Komm jetzt, her mit den Erfolgen.«

Ich zuckte mit den Schultern. Maike nahm den kleinen Block, von dem die Werbeikone der Reederei, der blaue Fisch, uns anlächelte. Auf einem dieser Art hatte Behorn seine Gedichte massenhaft verfasst.

»Dann sammeln wir, was mir zu dir einfällt: Du bist fürsorglich, herzlich, hilfsbereit und intelligent. Du kannst trösten, aufrichten und dich einfühlen. Man vertraut dir.«

Das waren lauter nette Dinge, die sie da über mich sagte. Aber was daran sollten Stärken sein? Ich war lediglich eine höfliche, vielleicht gut erzogene Person. Nichts Besonderes. Im Gegenteil. Zurzeit erschien mir jede graue Feldmaus aufregender und vor allem begabter als ich.

»Linda, du musst jetzt aufpassen, dass du dir nicht zu sehr leidtust. Das führt nirgendwo hin außer noch tiefer ins Tal. Ein Leben ohne deine vertraute Mutterrolle wird dir nach all den Jahren unvorstellbar sein. Aber es ist möglich. Wir müssen es dir neu entwickeln. Warum nicht jetzt, wo wir auf den paar Quadratmetern Schiffskabine festhängen? Lass uns das Beste aus dieser Lage machen.«

Seit es Flori gab, richtete ich mich sehr auf sie aus. Jetzt, ohne sie, fühlte ich mich so orientierungslos wie unnütz.

Maike ließ nicht locker. »Wahrscheinlich hast du deine Talente bisher nur für deine Familie eingesetzt. Du solltest sie aber auch für dich selber nutzen.«

Ich hörte ihr aufmerksam zu. Aber wie sollte man Stärken für sich selbst anwenden, die man nicht besaß?

»Linda, du bist ein Kümmerer. Nun ist es Zeit, dich so um dich zu kümmern, wie du es bisher für andere getan hast. Jetzt stehst du dir mal selbst mit Rat und Tat zur Seite. Stell dir vor, Flori wäre in deiner Lage, was würdest du ihr raten?«

»Den Kopf nicht hängen und sich nicht unterkriegen zu lassen, all ihre Intelligenz und Lebenserfahrung dazu einzusetzen, Pläne zu schmieden, wie sie aus dieser Lage am besten herauskommt, und um herauszufinden, welche Möglichkeiten sie hat oder wie sie selbst neue entwickeln kann.«

Das kam wie aus der Pistole geschossen aus mir heraus und klang gar nicht schlecht, wie ich fand. Ich richtete mich auf und dachte über meine Möglichkeiten nach. Mit ein bisschen Glück konnte ich morgen wieder Kleidung tragen und kam raus aus diesem Frotteelook. Das wäre ein erster Schritt bergauf, erhielt ich damit doch auch ein Stück Würde zurück und darüber hinaus neuen Bewegungsspielraum. Ich konnte das Schiff wieder verlassen. Dann galt es, diese Untersuchung durch Kommissar Golt abzuwarten, bis sich meine Unschuld herausstellte und ich wieder frei war. Frei für eine neue Zukunft. Für einen Augenblick hatte ich den Eindruck, das Heft des Lebens wieder in die Hand zu nehmen. Maike reichte mir Block und Bleistift. Es konnte losgehen. Ich legte den Block auf mein Knie, nahm den Bleistift in die Hand und schrieb in großen Lettern: *Schritt 1.*

Maike diktierte: »Golt von meiner Unschuld überzeugen.«

Es klopfte Sturm. Enni kam in aufgewühltem Zustand herein und setzte sich aufs Bett. Ich öffnete die Minibar, fand dort noch Cola und Wasser, beides lehnte sie ab. Maike kam mit ihrem Flachmann. Den trank Enni aus, wischte sich mit der Hand den Mund ab und sagte: »Wenn ich Lorena alles versaue, weil ich diese doofen Dope-Plätzchen mit an Bord gebracht habe, flippe ich aus. Ich will nicht, dass sie sich durchs Leben scheuern muss. Ihre Welt soll nicht irgendwann im Grau von Putzwasser versinken und sich anfühlen wie ein Scheuerlappen.«

Offenbar hatte Enni keinen Schulabschluss und hielt sich nur mühsam mit Putzjobs über Wasser. Lorena dagegen absolvierte eine Ausbildung, sogar in der Kreuzfahrtbranche. Sie konnte die Welt sehen und etwas aus sich machen. Als Tochter einer Drogenkonsumentin aber würde man sie feuern, dessen war sich Enni ebenso sicher wie der Tatsache, dann als Mutter versagt zu haben.

Ich nahm sie in den Arm. »Das wird nicht passieren. Du bist eine tolle Mutter, und das weißt du auch. Sonst hätte die Kleine es nicht so weit gebracht.«

Es klopfte. Maike öffnete, und Golt kam herein. Mit Ennis Keksdose. Er wollte wissen, ob die jemandem von uns gehörte. Noch bevor Enni antworten konnte, stand ich auf und sagte: »Mir.«

In meinem Kopf klirrte es, als würde gerade ein voller Glascontainer über ihm entleert.

»Wie kam sie ins Wasser?«, fragte er.

»Hab sie weggeworfen. Die schmeckten nicht.«

Er wollte sie im Labor untersuchen lassen. Mein Herz sank in die nicht vorhandene Hose. Dann bat er mich, ihm zu folgen, Maike sollte bleiben, und Enni zusammen mit einem uniformierten Beamten bis auf weiteres in ihrer Kabine warten.

Golt führte mich zur Nachbarkabine, ehemals die von Mutter und Sohn. Beide hatten das Schiff nach dem Frühstück verlassen. Er stand da mit den Händen in den Hosentaschen und hielt mit einem Fuß die Kabinentür offen, seinen Blick auf mich gerichtet. Als ich auf ihn zulief, breitete er seinen linken Arm aus, blieb aber selbst im Türrahmen stehen, so dass ich mich eng an ihm vorbeischieben musste. Er roch nach Zigaretten und frisch gewaschener Wäsche. Unter seinem Dreitagebart verbarg sich eine Narbe.

In der Kabine, die nun schon nicht mehr bewohnt wurde, hatte man ihm eine Art Büro eingerichtet mit einem größeren Tisch vor dem Fenster, auf dem ein Laptop stand, umgeben von zwei Sesseln. Auf einen deutete er, und ich nahm Platz. Dann klingelte sein Handy, er bat mich, einen Moment zu warten, und verließ den Raum.

Mir kroch Angst den Rücken herauf. Ich fühlte mich so schwer wie ein Kartoffelsack. Mein Herz hing durch. Ich sah hoch zum Spalt vom Knastfenster. Dort draußen liefen jede Menge Hosenbeine herum. Gerne wäre ich jetzt mitgelaufen, Hauptsache weg hier. Mir schwante, was für einen Fehler ich begangen hatte. Es mochten nur ein paar Plätzchen sein, um die es ging. Aber sie entschieden womöglich über das Schicksal einiger Personen. Es würde nicht lange dauern, bis Golt ihre Beschaffenheit herausfand. Entweder ich machte mich verdächtig oder, noch schlimmer, ich machte Enni verdächtig, weil ich versuchte, sie zu decken. Das konnte man wohl eine No-Win-Situation nennen, und mir fiel partout kein Ausweg ein. Golt kam zurück, setzte sich mir gegenüber hin und legte ein Aufnahmegerät auf den Tisch. Nun klopfte es erneut, Joscha stand mit Kaffee und belegten Brötchen in der Tür. Golt war begeistert, bedankte sich überschwänglich, goss uns beiden ein, begann zu essen und sah mich dabei an. Schließlich legte er sein Aufnahmegerät zwischen uns auf den Tisch und fragte: »Backen Sie oft?«

»Hin und wieder.«

»Was am liebsten?«

»Buttertorte, die isst meine Tochter so gerne. Dann noch Zitronenröllchen, die aß mein Mann immer ganz gerne.«

»Ist er gestorben?«

»Für mich schon.«

Er schluckte und legte sein Käsebrötchen auf dem Teller ab. Nach einem Augenblick des Innehaltens wollte er wissen, wann ich die Plätzchen gebacken hatte, die sich in der roten Dose befanden. Kurz dachte ich nach, sagte dann, am Tag vor der Abreise. Nach welchem Rezept, wollte er wissen. Ich stockte, besaß gar keins, stammelte etwas vom Internet, das ja voller Überraschungen und eben auch Rezepten stecke. Welche Nüsse ich verwendet hätte, wollte er wissen.

»So ganz normale. Erdnüsse, glaube ich.« In mir knallte es, als hätte man auf mich geschossen.

Er zog Latexhandschuhe an, nahm die Dose in die Hand und öffnete sie. In ihr befanden sich noch fünf Plätzchen, nicht eines mit Nüssen. Außerdem zog er noch einen kleinen weißen Zettel heraus, der durch die Feuchtigkeit bereits wellig geworden war, und las vor, was auf ihm stand:

»Liebste Enni,
dies ist die Wegbeschreibung zum Zwischendeck.
Dort warte ich um 22 Uhr.
Sehnlichst
Gunnar«

Mein Atem setzte aus.

»Möchten Sie Ihre Aussage vielleicht noch einmal überdenken?«

»Tun Sie ihr nichts, sie kann nichts dafür. Ich ganz alleine habe entschieden, diese Dose als die meine auszugeben, nicht Enni. Es ist alles meine Schuld. Sie tat mir leid, ich wollte ihr ersparen, dass Lorena Schwierigkeiten bekommt, vielleicht ihre Ausbildungsstelle verliert nur wegen ein paar Gramm Marihuana.«

»Wer ist Lorena?«

»Was?«

»Wer Lorena ist. Sie verstehen mich ganz gut.«

Ich zögerte, hätte am liebsten eine neue Geschichte erfunden, aber nun war es zu spät. »Ihre Tochter«, erklärte ich.

»Ist die hier an Bord?«

Er wusste das noch nicht. Alles, aber auch alles verdarb ich. Golt bat mich, diese Kabine nicht zu verlassen, er käme gleich wieder. Ich schwor mir, nie wieder jemandem zu helfen. Wo hatte es mich hingebracht? Hierher, in genau diese Lage. Das musste sich ändern. Ich musste mich ändern.

Golt kehrte zurück und bat mich, in meine Kabine zurückzugehen.

»Was wird aus Enni?«

Darüber könne er nicht sprechen. Ich stand auf und ging hinaus in den Flur, auf dem Enni mir an der Seite eines Polizisten entgegenkam. Sie sah mich nicht an. Mir fror das Herz ein.

Zurück in der Kabine, fuhr Maike mich an. »Bist du total bescheuert? Du wolltest dem Mann deine Unschuld beweisen. Warum machst du das komplette Gegenteil?«

Ich zuckte mit den Achseln. »Enni tat mir leid, und ich wollte ihr ersparen, Lorenas Zukunft zu ruinieren.«

»Dafür setzt du deine aufs Spiel?«

»Was habe ich schon zu verlieren?«

Maike setzte sich in einen Sessel und atmete tief durch. »Deine Tochter befindet sich auf ausgedehnter Hochzeitsreise. Plötzlich und ohne dich, man stelle sich vor. Deshalb willst du jetzt dein Leben ins Gefängnis werfen? Tust du dir wirklich so leid? Komm raus aus dieser Opferlammhaltung, tu mir den Gefallen. Sie verhöhnt deine Intelligenz.«

»Ach Maike, wenn du wüsstest.«

Es klopfte, Joscha stand mit einem großen Tablett Kaffee und Kuchen in der Tür. Maike nahm ihm alles dankend ab und stellte es aufs Bett.

Ich zermarterte mir das Hirn, wie ich Ennis Karren aus dem Dreck ziehen konnte. Aber mir fiel nichts ein. Maike reagierte sehr pragmatisch. Für sie hatte Enni selbst entschieden, Marihuana mit an Bord zu bringen, nicht ich. Ich wollte lediglich helfen. Was gründlich schiefging. Von jetzt an sollte ich meinen Helferdrang besser kontrollieren lernen, wie sie fand. »Es besteht nicht nur ein Recht auf Selbstverantwortung, sondern auch die Pflicht dazu.«

Aber ich hatte Ennis Lage verschlimmert und empfand es als meine Pflicht, zu helfen.

»Hallo!«, rief eine Männerstimme draußen. Jemand ging vor unserem Fenster in die Hocke und stellte ein

Tablett mit Töpfen und Tellern auf dem Boden ab. Es war 11.30 Uhr, und Adam Kaplan, der Mann aus dem Kiosk, kehrte zurück. Wie angekündigt. Maike öffnete das Fenster und winkte hoch zu ihm. Aber es passten weder die Teller noch die Töpfe, die er mitgebracht hatte und die bereits ihren Duft verströmten, durchs Geländer. Also bot sie an, die Sachen abzuholen, und verschwand aus der Kabine. Einige Zeit später erschien sie mit ihm und dem Tablett, das sie aufs Bett stellte. Sie hatte nur mit Mühe den Polizisten erklären können, warum dieser Herr Essen zu uns brachte und an Bord gelassen werden sollte. Erst nachdem er seinen Ausweis hinterlegt hatte und Maike für ihn bürgte, konnte er passieren. All das hatte sie im Bademantel geregelt. Das schien jetzt nicht mehr schlimm. Zumindest gewann ich diesen Eindruck. Vielleicht gewöhnte man sich einfach an alles. Bei mir ließ dieser Effekt noch auf sich warten.

Was seine Köstlichkeiten kosteten, erkundigte Maike sich und suchte nach ihrer Geldbörse.

»Wenn Sie mir Ihre lange Geschichte erzählen, sind wir quitt.«

Bevor sie antworten konnte, trat Golt durch die offenstehende Kabinentür.

»Meine Damen, wenn es Ihnen an Bord zu langweilig ist oder Sie gar hungern, empfehle ich Ihnen den Salon, die Bar, das Restaurant, die *Ankerplätzchen* oder das *Rheingestein*. Vielleicht unterhalten Sie sich miteinander, im Notfall auch mit mir.« Er sah Kaplan an. »Wer sind Sie?«

»Ein Festlandfreund. Adam Kaplan ist mein Name.«

Mit den Händen in den Hosentaschen und strengem Blick schaute Golt den neuen Mann an Bord an. Der bewegte sich nicht von der Stelle, schaute unerschrocken zurück und sagte dann: »Sie mögen die Damen nicht besonders?«

Nun stemmte Golt seine Hände in die Hüften. »Wie kommen Sie darauf?«

»Mit Menschen, die ich mag, gehe ich freundlich um.«

Golt schaute zu uns. Als wäre unsere Kabine nicht schon voll genug, trat nun auch Krappmann ein und stellte sich breitbeinig vor Golt auf. »Stehen die Damen unter Arrest?«

Golt sah noch einmal jeden Einzelnen von uns an, als wollte er uns etwas Wichtiges mitteilen, und sagte: »Besser wär's.« Brummig verließ er die Kabine. Krappmann drehte sich zu mir. »Alles in Ordnung mit Ihnen?«

Seine Frage tat mir gut. Ich sah ihn an und wollte im Blau seiner Augen baden. Das Leben fühlte sich in seiner Gegenwart ein paar Gramm leichter an. Ich dankte ihm.

»Wofür?«, wunderte er sich.

»Dafür, dass Sie da sind.«

»Nur da zu sein ist nicht schwer.«

»Warum gelingt es dann nicht jedem?«

Kurz legte er seine Hand auf meine Schulter. Gerade lange genug, um mir das Gefühl zu geben, umarmt worden zu sein. Leider verabschiedete er sich schon wieder und verließ unsere Kabine.

»Was ist nun mit meinem Essen, haben Sie es sich überhaupt schon angesehen?«, fragte Kaplan und zog aus seiner Jackentasche eine Flasche Wein. »Oder herrscht hier Vergnügungs- und Genussverbot? So hatte ich mir eine Kreuzfahrt gar nicht vorgestellt. Was wollen diese Männer von Ihnen?«

Maike suchte Gläser zusammen, fand nur zwei, klopfte bei Enni, die mit zwei weiteren zu uns stieß, nachdem Golt sie offensichtlich aus seinen Klauen entlassen hatte. Man breitete Teller und Speisen auf der Bettdecke aus und begann zu essen, während ich Enni in das kleine Bad zog. Ich wollte wissen, wie das Verhör bei Golt gelaufen war, und erklärte ihr, dass sich die Wahrheit nicht vor ihm verbergen ließ. Sie schien mir keinen Strick daraus zu drehen und hoffte, mit einem blauen Auge davonzukommen. Er hatte ihr zugesichert, die Reederei vorerst nicht zu informieren, sie solle sich darüber keine Sorgen machen. Das beruhigte mich sehr, und wir gesellten uns wieder zu Maike und Kaplan. Der Mann trug ein graues Jackett über einem hellgrauen Hemd, seine Haare waren ebenfalls grau. Es handelte sich offensichtlich um eine Graue Eminenz. Enni fragte ihn gleich, woher er kam, wieso er einen Kiosk betreibe, ob er Grieche sei, so, wie er klang, und was ihn nach Köln verschlagen hatte. Mir schien, als machte ich mir mehr Sorgen um sie als sie selbst. Vor mir standen kleine Teller mit Tapas, und ein mir bis heute früh völlig unbekannter Mann vergnügte sich mit Damen im Bademantel auf meinem Bett. Ich stand auf, entschuldigte mich kurz und verließ die Kabine, während die anderen sich nicht unterbrechen ließen. Mit dem verstörenden Gefühl, im falschen Film zu sein, lief ich den Gang entlang zum Rezeptionsbereich. Dort stand H.H. Ich bemerkte dunkle Ringe unter ihren Augen, die gestresster wirkten als am Vortag. Sie war damit beschäftigt, Passagiere auszuchecken, die es kaum mehr erwarten konnten, das Schiff zu verlassen. Andere liefen in Richtung Restaurant, wollten wohl nicht hungrig abreisen oder blieben noch an Bord. Den Blicken der Bekleideten wich ich aus und schaute auf den Boden, während ich nach draußen ging und die eiserne Treppe zum Oberdeck hinaufstieg. Es war frisch, aber nicht kalt. Durch die Fenster des Steuerhauses erkannte ich Krappmanns Silhouette. Ich stellte mich an die Reling mit Blick zur Hafenseite und ließ mir den Wind durch die Haare wehen. Vor mir lag das Feuerwehrschiff, links von mir die kleine graue Brücke, auf der ich gestern noch darüber nachdachte, ob es sich zu leben lohnte, nach allem, was passiert war. Wer hätte da gedacht, dass es noch dicker kommen sollte? Mir fielen zwei steinerne Türme, Minileuchttürme, etwa drei Meter hoch, auf, die vor der Brücke standen. Auf ihnen thronte jeweils eine ovale weiße Lampe in einem eisernen Korb. Wie zwei überdimensionale Eier. Zwei leuchtende Ostereier.

Im Himmel weit dahinter, über den Poller Wiesen, schwebte ein Drachen. Er bewegte sich wie ein Krake mit langen Tentakeln schwerelos und elegant wie im Wasser. Dahinter grau-weiße Silos, die dem Untergang geweiht waren, denn der industrielle Teil dieses alten Hafens würde bald abgerissen, um einem Wohn- und Geschäftsviertel zu weichen. Das hatte ich in der Zeitung gelesen. Wie schön, dass ich hier noch sein durfte, solange es ein echter Hafen war. Einer mit Schutt und Dreck. Dort drüben hinter der Brücke trommelte der Rhythmus der Arbeit, während man in meinem Teil des Hafens für die fröhlichen Passagiere Karnevalsmusik spielte. Tja, war alles Köln.

Krappmann stellte sich neben mich. Eine Weile standen wir stumm an der Reling und genossen gemeinsam die Stille. Dann lud er mich ein, sein Allerheiligstes kennenzulernen. Seinen Arbeitsplatz. Neugierig betrat ich den abgedunkelten Raum voller Technik. Er schloss die Tür hinter uns, fragte, ob ich etwas trinken wollte, er könne alles kommen lassen außer Alkohol, der sei auf der Brücke verboten. Es roch nach Kaffee und Apfelkuchen, von dem noch ein Rest auf einem Teller lag. Ich wollte nichts. Mir genügte seine Gegenwart an diesem außergewöhnlichen Ort mit Rundumsicht. Er erklärte mir jedes Detail seiner technischen Ausstattung, und ich verstand kaum ein Wort davon. Ich hörte dem Klang seiner Stimme zu, genoss es, dass er sich mir widmete, durfte Knöpfe drücken, am Steuer fühlen. Er bot mir seinen Platz an, stellte sich hinter mich, und meine wirren Gefühle beruhigten sich ein wenig. Dann erzählte er etwas von den Dieselmotoren des Schiffes, über Schottel-Ruderpropeller, die Bugstrahlanlage, die imposante Länge des Schiffes von 135 Metern und zeigte mir, wie man das Steuerhaus hydraulisch absenkte, um unter niedrige Brücken zu passen. Er trat nahe an mich heran und löste ein Gefühl von Wärme in mir aus. In der Beckengegend auch ein Kribbeln. Sanft lehnte ich mich zurück und berührte mit meinem Hinterkopf seinen Bauch. Er atmete tief und schnell, legte seine Hände auf die Armlehnen des Stuhls rechts und links von mir. Keiner von uns bewegte sich mehr oder sprach. Ich spürte den Bademantel auf meiner nackten Haut. Er ließ meine nackten Beine wie durch ein sich öffnendes Dreieck herausschauen. Ich dachte darüber nach, meinen Frotteegürtel zu lösen, spürte seinen Atem in meinem Nacken. Jemand klopfte an der Tür. Krappmann zog seine Hände von den Armlehnen. Ladislaus Stapetke begrüßte ihn: »Hallo, Breitmaulnashorn, ich geh jetzt in die Maschine.«

»Komm gesund zurück, kleine Bahama-Ente«, konterte Krappmann. Frau Hurter erschien. Sie wollte etwas mit Krappmann besprechen. Ich fuhr mit der Zunge über meine Lippen, verließ lieber das Steuerhaus, überlegte, kalt zu duschen, um mich wieder zu sammeln, als Golt aufkreuzte. »Navigieren gelernt?«

Ich zog meinen Gürtel enger zu. »Hören Sie, das, was ich für Enni gemacht habe, war ein Fehler, eine Riesendummheit. Das ist mir klar. Aber mit Enni hat es nichts zu tun. Sie wusste nichts davon, es war mein eigener Entschluss. Sie ist unschuldig, das müssen Sie mir glauben.«

Er sah mich an, nickte bedächtig, als wollte er mir zustimmen, und bot mir eine Zigarette an. Obwohl ich in meinem Leben noch nie wirklich geraucht hatte, nahm ich an und ließ mir von ihm Feuer geben. Wir liefen gemeinsam quer über das Deck zur anderen Seite des Schiffes. Stumm standen wir an der Reling, blickten über den kleinen Asphaltweg hinweg auf die Bäume und die kobaltblaue Umzäunung eines Spielplatzes gegenüber. Ich ließ meinen Blick weiter schweifen auf die Anwohnerschaft der Siegburger Straße. Fünfgeschossige Häuser in Grau, Hellblau und Gelb.

Dieser besondere Moment mit Krappmann ging in mir auf Wanderschaft, vom Kopf bis in die Zehen und zurück. In meinem Becken drehte er eine Ehrenrunde.

»Verliebt?«, fragte Golt. Ich wich einen Schritt zurück.

Seine Augenbrauen zogen sich zusammen. »Nicht gleich erschrecken. Geht mich gar nichts an. Interessiert mich nur.«

»Wieso?«

Er zuckte mit den Schultern.

Anderthalb Meter unter uns zogen Passagiere auf dem Asphaltweg mit ihren Rollkoffern vorbei, unter ihnen Mister Glutenunverträglichkeit. Ohne seine Frau. Taxis fuhren vor. Er stieg alleine in eines ein und fuhr davon.

»Danke dafür, dass Sie kooperieren, das ist nicht selbstverständlich«, kam unvermutet von Golt.

Ich sah ihn von der Seite an. »Weil ich Leute ans Messer liefere und Dinge tue, die ich besser lassen sollte?«

»Ich meinte das nicht zynisch. Immerhin laufen Sie hier im Bademantel herum, ohne zu zicken und ohne richterlichen Beschluss. Sie halten sich bereit, falls man Sie braucht.«

»Ja, das kann ich gut. Auf meinem Grabstein wird einst stehen: ›Sie hat sich stets bemüht‹.«

Der Wind trug unsere Zigarettenasche über den Kunstrasenteppich des Oberdecks und verteilte sie dort.

»Ich glaube nicht, dass Sie Selbstzweifel nötig haben«, er klopfte sich etwas Asche von seinem Leinenjackett. »Sie sind klug, warmherzig und für andere da. Alles selten werdende Tugenden, die diese Welt im Innersten zusammenhalten.«

Was er mir da sagte, lief mir wie warmer Honig an den Gliedern herunter.

»Wo hält sich Herr Weißenberg im Augenblick denn auf?«

»Herr Weißenberg weilt in den Armen einer anderen.«

»Was für ein Idiot.«

Ich hätte es nicht besser zusammenfassen können. Sanft strich er über meine Hand, die auf der weißen Reling lag, und stockte an meinem Ehering. Golt schaute mich an. Ich erwiderte seinen Blick. Ohne hinzusehen, zog ich mir den Ring vom Finger und ließ ihn in den dunklen

Spalt zwischen Schiff und Kaimauer fallen. Mit einem leisen, dumpfen »Plopp« verabschiedete er sich nach einem Vierteljahrhundert aus meinem Leben und ließ sich vom Rhein verschlucken. Ich wollte lachen, ich wollte weinen, fühlte mich frei und verlassen zugleich. Wollte hinterherspringen. Ließ es bleiben, beugte mich vor, um in diese kleine Schlucht zwischen Land und Schiff hinunterzuschauen. Dort war nichts mehr zu sehen. Vermutlich ruhte der Ring jetzt neben meinem Handy. Nicht einmal Wellen hatte er geschlagen. Mein einstiges Glück war ohne großes Aufsehen abgesoffen. Ich warf meine noch brennende Zigarette diesem neuen Rheingold hinterher.

»Und jetzt?«, fragte er mich.

»Keine Ahnung.«

Einen langen stillen Moment lang sahen wir einander an, bis Krappmann aus seinem Führerhaus kam und sich zu uns stellte. Golt ging. Meine Frage, wie es mit Enni und Lorena weiterging, beantwortete er nicht mehr.

»Noch ein Verhör?«, fragte Krappmann. Ich schüttelte den Kopf. Sicher war ich nicht.

»Dieser Typ schleicht durch mein Schiff, als wäre es seins. Dem kann man sich kaum entziehen.« Er zog eine Schachtel Zigarillos aus seiner Hemdtasche und hielt sie mir hin. Ich lehnte ab. »Wir befinden uns hier ja quasi wie in Quarantäne, in einem potenziellen Täter-Biotop. Je mehr er mitbekommt, desto besser kann er sich einen Eindruck über uns verschaffen. Der bespitzelt uns alle«, war Krappmann sicher.

6. VERFÄNGLICHE VERGANGENHEIT

Frau Hurter kam mit ihrem gespannten Blusenknopf und einem Handy in der Hand auf uns zugelaufen. Die Reederei wollte den Kapitän sprechen. Krappmann zog sich in das Steuerhaus zurück. So lief ich mit ihr zurück ins Schiffsinnere. Sie kehrte jedoch nicht an ihren Arbeitsplatz hinter der Rezeption zurück, sondern begleitete mich bis zu meiner Tür. Sie wollte sich persönlich davon überzeugen, dass der Service die Kabine auch ordentlich reinigte. Ich schloss uns die Tür auf, aber der Raum war menschenleer. Es roch nach Essen. Ich öffnete das Fenster, um zu lüften. Als ich mich umdrehte, rollten ihr dicke Tränen übers Gesicht. Sie entschuldigte sich dafür, verdrückte sich ins Bad, schnäuzte sich dort die Nase und ließ Wasser über ihre Handgelenke laufen. Ich versuchte, sie zu beruhigen, bot ihr etwas aus der ziemlich geplünderten Minibar an. Sie lehnte ab, fing sich aber nicht. Mir fiel Maikes Flachmann ein, der war leider leer. Schließlich führte ich sie vorsichtig zu den Sesseln, und wir setzten uns. In kurzen Abständen schnappte sie nach Luft, die sie in kleinen Stößen wieder von sich gab. Erst einige Minuten und diverse Tempotücher später beruhigte sie sich. »Er war so unerwachsen. Ein großes Kind.«

Von wem hier die Rede war, reimte ich mir nicht zusammen. Ich hörte erst mal zu. Vielleicht verstand ich später.

Ihre Wimperntusche verteilte sich langsam unter ihren Augen.

»Dass er tot sein soll, sogar ermordet, kann ich gar nicht fassen.«

In diesem Augenblick sprang mir in hohem Bogen ihr Blusenknopf entgegen. Sie bemerkte es nicht, ich konnte ihn gerade noch auffangen und legte ihn auf den kleinen Holztisch zwischen uns. Es stellte sich heraus, dass Heike Hurter bis vor einem Jahr mit Gunnar Behorn verheiratet gewesen war. Sie wischte sich ihre Tränen aus dem Gesicht. »Er wusste, wie sehr er mich mit seinen Spielchen hier an Bord demütigte und meinen Ruf aufs Spiel setzte. Deshalb drohte ich, ihn von Bord zu werfen, wenn er nicht freiwillig ging. Aber ich tat es nicht. Ich warf ihn nicht in den Rhein. Glauben Sie mir. Wie könnte ich so etwas tun?«

Ich traute es ihr beim besten Willen nicht zu. Die Frage war, ob Golt das auch so sah. Ihm hatte sie nichts davon erzählt. Aus Scham und Sorge, sich verdächtig zu machen. Dieser Schuss konnte sehr leicht nach hinten losgehen, wie ich fand, und so riet ich ihr, sich dem Kommissar so schnell wie möglich anzuvertrauen. Behutsam nahm ich sie in meine Arme.

»Ihr Zögern wird er unter diesen Umständen bestimmt verstehen. Aber je länger Sie warten, desto schwerer wird es für Sie. Und desto eher macht es Sie verdächtig. Am besten sagen Sie es ihm gleich.«

Schließlich nickte sie zaghaft und ich half ihr aufzustehen.

»So kann ich nicht gehen«, meinte sie und strich sich mit der Hand übers Gesicht. Erst jetzt bemerkte sie, dass ihr Blusenknopf fehlte, und sie versuchte, das aufspringende Loch mit den Händen zuzuhalten.

»Das ist Golt bestimmt nicht wichtig«, war ich sicher, bot jedoch an, ihr eine Sicherheitsnadel aus meinem Reisenähset zu geben. Sie nahm dankend an und stützte sich auf mich, als sie aufstand. Sie zitterte, ging ins Bad, machte sich ein wenig zurecht, beseitigte ihre Heulspuren unter den Augen. Dann führte ich sie hinaus auf den Gang. Ein Ehepaar aus der Kabine schräg gegenüber kam gerade aus seiner Tür. Sie im beigefarbenen Kleid mit teurem Goldschmuck und edler Handtasche, er im dunklen Jackett mit Schalkrawatte. Man ging gepflegt zu Tisch.

Ich schob Frau Hurter in die andere Richtung, vor jene Kabine, in der Golt mich verhört hatte. Auf keinen Fall wollte ich mit hineingehen und nahm mir fest vor, sofort wieder zu verschwinden, sobald Golt sich der Sache annahm. Ich klopfte und spürte, wie sie versteifte. Man hörte Golt von innen rufen. Ich redete ihr zu, aber sie schüttelte den Kopf und wollte weg, als sich die Türe bereits öffnete und Golt sich schläfrig die Augen rieb.

Frau Hurter trat einen Schritt zurück. »Ich wollte nur fragen, ob in Ihrer Kabine alles in Ordnung ist.«

Golt schaute auf die offene Stelle an ihrer Bluse, die ich notdürftig verarztet hatte, dann zu mir. »Und Sie wollten dabei helfen?«

Erwischt. Er bat sie herein, und ich ließ die beiden allein, den Rest musste sie selbst erledigen. Auch wenn sie mir leidtat und ich mich dafür schämte, ihren Ex-Mann geküsst zu haben und was sonst noch alles. Hinter ihr schloss sich die Tür, und ich ging zurück zu meiner Kabine. Dort machte man gerade das Bett. Ein Putztrupp arbeitete sich wie ein Wirbelwind durch den Raum, verteilte frische Handtücher im Bad, neue Tütchen mit Fischplätzchen auf den Kopfkissen und zog sich eilig zurück, um mich mit mir allein zu lassen. Alles war in schönster Ordnung. Es blieb nichts für mich zu tun. Maike war nicht da, also schaltete ich den Fernseher ein. Adi fiel mir ein und unsere allabendlichen TV-Abende auf dem Sofa. Ich schaltete das Fernsehen wieder ab. Die Stille im Raum erschlug mich fast.

Nach einer Weile hörte ich durch das Fenster Golts Stimme. Er redete mit einem seiner Leute und war demnach mit Frau Direktor schon fertig. Ob ich nach ihr sehen sollte? Schließlich hatte ich sie zu diesem Geständnis bei Golt gedrängt. Ich lief zur Rezeption und sprach sie an, aber sie hob nur den Arm in meine Richtung und gab mir zu verstehen, dass sie zu tun hatte. Maike kam mir mit geröteten Wangen und guter Laune aus dem Barbereich entgegen. Die Bedrohung, unter Mordverdacht zu stehen, stand ihr nicht gerade ins Gesicht geschrieben. Sie ging mit mir zurück zur Kabine, setzte sich in einen Sessel, streckte ihre Beine aus und seufzte. Mit hinter dem Kopf verschränkten Armen schaute sie hoch zur Decke. Um diese Leichtigkeit beneidete ich sie. Vielleicht neigte ich wirklich dazu, mir zu viele Sorgen zu machen. Gleichzeitig sorgte ich gerne für andere und wollte das nicht ändern. Obwohl ich so viel Unheil damit anrichtete. Und ja, ich hatte es schon wieder getan. Ich hatte mich um Frau Hurter gekümmert. Musste ich mich dafür schämen, mich hinter Klostermauern sperren, damit ich auf andere Gedanken kam, dieses Laster aufgab?

»Wer sagt, dass du damit aufhören sollst? Es reicht völlig, wenn du für dich selbst so sorgst wie für andere«, fand Maike.

Ich zuckte zusammen. Allein wenn ich an Floriane dachte, wollte ich mich niemals so intensiv um mich kümmern wie um sie. Da würde ich verrückt.

Bei Adi war das inzwischen anders. Entweder arbeitete er in seinen Apotheken oder schlief neben mir auf dem Sofa. Dazwischen war nicht mehr viel. Wahrscheinlich hatte er mich vor langer Zeit verlassen, ohne es selbst zu merken.

Es klopfte, und Enni stand vor der Tür, hinter ihr Ladislaus Stapetke in einem frischen Overall. In seinem Bart klemmte ein kleiner Peace-Button in den Farben des Regenbogens. Er brachte ein Tablett mit Kuchen, damit wir keinen Hunger litten. Enni dirigierte Lausi, wie sie ihn nun nannte, vor sich her und deponierte alles auf dem Bett. Bei meiner nächsten Flusskreuzfahrt würde ich eine Tischdecke mitnehmen. Die war hier mindestens so viel wert wie eine Bettdecke. Wenn nicht mehr.

Maike verabschiedete sich, vergessen schien die Scham vor den Blicken bekleideter Passagiere. Vor allem Enni bewegte sich in ihrem weißen Frotteebademantel und Handtuchturban wie ein Fisch im Wasser. Lausi konnte nicht lange bleiben, denn er wollte Enni den Führerstand zeigen, bevor er zurück in die Maschine musste. Nach einem Stück Kuchen zogen sie los und ließen mich alleine zurück. Ich öffnete das Fenster und strich mit dem Finger am rostigen Stahl der Spundwand entlang. Er fühlte sich pelzig an und roch modrig. Als ich mir eine Kreuzfahrt vorstellte, dachte ich an Meereswellen, die so laut tosten, dass man sein eigenes Wort nicht mehr verstand. Ich sehnte mich nach weißen Schaumkronen auf türkisfarbenem Wasser und feinen Sandkörnern zwischen meinen Zehen. Mein Haar sollte vom Seewind zerzaust werden. Stattdessen bekam ich alternde Kaimauern zu sehen, einen Spalt trüben Rheinwassers unter und Geländerstreben mit Knastanmutung über mir. Hoffentlich fand dieser Golt seinen Täter bald. Selbst jetzt, wo ich wusste, was für ein Frauenfischer Behorn gewesen war, konnte ich mir nicht vorstellen, dass jemand ihn vorsätzlich getötet hatte. Niemandem an Bord traute ich so etwas zu. Nicht einmal dem Saunaboy. Und der war wirklich grässlich.

Ich stellte mich unter die Dusche, ließ heißes Wasser über mich regnen und fragte mich, wer diese Tat begangen haben könnte. Behorns Ex-Frau kam mir in den Sinn. Verbot mir jedoch sofort diesen Gedanken, das war Sache des Kommissars. Aber ein Motiv hätte sie gehabt. Es gab Dinge, die brachten einen an den Rand des Wahnsinns, vielleicht sogar an den Rand eines Mordes. Auch wenn es in ruhigen Momenten undenkbar schien. Wenn ich allerdings an Dolores dachte, kamen mir schon Zweifel, ob ich nicht doch zu einer Dummheit fähig war. Aber in Wirklichkeit konnte ich niemandem ein Haar krümmen. Na ja, vielleicht konnte ich Dolores' Haare, sagen wir mal, knicken. In schwachen Momenten und nicht soweit, dass es zum Haartod führte. Wir Frauen hingen doch an unseren Haaren.

Eine Weile wartete ich darauf, dass die Wärme des Wassers Besitz von mir ergriff, meine Muskeln entspannte und meine Gedanken reinwusch. Als ich den Hahn zudrehte, hörte ich Stimmen in der Kabine. Es roch nach Essen. Ich zog mir den Bademantel über, klappte den Klodeckel herunter, setzte mich darauf und hatte große Lust, mich selbst hinunterzuspülen. Die ganze letzte Woche hätte ich am liebsten in den Orkus gekippt. Wahlweise konnte auch der Rest der Welt verschwinden. Mir würde nichts fehlen. Außer Flori. Von der ich nichts gehört hatte, außer dass sie gut in Australien angekommen waren und die

Sonne dort schien. Im Gegensatz zu Köln. Dieser Karfreitag war fürs Klo.

Durch die geschlossene Badezimmertür hörte ich Maike lachen, Kaplan schien zu Besuch. Warum lag kein Buch im Bad? Dann hätte ich mich hier eine Weile still beschäftigt, ohne jemanden zu stören. Es klopfte an unserer Kabinentür, Maike öffnete, ich hörte Krappmann nach mir fragen. Schnell fuhr ich durch mein nasses Haar und öffnete die Badezimmertür. Maike fädelte sich aus dem schmalen Flürchen, der zu eng für zwei Personen unseres Kalibers war. Dann sah ich Krappmann mit einem Tablett voller Schälchen, gefüllt mit Essen, auf dem Gang. Ich sah auf meine Uhr, es war 13.30 Uhr.

»Hungrig?«, fragte er.

Für meinen Geschmack war diese Kabine schon jetzt zu voll. Also trat ich vor die Tür und fragte leise, ob er nicht ein ruhiges Plätzchen wüsste, wo nicht so viel los wäre. Er machte eine Kopfbewegung nach rechts, ich folgte ihm mit tropfenden Haaren den Gang entlang bis zur Schiffsmitte. An der Rezeption standen Passagiere. H. H. sprach mit ihnen und sah uns nicht, was mir sehr recht war. Wir gingen über die blaue Treppe zwei Etagen tiefer in die Bullaugenetage, bogen dort aber nicht in Richtung Sauna ab, wo ich gestern Gunnar Behorn traf, sondern liefen nach rechts zu einer Tür mit der Aufschrift »Crew only«. Die schloss er auf, und wir liefen weiter bis ans Ende des Gangs zur Tür mit der Nummer eins. Hier befand sich sein Zuhause. Die Kapitänskajüte. Wir traten ein. Ein großes Doppelbett mit weißem Bordbettzeug, ein Tisch mit Stühlen, zwei Sessel, ein Sofa, dahinter ein Schreibtisch, das Ganze vielleicht 30 Quadratmeter groß. Sicher ließ es sich hier leben. Gemütlich war es allerdings nicht. Kein Bild an der Wand, kein Blümchen in der Vase, nichts Persönliches von Krappmann. Wir setzten uns an den Tisch, sprachen kaum. Aßen. Ich atmete durch, entspannte mich. Er öffnete eine Flasche Wein, goss uns ein, wir stießen an. Später kochte er Kaffee, kramte Pralinen aus einer Schublade und stellte eine Schale mit *Rheingestein* auf den Tisch. Das Treiben an Bord blieb außen vor. Mein Blutdruck konnte runterfahren. Während die Mordkommission auf seinem Schiff ermittelte, strahlte Krappmann tatsächlich Ruhe aus. Und obwohl ich in einem unscheinbaren Bademantel und mit nassen, ungekämmten Haaren vor ihm saß, gab er mir das Gefühl, dass dies alles so in Ordnung für ihn war. Zu keinem Zeitpunkt fürchtete ich, dass er etwas tat, was ich nicht wollte. Im Gegenteil ertappte ich mich bei der Vorstellung, wie sich dieser karge Raum wohnlicher gestalten ließ. Schlimmer noch, wie es sich in seinem Bett schlief. Mit ihm.

Sind Sie verheiratet, wollte ich ihn fragen, schwenkte aber noch rechtzeitig um zu: »Was glauben Sie, wer's war?«

»Die Sache mit Behorn? Ich war es nicht und Sie auch nicht.« Er goss mir frischen Kaffee ein.

»Was macht Sie da so sicher?«

»Morden Sie?«

Ich schüttelte den Kopf.

»Sehen Sie, ich auch nicht.«

Er beugte sich etwas zu mir vor, sah mich eine Weile an und erhob sein Glas. Ich möge ihn Jo nennen. Aber bevor es zu einem Du oder gar zu dem dazugehörigen Kuss kam, klopfte es einmal lang und dreimal kurz. Er sah zur Tür, zögerte, stand dann mit einem leisen Seufzer auf und öffnete. Heike Hurter kam herein. Mit angenähtem Blusenknopf. Sie musste sich einen neuen besorgt haben, ihrer lag noch auf meinem Tisch. Sie schien nicht erfreut, mich zu sehen. Zumindest schloss ich das aus ihrem Gesichtsausdruck. Sie hielt ihm ein Paar schwarze Herrensocken hin, die er dankend annahm und in die Hosentasche steckte. Beide wirkten sehr vertraut miteinander, und ich verkniff mir zu fragen, wie das Gespräch mit Golt verlaufen war, um sie nicht zu verraten. Mit ihr im Raum fühlte ich mich jedoch schnell überflüssig. Obwohl es noch vor einer Minute der beste Ort an Bord für mich war, wollte ich jetzt schnell hier raus. Krappmann bot uns Damen einen Portwein an, aber ich wollte lieber gehen, und er hielt mich nicht zurück. Stattdessen räumte er mit mir zusammen das Geschirr wieder aufs Tablett, das ich beim Hinausgehen mitnahm. Auf meinem Weg durch den Gang begegnete ich der jungen Kellnerin Lorena, Ennis Tochter, wie ich nun wusste. Selbst bei der spärlichen Beleuchtung erkannte ich, wie blass sie aussah und wie rot unterlaufen ihre Augen waren. Sie lief etwas schleppend und hielt sich den Bauch. Nach einigen Metern drehte sie sich abrupt um, nahm ihre Hand vor den Mund und rannte zurück durch den Gang. Ich sah ihr nach, wollte mich um sie kümmern, aber sie verschwand schnell hinter einer Kabinentür. So ging ich meiner Wege, die Tür mit der Aufschrift »Crew only« ließ sich von innen ohne Schlüssel öffnen, auf der Treppe traf ich den Saunaboy im Bademantel. Ausnahmsweise ohne sprechendes Anhängsel in Blond. Es roch nach Honigaufguss, im ersten Stock kam mir Ladislaus entgegen. An seinem Overall klemmte ein Button mit der Aufschrift: »Practice Aloha«. Als Erstes nahm er mir das Tablett ab, dann fragte er, wie es mir ging und ob ich irgendwelche

Wünsche hätte. Ein netter Mann. Zu Hause fragte mich das niemand. Fragte überhaupt jemand uns Mütter, welche Wünsche wir hatten? Wir galten allgemein offenbar als wunschlose Wesen. Angenehm mit Lausi plaudernd, ging ich hoch zum obersten Geschoss. Dort trennten sich unsere Wege. Ich lief zu unserem Kabinengang. Als ich an Ennis Tür vorbeikam, klopfte ich, um zu sehen, wie es ihr ging. Aber sie öffnete nicht. Also ging ich eine Tür weiter, nahm einen Umschlag vom Boden auf und freute mich, zu sehen, dass auch in unserer Kabine niemand zu Hause war. Ich ließ mich in einen der Sessel fallen und las die Nachricht aus dem Umschlag, in der man sich nochmals für die Unannehmlichkeiten entschuldigte. Da noch unklar war, wann und ob die Reise weiterging, bot man den verbleibenden Passagieren anstelle der sonst üblichen drei ab sofort fünf Mahlzeiten an. Ein zweites Frühstück von 10.30 – 11.30 Uhr sowie Kaffee und Kuchen von 15.30 – 16.30 Uhr. So reichlich würde so bald keiner mehr für mich sorgen. Essenstechnisch befand ich mich im Schlaraffenland und ich fragte mich ernsthaft, ob ich nicht auf diesem Schiff einziehen könnte. Nirgends sorgte man je besser für mich. Maikes Worte gingen mir durch den Kopf. Für mich selbst so gut zu sorgen wie für andere. Das klang gewöhnungsbedürftig. Demzufolge müsste ich jetzt bei mir anklopfen, um zu fragen, wie es mir ging, ob ich etwas brauchte oder gegebenenfalls zu trösten war.

Tja, wie ging es mir? Nach einem kurzen Hoch in Krappmanns Kajüte fiel ich nach Frau Hurters Störung auf mein seit gestern übliches Tief zurück. Was brauchte ich? Ein Lebenszeichen von Flori oder jemanden, der mich aufmunternd in die Arme nahm. Das konnte ich schlecht selbst erledigen. Ein Jammer geradezu. Es würde einen unabhängig machen. Ich schlang die Arme um mich. War nicht dasselbe. Aber ein Anfang.

Gerade als ich erwog, mich in mein Rheinbett zu verziehen, ein Nickerchen zu halten oder von Krappmann zu träumen, kurz die Welt eine Zeit lang sich selbst zu überlassen, hörte ich eine Stimme, die klang wie die von Adi. Es ärgerte mich, dass die Gedanken an ihn noch immer in mir herumspukten. Fest entschlossen nahm ich mir vor, ihn aus mir zu verbannen. Mir Gedanken an ihn regelrecht zu verbieten. Es war erschreckend, dass ich Stimmen hörte. Ob es einen Arzt an Bord gab? Vielleicht war dies der Anfang eines Nervenzusammenbruchs. Ich schloss die Augen, versuchte, mich zu beruhigen. Nicht jeder, der nach 25 Jahren Ehe seinen Mann zu hören glaubte, ohne dass er da war, gehörte in die Klapsmühle. Zumindest hoffte ich das. Ich begann zu summen, damit ich nur noch mich selbst hörte. Dann aber glaubte ich, auch Maikes Stimme zu hören. Vorsichtshalber stoppte ich das Summen, rückte den Sessel vom Fenster weg, um es öffnen zu können, und tatsächlich unterhielten sich draußen die beiden. Oben auf dem kleinen Asphaltweg erkannte ich Adrians blaue Leinenhose, die ich Freitag gebügelt, und die schwarzen Wildlederschuhe, die ich gegen Regen imprägniert hatte. Mein Herz überschlug sich fast, als ich ihn nach mir fragen hörte. Maike antwortete ausweichend. Hastig schloss ich das Fenster, schnürte meinen Bademantel fester und überlegte, was ich tun sollte. Ich konnte mich im Bad verstecken oder im hinteren Bereich der Kabine, den man von draußen nicht einsah, um eine Begegnung mit ihm zu vermeiden. Maike würde sicher fertig mit ihm. Aber etwas in mir wollte hören, was er zu sagen hatte. Wie er mir das ganze Desaster zwischen uns erklären wollte. Jetzt brüllte er draußen herum, ganz untypisch für einen leisen Menschen wie ihn. Ich lief so schnell hinaus in den Gang, wie es meine Frotteebadelatschen zuließen. Enni kam mir entgegen, aber ich rannte an ihr vorbei in Richtung Treppe, die hoch zum Deck führte. Die Schiebetür ging auf, ich nahm jeweils zwei Stufen auf einmal, Wind wehte mir entgegen, und dann sah ich Adrian. Mein Magen zog sich zusammen. Bis zur Reling kam ich nicht. Ich wollte fliehen, mich verstecken, weglaufen, schreien, ihn beschimpfen, verhauen, weinen. Aber von all dem tat ich nichts, stand nur da und konnte mich nicht bewegen. Ich hörte Golt fragen, ob alles in Ordnung mit mir sei, ich starrte aber stumm an ihm vorbei zu meinem Mann auf dem kleinen Weg vor dem Schiff. Dort stand er mit zerzausten Haaren und aufgedunsenen Tränensäcken. Uns trennten ein paar Meter Oberdeck, eine Handbreit Rhein, Dolores und ein Mord. Jetzt sah er zu mir hoch, müde und traurig.

»Linda, komm von diesem Schiff runter! Ich weiß, ich habe Mist gebaut.«

Obwohl ich mir nichts sehnlicher wünschte, als einfach nach Hause zu gehen, ohne dass je etwas geschehen wäre, sprach mich diese Einladung nicht an. Weder klang sie wohlwollend noch ausreichend um Verzeihung bittend. Golt lief an mir vorbei an die Reling. »Darf ich fragen, wer Sie sind?«

»Das geht Sie gar nichts an. Linda, ich komme jetzt an Bord, und dann klären wir das Ganze.« Adi lief auf den kleinen Aluminiumsteg zu. Dort kam Golt ihm bereits entgegen. Er verhinderte, dass Adi ihn betrat, und hielt ihm seinen Polizeiausweis entgegen. »Dieses Schiff ist ein Tatort, und wer es betritt, bestimme ich. Soweit ich die Lage im Augenblick einschätze, erlaube ich es Ihnen nicht. Frau Weißenberg gehört zu dem Personenkreis, der ohne meine Erlaubnis dieses Schiff nicht verlässt. Demzufolge können Sie maximal auf diesem Weg hier vor dem Schiff stehen bleiben, vielleicht erwägen Sie aber auch die Heimfahrt.«

Adi fuchtelte ungestüm mit den Armen, als wollte er an Bord rudern, und rief: »Das ist ja lächerlich!«

Gerne hätte ich dieses Schiff verlassen. Aber nicht, um mit Adi nach Hause zu gehen. Da schien meine Kabine vorerst der bessere Standort.

Adi wurde noch lauter. »Was für eine Komödie spielt ihr hier? Seit gestern versuche ich, dich anzurufen. Warum gehst du nicht ans Handy?«

Reue klang anders. Außerdem brauchte er eine Brille, oder hatte er übersehen, dass mein Handy – wie mein Leben – vor seinen Augen unterging?

»Das ist alles ein einziger Irrsinn, Linda. Komm jetzt mit nach Hause!«, forderte er.

Golt zündete sich eine Zigarette an, zog dann sein Handy aus der Tasche und bat einen der Beamten zu sich. Währenddessen stand ich noch immer wie angenagelt einige Meter von den beiden Männern entfernt. Ein Mann in Uniform erschien.

»Führen Sie bitte Frau Weißenberg in die Kabine 301, Sie wissen schon, die Kabine des Toten«, wies Golt ihn an und klang dabei sehr formell, fast streng.

Der Polizeibeamte trat an mich heran und machte Anstalten, mich am Ellenbogen zu berühren.

»Fassen Sie meine Frau nicht an!«, rief Adrian. Nun ergriff ich das Handgelenk des Polizisten, hob es so hoch an, dass ich ihn unterhaken konnte, und lief mit ihm zur Treppe, die hinunter ins Schiff führte.

»Linda!«, brüllte Adi, als würde er einen Hund zur Ordnung rufen. Aber ich drehte mich nicht mehr um. Golt folgte uns. Vor der Kabine von Gunnar Behorn, aus der über den Tag immer wieder Leute in weißen Overalls rein und raus liefen, blieb er stehen. Dann klopfte er sich auf seine Hemdtasche, danach auf die Hosentasche.

»Bleiben Sie bitte kurz hier stehen, ich muss nur schnell die Schlüsselkarte holen.«

Ich nickte und versuchte, ruhig zu bleiben, was mir nicht gelang. Leichtes Zittern kroch in mir hoch und ging bis in die Hände. Ich rieb sie aneinander, wippte mit den Füßen. Die Aussicht, noch einmal in Behorns Kabine zu müssen, brachte mich ganz durcheinander und ließ mich befürchten, dass Golt mich womöglich ernsthafter verdächtigte, als ich es bisher angenommen hatte. Meine Erinnerungslücke war mein Schwachpunkt. Andererseits konnte niemand ernsthaft annehmen, dass ich einen Mann umbrachte und mich dann in sein Bett legte, um dort von der Polizei gefunden zu werden. Zumindest hoffte ich, dass man mich nicht für so blöd hielt. Außerdem fehlte mir ein Motiv. Ich hatte nichts gegen Behorn. Im Gegenteil brachte dieser Mann Dinge in mir zum Fließen, die ich lange schon für versiegt gehalten hatte. Vielleicht sollte ich das Golt deutlich machen. Nein, lieber nicht.

Er kehrte mit der Schlüsselkarte und weißen Überziehern aus Plastik zurück, die wir beide jeweils über unsere Schuhe zogen.

»Danke fürs Warten.« Er lächelte, schloss auf. »Kommen Sie herein.« Während er die Tür mit einer Hand aufhielt, blieb er mit dem Rücken zum Türrahmen stehen.

So musste ich wieder eng an ihm vorbei, um hineinzugehen. Dieses Mal blieb ich mit ihm dort stehen und sagte leise: »Habe ich schon erwähnt, dass Gunnar Behorn der beste Küsser war, den ich je getroffen habe?« Ich wollte keine Zeit verlieren, Golt sollte sich kein Motiv für mich zusammenbasteln, das es nicht gab. »Also nicht, dass ich in dieser Hinsicht jetzt sehr weit in der Welt herumgekommen wäre. Schließlich war ich die letzten 24 Jahre verheiratet und meinem Adi treu. So treu wie ein Esel, um genau zu sein. Davor gab es auch nicht so viele Männer, aber schon einige. Sie wissen, was ich meine.«

Sachte berührte er meinen Rücken und schob mich in die Kabine, schloss dann die Tür hinter uns und schaute mich an. »Nein.«

»Was?«

»Nein, weiß ich nicht.« Er grinste mich mit gespitzten Lippen an. Seine Augen drückten etwas Freches aus. Gleichzeitig wirkte er amüsiert. »Klären Sie mich ruhig auf.«

Mein Gesicht war inzwischen so rot wie der Kopf eines Streichholzes. Und so heiß, wie er sich anfühlte, würde er bald entflammen, ohne dass jemand daran rieb.

»Alles, was ich sagen wollte, ist, dass Gunnar Behorn toll küssen konnte und total nett zu mir war. Ich wusste ja nicht, dass er so zu allen Frauen war. Ich dachte, er sei ein angenehmer Mann, der mich wirklich mag.«

»Vielleicht hat er das ja.«

So weit hatte ich nicht gedacht. Aber jemand, der sich ständig mit so vielen Frauen traf, konnte unmöglich echte Gefühle für sie entwickeln. Ich schaute auf die beiden Sessel vor dem Fenster. Sie standen einander zugewandt gegenüber, dazwischen das kleine Holztischchen. Hier schien alles unberührt seit letzter Nacht. Selbst das Bett sah genauso aus, wie ich es verlassen hatte. Mir war, als läge noch der Geruch von Behorns After Shave in der Luft. Golt bat mich, stehen zu bleiben und möglichst nichts zu berühren.

»Wie fühlen Sie sich an diesem Ort?«, fragte er.

»Grauenhaft.«

»Warum?«

»Gestern Abend trank ich hier mit Behorn noch Champagner. Heute lebt er nicht mehr. Wir kannten uns zwar erst ein paar Stunden, aber wir waren einander doch nahegekommen. Wenn ich auch nicht weiß, wie nah genau. Heute früh finde ich mich in seinem Bett wieder, und er ist tot. Was für ein schrecklicher Gedanke. Und damit nicht genug, werde ich mit seinem Tod in Verbindung gebracht. Das eine wie das andere ist ein Albtraum.« Ich verschränkte meine Arme vor der Brust, als müsste ich mir selber Halt geben. »Man kann über den Mann sagen, was man will, sicher machte er nicht alles richtig. Aber ich hoffe, man hat ihn nicht ermordet.«

»Erzählen Sie mir bitte noch einmal ganz genau, was passierte, und damit Sie sich nicht langweilen, bitte alles rückwärts. Beginnen Sie damit, wie ich Sie hier in dieser Kabine vorfand.«

»Sie nehmen mich jetzt auf den Arm, oder? Das können Sie nicht so meinen, wie es klingt.«

»Doch, genau so meine ich es. Ich bin gar nicht so lustig, wie ich aussehe.«

»Wer, um Himmels willen, findet, dass Sie lustig aussehen?«

Darauf ging er nicht ein, sondern holte sein Diktiergerät aus der Jackentasche, drückte einen der Knöpfe daran und sprach hinein: »Frau Weißenberg, Aussage die zweite, rückwärts.« Dann hielt er es mir vor den Mund. »Bitte.«

Ich räusperte mich, er meinte es offenbar ernst. Also begann ich damit, alles von hinten zu erzählen. Als ich fertig war, sprach er in das Gerät: »Zweites Verhör Frau Weißenberg Ende«, und gab mir die Hand. »Danke schön, das war es schon.«

Erschöpft wie nach einer schweren Prüfung, von der man nicht wusste, ob man sie bestanden hatte, verließ ich die Kabine. Als ich die Tür hinter mir schloss, kam Johannes Krappmann mit einem Polizisten an seiner Seite. Wir sahen einander an, er zuckte mit den Schultern, dann klopfte der Beamte an der Kabinentür. Golt öffnete, ließ Krappmann eintreten und bat mich, im Salon auf ihn zu warten.

Reichlich durcheinander lief ich an Passagieren, Tischen und Sesseln vorbei zum Zweiersofa an der Spitze des Schiffes, wo ich mich hinsetzte. Ich dachte an Adi und fragte mich, ob er noch draußen wartete oder heimgegangen war. Oder zu dem Schreckgespenst in Gelb.

Eine Dame von der Bar-Crew näherte sich mir, um zu fragen, was sie mir bringen könne, solange sie noch da sei. Es stellte sich heraus, dass man nach und nach die Besatzung abzog. Manche nahmen Urlaub, andere füllten Lücken auf anderen Schiffen. Es gingen immer mehr Passagiere von Bord, dafür lohnte es sich nicht, den gesamten Service aufrechtzuerhalten. Meinte zumindest die Reederei. Man schrieb gerade neue Dienstpläne und suchte nach einem freien Schiff, damit die Fahrt bald erneut losgehen konnte. Der »River Diamond« wollte man später einen neuen Namen geben.

Vielleicht bekam Krappmann dann auch einen neuen

Einsatz. Es war wie verhext, kaum kam man einem Mann näher, ging der von oder über Bord.

Im Restaurant gab es Kuchen, aber ich konnte nichts essen. Wie lange ich auf meinem Sofaplatz ausgeharrt hatte, wusste ich nicht mehr, als Golt mit langen, wippenden Schritten auf mich zukam. Er lud mich auf eine Zigarette an Deck ein. »Keine Sorge, die Luft ist rein da oben. Der Herr, der Sie vorhin belästigte, ist weg.«

Ich folgte ihm quer durch die lange Lounge, vorbei am Restaurant und Kuchen essenden Passagieren hinauf an Deck. Dort war es nun wärmer und nicht mehr so windig. Ein paar zaghafte Sonnenstrahlen trauten sich hinter den Wolken hervor. An die Tatsache, dass ich im Bademantel herumlief, hatte ich mich inzwischen ein wenig gewöhnt. Zumindest hielt es mich nicht mehr davon ab, auf dem Schiff und nun sogar an Deck, wo mich alle sehen konnten, darin aufzutauchen. Golt kramte aus seiner Hosentasche ein Päckchen Zigaretten, bot mir eine an, aber ich lehnte ab und sah mich um. Adi war wirklich weg. Ohne mich. Golt nahm einige tiefe Züge und blickte dem Zigarettenrauch hinterher. Ich fragte ihn, ob er mich allen Ernstes verdächtigte und wieso er dieses merkwürdige Verhörverfahren anwandte.

Er aschte ab in den Spalt zwischen Schiff und Land. »Ich wusste, dass Sie mich das fragen würden. Einen erdachten Vorgang kann man viel schlechter rückwärts erzählen als einen erlebten. Das Gehirn muss bei einer erfundenen Geschichte viel mehr sortieren. Daran kann ich schon viel erkennen. Wenn jemand ins Stocken gerät, den Hergang rückwärts gar nicht oder nur lückenhaft erzählt, werde ich hellhörig. Sie haben kein einziges Mal gestockt. Das könnte für Sie sprechen.«

»*Könnte?*«

»Solange ich den Täter nicht dingfest mache, bleiben alle verdächtig und ich muss auch Sie im Auge behalten.«

»Sie behalten mich also im Auge.«

»Wie alle Verdächtigen.«

»Verstehe.«

Auf dem Asphaltweg führte eine ältere Dame mit rotem Regenmantel und Lackhut ihren ergrauten Rauhaardackel Gassi. Zwei junge Männer auf E-Skootern und Spaziergänger überholten sie.

»Noch was«, Golt drehte sich zu mir, »natürlich darf ich Sie hier nicht so ohne weiteres festhalten, schon gar nicht ohne richterlichen Beschluss. Aber ich bin Ihnen dankbar dafür, dass Sie bleiben, denn das hilft mir bei der Aufklärung. Sie gehören zwar zu den Tatverdächtigen, aber Sie dürften das Schiff theoretisch verlassen und sind insofern eine freie Frau.«

Jedes seiner Worte lief an meiner Wirbelsäule wie eine Horde Ameisen rauf und runter. Noch verstand ich nicht, worauf er hinauswollte. Aber es war schon eine ganze Weile her, dass mir jemand dafür dankte, dass ich da war.

Er lehnte sich ein wenig zu mir vor, sodass ich seinen rauchigen Atem spürte.

»Ich hätte dem Herrn, von dem ich annehme, dass er Ihr Mann ist, so ziemlich alles erzählt, damit er Sie in Ruhe lässt.« Seine Augen blickten verschmitzt, und in seinem ansonsten hageren Gesicht bildeten sich kleine Pausbäckchen.

Stumm nickte ich ihm zu. Das war nett von ihm. Der Wind blies ihm seine dünnen Haare aus dem Gesicht, sodass man es besser sah. Es wirkte weniger finster und streng, wenn ihm seine Zotteln nicht bis zu den Augenbrauen hingen. Ich verabschiedete mich, um in Ruhe nachzudenken. Wenn das möglich war, denn in meinem Kopf kam ein Gedankenkarussell in Gang, das ordentlich an Fahrt aufnahm. Meine Sorge, stark verdächtig zu sein, hatte Golt etwas beruhigt. Adis Auftritt, seine schroffe Art und die Reuelosigkeit machten mir dafür mehr zu schaffen, als ich erwartet hatte. So kannte ich ihn gar nicht. Und ich hätte mir nie träumen lassen, ihn je so kennenzulernen. Er schien mir plötzlich so unendlich fremd. Golts Worte, ich sei eine freie Frau, klingelten in meinen Ohren. Was mir nach Floris Hochzeit als eine interessante Idee, als mögliche Kompensation für meine abhandengekommene Mutterrolle in den Sinn kam, entwickelte sich spätestens jetzt zu einer Notwendigkeit. Adrians Geld, von dem ich all die Jahre so selbstverständlich wie bequem gelebt hatte und von dem immer genug da war, rückte jetzt in weite Ferne. Unser Pakt, einander zu lieben und für einander zu sorgen, brach gerade auseinander.

Ich lief an der Rezeption vorbei, wo weitere Passagiere auscheckten und eine traurig dreinschauende Hoteldirektorin ihren Dienst tat. Mister Saunaboy lamentierte laut im Bademantel über seine hohe Getränkerechnung und wollte unter den gegebenen Umständen nachträglich zum Alles-inklusive-Kunden ernannt werden, damit er nichts bezahlen musste. Schließlich sei es nicht seine Schuld, dass er nun hier festhing. Es gab Menschen, die brachten mit ihrem Geschwafel Blumen zum Welken.

In mich gekehrt steuerte ich den zurzeit für mich sichersten Hafen an, meine Kabine. Als ich eintrat, sah ich Maike nackt auf dem Bett sitzen, unter ihr ein Badehandtuch. Vor ihr ausgebreitet lag ihr Bordbademantel, über den sie sich beugte, um ihn bunt zu bemalen. Die

Farben hatte sie aus dem Kinderbespaßungsfundus organisiert, den unser Bord-Elvis Joscha verwaltete. Dieses triste Frotteeweiß wollte sie nicht länger ertragen. Sie war eine Frau der Farben. Sicher ließ sich ihre Bemalung herauswaschen, sonst würde sie das Kunstwerk eben kaufen. Dieser Kommissar hätte aber auch mal für Ersatzkleidung sorgen können. So eine Knacki-Erstausstattung zum Beispiel hätte mit ihren Streifen etwas Abwechslung in den tristen Bademantelalltag gebracht.

»Mal den Teufel nicht an die Wand. Du weißt schon, dass man dich von draußen sehen kann hier so nackt auf dem Bett?«

»Nur wenn man sich bückt.«

»Vielleicht bückt sich ja jemand.«

»Der muss dann selber mit dem Anblick fertig werden.« Sie sah auf zu mir. »Und jetzt erzählst du mir, bitte schön, was genau zwischen dir und Adi vorgefallen ist.«

Ich nahm mir eine kühle Cola aus der Minibar und setzte mich in einen der Sessel. Sie hatte ein Recht darauf, alles zu erfahren. Schließlich hatten wir sie in die Geschichte mit hineingezogen. Und so begann ich damit, wie ich am Vortag, Gründonnerstagfrüh, nicht wie sonst neben Adi, sondern neben einem Zettel aufwachte. Auf ihm erklärte er, dass er schon früh in die Apotheke nach Dellbrück gefahren war, weil durch das neue EDV-System über Nacht das gesamte Kassensystem ausgefallen war. Bevor das nicht wieder lief, konnte er nicht weg. Notfalls sollte ich ohne ihn reisen. Er würde sich was einfallen lassen.

Eigentlich wollte ich mich nicht alleine an Bord eines Vergnügungsdampfers amüsieren, während Adi im Stress war. Es fühlte sich nicht richtig an. Es war erst 7 Uhr, vielleicht wendete sich das Blatt noch bis 11 Uhr. Dann sollte das Schiff ablegen. Ich stand auf, duschte, ging hinunter in die Küche, kochte Kaffee. Vor mir lag der Umschlag mit den Tickets auf dem Tisch. Entweder reisten wir beide oder keiner.

Während ich eine Tasse nach der anderen trank, wartete ich vergeblich auf Nachrichten. Um 9 Uhr klingelte der Taxifahrer, den ich vergessen hatte abzubestellen. Kurzentschlossen schleppte ich mit ihm die Koffer in den Wagen und brach auf nach Dellbrück. Vielleicht hatten wir noch eine Chance, ansonsten fuhr ich mit dem Gepäck zurück nach Hause. Vor der Apotheke bat ich den Fahrer, zu warten. Ich grüßte Adis Mitarbeiter im Verkaufsraum und öffnete die Tür zu seinem kleinen Büro. Was ich da sah, traf mich wie ein Schlag. Dolores, Floris neue Schwiegermutter, saß auf Adis Schoß. Ihr gelber Mantel hatte sich so hochgeschoben, dass ein schwarzer Stringtanga und eine nackte Pobacke zu sehen waren. Auf der lag Adis Hand. Sie knutschten. Hastig schlug ich die Tür zu, rannte hinaus zum Taxi, stieg, so schnell ich konnte, ein und wies den Fahrer an, auf der Stelle loszufahren. Wohin, wusste ich nicht, aber auf keinen Fall zurück nach Hause. Das ging nicht mehr.

Adi kam herausgelaufen. Zu spät, wir fuhren bereits. Mein Handy klingelte, ich ging nicht ran. Ihm mochte die EDV abgestürzt sein. Mir mein ganzes Leben. Ich weinte, mein Kopf schmerzte, als rumpelte eine Eisenbahn über ihn drüber. In einem einzigen Augenblick zerplatzte mein familiärer Kosmos, den ich bis dahin für felsenfest gehalten hatte, wie eine Seifenblase unter Dolores' Hintern.

Wohin mein Taxi fuhr, nahm ich vor lauter Verzweiflung nicht wahr. Irgendwann blickte ich auf und sah schräg gegenüber ein rotes Schiff mit der Aufschrift »Feuerwehr«. Wir standen am Deutzer Hafen. Die Fahrt dorthin hatte ich am Vortag geordert, das fiel mir wieder ein. Mein Fahrer schien zu meditieren, schaute schweigend aus dem Fenster, während das Taxameter weiterlief. Wie in einer traurigen Trance öffnete ich die Autotür und lief auf die kleine graue Brücke, die über den Hafen führte. Einen Moment lang wollte ich mich ins Flussbett des Rheins stürzen. Dann stellte sich Kapitän Krappmann neben mich und lockte mich aufs Schiff. Wahrscheinlich hatte er mich von dort aus beobachtet und verstanden, worum es ging.

Maike kam zu mir und legte ihren Arm um mich. »Es tut mir so leid für dich. Adi hätte ich das niemals zugetraut. Offenbar schmieren irgendwann auch die Letzten ab, denen man vertraute.«

»Dein Siegurt doch hoffentlich nicht. Gott habe ihn selig.«

Ihr Arm, der mich so wunderbar hielt, rutschte langsam an mir herunter.

»Nicht mit einer Frau. Mit Medizin. Er war tablettensüchtig. Damit betrog er sich um sein Leben und mich um das Leben mit ihm.«

Ich schnürte meinen Bademantel fester zu und legte nun meinen Arm um sie. Was wir seinerzeit alle ahnten, sprach sie jetzt zum ersten Mal aus.

Sie atmete tief durch. »Lange wollten wir es beide nicht wahrhaben. Ich musste ihm versprechen zu schweigen. Erst nach seinem Tod lief ich los, um mir Hilfe zu suchen. Das hätte ich früher tun sollen. Er sowieso.«

Meine tapfere Maike. Sie hatte so viel durchgemacht. Ich erinnerte mich gut daran, wie verzweifelt sie war und an den entlegensten Orten der Welt Hilfe suchte. Sie besuchte seinerzeit so ziemlich jede Selbsterfahrungsveranstaltung zwischen Ägypten und Gibraltar. Überall auf der Welt buchte sie Coaching-Sitzungen, Seminare und Therapien. Wer wollte es ihr verübeln?

Still schauten wir uns an.

»Man muss den Schmerz durchleben«, sagte sie, »aber man darf sich nicht selbst leidtun. Selbstmitleid lässt uns nur noch tiefer ins Tal fallen. Stattdessen müssen wir klettern lernen, wenn wir durchhängen und unten sind. So helfen wir uns selbst aus dem Tal heraus«, sie strich sich eine Strähne aus dem Gesicht, »und eine Form des Kletterns ist, dem Leben wieder zu begegnen. Deshalb sagte ich Adi spontan zu, als er mich heute früh bat, für ihn an Bord zu gehen. Ich dachte, ich tue euch beiden einen Gefallen. Und mir natürlich auch. Ich freute mich auf diese Woche mit dir. Wer konnte schon ahnen, unter welchen Vorzeichen sie stattfinden würde. Adi vergessen wir erst mal.«

Der hatte es nicht besser verdient, fand sie. Ihm nachtrauern konnten wir immer noch, wenn wir von Bord gingen. Jetzt sollten wir erst mal abwarten, bis Behorns Todesumstände geklärt waren, und uns über das Kuchenbuffet hermachen. Sie zog mich hoch. »Mach dich schön, Linda, so wie sonst auch. Immerhin haben wir noch Make-up. Das richtet auf.«

Was sie mit *klettern üben* meinte, blieb mir schleierhaft. Wohin sollte ich klettern? Auf das Dach des Schiffes? Dort ging es mir auch nicht besser. Im Gegenteil, dort blies ein rauer Wind und man begegnete harsch daherredenden Ehemännern.

»Willst du die Scheidung?«

Ich zuckte zusammen und bevor ich antworten konnte, klopfte es an der Tür. Ein Polizist fragte nach Maike. Er solle sie holen kommen, weil Golt sie sehen wollte. Hastig zog sie ihren halb fertig bemalten Bademantel über, der jetzt mit vielen bunten Tupfen an ein bemaltes Osterei erinnerte, und folgte dem Herrn in Uniform. Ich entschied, meiner eigenen Meinung über Alkohol und seine fatale Rolle zum Trotz, mir an der Bar einen Schnaps zu holen. Wie sollte ich sonst einen klaren Gedanken fassen können? Quatsch, Schnaps half nicht, klar zu denken. Er beruhigte höchstens. Das reichte für den Augenblick als Argument. Ich lief an die Bar und orderte gleich einen doppelten. Herr Saunaboy hatte offensichtlich keine Lust, sich anzuziehen, und hing noch immer im Bademantel am Tresen. Seine braun gebrannten Beine, die unter dem Frottee herausschauten, waren dicht behaart. Sein blondes Anhängsel fehlte, vielleicht brutzelte die gerade auf der Sonnenbank, die ich bei einem meiner Kellergänge in die Bullaugenabteilung gesehen hatte. Ihr Partner war nicht mehr ganz nüchtern und lallte die Servicekraft hinter der Theke voll. Nun fand er im Gegensatz zu gestern alles schrecklich, die Welt im Allgemeinen und sein Leben im Speziellen empfand er als Zumutung. Den Frauen sei nicht zu trauen, und die Männer fielen mit ihnen immer wieder auf die Schnauze. Ich trank mein Glas aus und orderte ein zweites, um es mit auf die Kabine zu nehmen. Mir wurde warm. Gleichzeitig nahm ich mir vor, das nicht einreißen zu lassen. Ich mochte eigentlich keinen Schnaps. Aber da Ostern nicht die Zeit der guten Vorsätze war, verschob ich das Abgewöhnen meines ungesunden Lebenswandels auf den ersten Januar. Welches Jahres, ließ ich vorsichtshalber offen. Ich schloss die

Kabinentür auf und wartete auf Maike, die eine Viertelstunde später von Golt zurückkehrte. Auch sie musste ihre Geschichte rückwärts vortragen und fand es geradezu grotesk, irgendwie aber auch lustig. Sie habe noch nie etwas rückwärts erzählt. Das taugte als Partyspiel für späte Stunden, wenn alle schon angeheitert waren, fand sie. Das würde ein schöner Spaß.

7. NEUE UFER

Ich nahm uns beiden ein Wasser aus der Minibar und setzte mich in einen der Sessel. »Ich glaube, ich kann vorerst nicht mehr nach Hause zurück.«

Sie sah mich an. »Du brauchst einen Job, wenn du auf eigenen Füßen stehen willst. Lass uns Lebensläufe, Anschreiben, Bewerbungsfotos und den ganzen Kram erstellen. Das ist sicherer, als darauf zu setzen, dass Adi dich weiterhin finanziert. Mit der Keule *Finanzen* erschlagen die Männer alles, wenn sie wollen.« Sie stand auf und holte meine Bewerbungsbücher.

»Jetzt?«, fragte ich und legte die Hände auf meine Augen.

»Wann sonst?«

Bei dem Versuch, meine Gedanken in diese Richtung zu lenken, schaute ich in ein dunkles Loch. Und das am helllichten Tage bei weit geöffneten Augen. Im Gegensatz zu mir, die ich das Studium versanden ließ, nachdem Floriane auf die Welt gekommen war, besaß Maike einen Abschluss. Sogar einen sehr guten von der Kunstakademie. Und nun wagte ich etwas zu fragen, worüber ich mich schon lange wunderte, worauf ich sie aber nie ansprechen mochte. Nämlich, warum sie nicht als Künstlerin arbeitete.

»Weil ich mir nie gut genug war. Was immer ich hervorbrachte, empfand ich als nicht ausreichend. Traurig, aber wahr. Irgendwann trat Siegurt in mein Leben, der schon seine eigene Apotheke führte und mir durch einen Heiratsantrag einen bequemen Ausweg aus diesem Dilemma bot. Also ließ ich meine künstlerische Arbeit fahren. Allerdings habe ich eines inzwischen gelernt: Wenn ich meine Talente nicht lebe, sind sie sinnlos. Und irgendwie bin ich es dann auch.«

Sie war einige Jahre älter als ich, aber in diesem Augenblick sah sie mich mit den Augen einer jungen Frau an, voller Feuer und Lust. Darum beneidete ich sie. Außer für Floriane hatte ich noch nie etwas mit großer Leidenschaft betrieben. Nicht einmal meine eigene Ehe. Demnach war ich nicht nur talent-, sondern auch leidenschaftslos. Was für ein Jammer.

»Selbstverständlich hat du Talente. Du siehst sie nur noch nicht als solche oder traust ihnen nichts zu«, fand Maike. »Selbstzweifel sind wie Barrikaden, die jeden Weg versperren, bevor wir ihn betreten.«

Während ich darüber nachdachte, was sie gesagt hatte, klopfte es. Enni stand vor der Tür, behängt mit Kleidung. Die hatte sie beim Pokerspielen mit den »anonymen Spaßverderberinnen«, wie sie die vier Twinset-Damen nannte, gewonnen. Freudestrahlend legte sie ihre Beute aufs Bett. Zwei Kleider, ein Kaschmir-Twinset mit Rock, damit wir endlich wieder angezogen im Restaurant essen und am Abendprogramm im Salon teilnehmen konnten. Sie selbst griff nach einem der Kleider, ein gelbgeblümtes, das ihr überhaupt nicht stand. Maike passte in nichts davon, ihr war alles zu klein. So konnte ich wählen und entschied mich für das karamellfarbene

Twinset mit schwarzem Rock. Es stellte sich heraus, dass Enni sich mit den anonymen Spaßbremsen zusammengesetzt, sie unter den Tisch gesoffen, um Geld gepokert und dann ausgenommen hatte. Als es den Damen zu teuer wurde, wechselte man zu Strip-Poker und unterschätzte offensichtlich Ennis Spielerqualitäten. Wer die Damen waren und warum ihre Laune nicht besser wurde, blieb unerforscht.

»Wer könnte an Bord denn deine Figur haben und offen für ein Spielchen sein?«, fragte Enni, an Maike rauf und runter schauend.

Ich probierte die Sachen an. Für meinen Geschmack waren sie zu eng und zu kurz. Kniefrei trug ich längst nicht mehr, der Rock ging nicht ganz zu, aber mit halb offenem Reißverschluss ließ er sich tragen. Das Oberteil schmiegte sich so eng an mich wie ein Kondom. Mein Hüftgold wurde so ganz wunderbar betont. Dennoch empfand ich die Sachen als willkommene Abwechslung zum weißen Frotteelook. Enni passte wesentlich besser in ihre Beute, sie war kleiner und zierlicher als ich. Auch wenn ihr weder Farbe noch Form des Kleides stand, verließ sie fröhlich pfeifend die Kabine, um weiterzujagen. »Ich brauche nichts«, rief Maike ihr nach. Auf dem Gang roch es nach Essen. Einige Mitreisende zogen Koffer hinter sich her, andere trotteten in Richtung Restaurant. »Kaplan kommt nachher mit Essen. Wenn ich dann bekleidet bin, denkt der noch, ich brauche seine Dienste nicht mehr«, erklärte sie.

»Das stimmt ja auch.«

»Linda, du sitzt aber auf der Leitung.«

Dieser Kiosk-Mann kam also gleich schon wieder auf unsere Kabine. Ich atmete tief durch, während Maike auf

Posten an Deck ging, um ihn auf keinen Fall zu verpassen. Davon wollte ich sie nicht abhalten. Für einen Moment hatte ich die Kabine für mich, als sie die Tür hinter sich schloss. Kaum saß ich im Sessel, klopfte es jedoch schon wieder. Jo Krappmann stand vor mir, die Hände in den Hosentaschen.

»Hat Ihnen das Essen bei mir nicht geschmeckt?«, fragte er.

»Wieso?«

»Sie gingen ziemlich plötzlich, so was versetzt dem männlichen Ego eine Beule.«

»Oje, was machen wir denn da?«

»Reparaturvorschlag: Sie essen mit mir zu Abend, ohne wegzulaufen.«

Ich sagte zu. Um 17.30 Uhr sollte ich zu ihm kommen. Das gab mir noch zehn Minuten, um aus mir herauszuholen, was die bescheidenen Bordmittel und meine Leihklamotten hergaben. Hastig durchwühlte ich mein Gepäck, kramte Fönbürste und Make-up hervor. Schon erschien Kaplan mit Töpfen und Tellern, erfüllte gleich die gesamte Kabine mit dem Geruch von Ziegenkäse und Kurzgebratenem, während er sich angeregt mit Maike unterhielt. Man zeigte sich höflich, aber erwartungsgemäß wenig traurig darüber, dass ich an ihrem Essen nicht teilnehmen würde. So wünschte ich guten Appetit und zog meine blauen, etwas verbeulten und recht hart gewordenen Schuhe an, nachdem ich mich beinahe an das Geschlurfe in den weißen Frotteebadelatschen gewöhnt hatte. Fast fühlte ich mich wieder wie ein Mensch. Erleichtert zog ich die Tür hinter mir zu und den Bauch etwas ein. Vor Ennis Türe stand Ladislaus in frischem Overall. Er verneigte sich höflich, als er mich sah. Ich erwiderte seinen

Gruß und huschte an ihm vorbei Richtung Schiffsmitte. Frau Hurter tat Dienst an der Rezeption, sie nahm mich trotzdem wahr, als ich die Treppe herunterging. Unten wartete Krappmann bereits vor jener Tür, die sich nur für Crewmitglieder öffnete, und geleitete mich zu seiner Kabine. Auf seinem Esstisch standen weiße Schüsseln voll mit Essen, wir bedienten uns reichlich. Er schenkte Wein ein, zündete sogar eine Kerze an.

»Jetzt erzählen Sie mir mal, was Sie gemacht haben, bevor das Leben Sie freundlicherweise auf mein Schiff geschwemmt hat.«

Ich prostete ihm zu. »Wenn Sie morgen noch nichts vorhaben, sprechen wir über mich. Heute sprechen wir über Sie.«

Er trank sein Glas in großen Schlucken aus und räusperte sich, als wolle er sich damit Zeit verschaffen. Dass er nicht gerne über sich redete, war mir klar und machte ihn mir eigentlich sympathisch. Nichts nervte mich mehr als Heiße-Luft-Verkäufer, die ständig über sich selbst sabbelten. Jo Krappmann stellte sein Glas ab und gab in seiner unnachahmlichen Art, Sätze wie Atemzüge auszustoßen, ein paar Dinge von sich preis. Von der Hochseeschifffahrt hatte er sich seinerzeit verabschiedet, um seine Ehe zu retten, denn seine Frau wollte nicht länger akzeptieren, dass er nur alle paar Monate nach Hause kam. So wechselte er zur Flussschifffahrt. Sie verließ ihn trotzdem vor vier Jahren. Die Tatsache, dass sie noch nicht geschieden waren, schob er auf Bequemlichkeit. Er hatte keine Lust, sich mit Anwälten und Gerichtsterminen herumzuschlagen.

»Das könnte sich ändern, wenn Sie jemandem begegnen, für den Sie frei sein wollen«, sagte ich.

Er füllte uns nach, trank einen Schluck, behielt das Glas in der Hand und schaute eine Weile auf den Wein darin. »Gut möglich«, meinte er dann.

Ich zog an meinem Rock, der sich gefährlich weit nach oben geschoben hatte. Die netten Herren der Kriminaltechnik waren so freundlich gewesen, auch meine Unterwäsche zu konfiszieren, und so saß ich meinem Gastgeber ohne Slip und ohne BH gegenüber. In einem so luftigen Outfit wäre ich vorgestern nicht einmal zu einer Pyjamaparty gegangen. Heute dagegen saß ich einem attraktiven Mann gegenüber, der davon wahrscheinlich nichts ahnte. Mit oder ohne Unterwäsche, er tat nichts, was meine Tugend gefährdete, sondern benahm sich höflich und zurückhaltend. Vielleicht waren meine Altersblätter schon dunkler gefärbt und tiefer gefallen, als ich es annahm. Wahrscheinlich lagen sie längst auf dem Boden, und ich trat auf ihnen herum, ohne es zu bemerken. Wie sonst war es zu erklären, das er sich nicht mit seinen schönen Lippen, auf die ich so gerne schaute, in Richtung der meinen bewegte? Mit den seinen konnte er Lippenmodel werden. Sie waren hell und voll, die Oberlippe wurde durch ein kleines Dreieck in der Mitte unterteilt.

Es klopfte an der Tür, Stanislaus grüßte mit: »Hallo, Beutelfrosch«, und wollte etwas mit ihm besprechen, merkte aber sofort, dass er störte, und verschwand sehr schnell wieder. Krappmann rief: »Tschüss, du Leierhirsch« hinter ihm her, als er die Türe schloss, und erklärte, dass sie dieses Spiel der hässlichen Tiernamen in einer Bierlaune erfunden hatten. Ich möge nicht erschrecken. Es drücke, wenn überhaupt irgendwas, dann ihre Freundschaft aus. Keine zwei Minuten später klopfte es leider erneut.

»Als Kapitän hat man nie frei«, seufzte er. Es klang entschuldigend. Dieses Mal wollte Frau Hurter etwas von ihm und ließ sich weniger leicht abweisen. Im Gegenteil, sie trat ein und begutachtete ausführlich, was auf dem Tisch stand. Dann sah sie mich an.

»Sie haben Ihre Kleidung wieder?«

»Nein.«

Ihr Mund öffnete sich, wollte sicher fragen, was ich dann trug, aber sie hielt sich gerade so zurück.

»Hast du schon gegessen?«, fragte Krappmann sie, und ich hoffte, sie hatte. Einen kurzen Moment überlegte sie, verneinte dann leider, und prompt lud er sie ein, sich zu uns zu setzen. »Hier ist genug für drei auf dem Tisch. Wein?«

Sie zögerte, wollte uns nicht unterbrechen, was sie natürlich tat, und letztlich blieb sie.

»Wir sprachen gerade über den Unterschied zwischen Hochsee- und Flussschifffahrt«, erklärte Krappmann.

Keiner von uns ging weiter darauf ein, worüber ich ganz froh war. Denn in diesem Augenblick interessierte mich kaum etwas weniger. Eilig aß ich meinen Teller leer, um mich dann doch wieder zu verabschieden. Ego-Beule hin oder her. Und selbst wenn in meiner Kabine eine Horde Ziegen auf mich gewartet hätte, hier wollte ich dringend raus. Auf dem Gang begegneten mir zwei philippinische Buffetkräfte. Sie grüßten freundlich, hielten mir die Tür auf und schwatzten dann in ihrer Landessprache weiter. Ich ging langsam die Treppe hoch, wollte allein sein. Aber wo? Draußen an Deck vielleicht, es war 18.15 Uhr, Essenszeit, da saßen alle im Restaurant. So ging ich zur Ausgangstür gegenüber der Rezeption, an der ausnahmsweise niemand Dienst tat, und lief die eiserne

Treppe hoch. Draußen ging ein frischer Wind, ein Pärchen rauchte an der Reling, ansonsten war das Deck leer. Diese Frau Hurter roch förmlich, wenn ich bei Krappmann war. Warum ging die eigentlich nicht von Bord? Ach richtig, die war ja selbst verdächtig. Zu blöd aber auch.

Ich rubbelte mit den Händen über meine Oberarme, um mich zu wärmen, als hinter mir einige Personen die Treppe hochkamen. Es waren Golt und zwei uniformierte Polizisten, die Enni jeweils an einem Oberarm führten. Ihre Hände hielt sie hinter ihrem Rücken, als sie an mir vorbeiging, sah ich, dass sie Handschellen trug.

»Enni!«, rief ich. »Was ist passiert?«

»Es ist alles richtig so. Sag Lorena, sie soll sich keine Sorgen machen.«

»Du brauchst einen Anwalt.«

»Einen guten, verstehst du? Besorg mir einen, und zwar schnell«, bat sie.

Die Männer schoben sie weiter über den kleinen Aluminiumsteg aufs Festland.

»Wo bringen sie dich hin?«

»In den Knast«, sagte sie.

»Aufs Präsidium«, korrigierte einer der Männer.

»Wo ist das?«

»Walter-Pauli-Ring 2, junge Frau, Köln-Kalk.«

Ich wandte mich an Golt: »Tun Sie doch was.«

»Wonach sieht das hier aus?«

Auch er ging über den Steg, folgte den dreien zu einem Mannschaftsbus, der am Ende des Asphaltweges auf der Straße parkte, besprach kurz etwas mit ihnen, was ich nicht hören konnte, und lief dann nach rechts über die Drehbrücke. Der Bus bog in die andere Richtung ab, überquerte die Siegburger Straße und fuhr ins Hasental, wie die Straße dort hieß. Mein Herz schlug Haken, ich musste schnell einen Anwalt besorgen und rannte zurück in die Kabine, denn Maike besaß ein Handy. Kaplan war noch immer zu Besuch. Die gute Stimmung brach ab, als ich hereinstürzte und ihnen die Geschichte erzählte.

Kaplan stand auf, zog sein Handy aus der Hosentasche. »Ich kenne einen guten Anwalt, meinen Schwiegersohn, den rufe ich an. Der ist jung, aber akribisch.«

Schon sprach er mit einem Abraham und reichte mir den Hörer. Kurzerhand erklärte ich einem wildfremden Mann, was geschehen war und wo man Enni gerade hinbrachte. Offenbar notierte er alles und versprach, sich sofort auf den Weg zum Präsidium zu machen. Ich könne dort nicht helfen, wie er meinte, aber die Rechnung würde er mir stellen. Dafür müsste ich bürgen, was ich versprach. Maike holte Wasser, Kaplan strich mir über den Arm. Tatsächlich beruhigte mich das. Er bot an, uns nach Kalk zu fahren, vielleicht brauchte Enni Zuspruch. Maike wollte statt meiner mitfahren, ich sollte erst mal runterkommen. Allerdings konnte sie nicht im Bademantel dort hin. Kaplan kam wieder auf eine Idee, seine Schwester könne aushelfen, die hatte in etwa ihre Größe und wohnte über seinem Kiosk. Schon brachen beide auf, und ich fand mich alleine in meiner Kabine wieder. Das Alleinsein, das ich gerade noch herbeigesehnt hatte, ging mir nun gleich auf die Nerven, ich musste hier raus. Also zog ich meinen Bademantel über meine Leihsachen, ging wieder hoch auf Deck bis an die Reling, dann über den kleinen Steg auf den Asphaltweg, lief am Schiff und den tuckernden Dieselaggregaten entlang bis zu der kleinen grauen Brücke. Hier hatte ich gestern erst gestanden. Völlig verzweifelt. Und was war alles seitdem passiert. Ging es mir inzwischen anders? War ich heute weniger verzweifelt? Ich war mir nicht sicher.

Aufgewühlt lief ich die Straße entlang Richtung Deichhügel, hinter dem der Rhein lag. Obwohl es schon dunkel war, sah ich unter der dürftigen Straßenbeleuchtung dort oben einen Herrn auf einer Bank sitzen. Als ich näher kam, erkannte ich Golt, der über den Rhein hinweg auf die drei Kranhäuser am gegenüberliegenden Ufer schaute. Neben ihm stand eine Flasche Rotwein mit einem Glas. Kurz blieb ich stehen und fragte mich, warum er Enni abführen ließ, selbst aber Feierabend machte und sie nicht weiter verhörte. Vielleicht brachte ich das ja aus ihm heraus. Ich lief den Damm hinauf und setzte mich mit einem zaghaften Lächeln zu ihm auf die Bank. Stumm sah er mich an, hob das Glas und bot es mir an. Er habe noch nicht daraus getrunken. Ein mit Sand beladener Lastkahn fuhr langsam vorüber.

»Schickt Sie Ihr Helfersyndrom zu mir?«, fragte er.

»Auch.«

»Was noch?«

»Neugier.«

»Auf was?«

»Auf Sie.«

Ich nahm einen Schluck.

»Machen Sie sich mal nicht verrückt über Ihre Freundin, die kommt klar.«

»Warum hat man Sie abgeführt?«

»Kein Kommentar über laufende Verfahren.«

»Da muss es doch Ausnahmen geben.«

»Ganz sicher nicht.«

»Schade.«

»Jep.«

Er stand auf und lief die kleine Böschung hinunter auf die Straße zu einem großen grauen Campingbus mit Hochdach, der aussah wie eine Kreuzung aus Kleintransporter und Wohnwagen. Den schloss er auf und verschwand in ihm. Kurz darauf kam er mit einer Wolldecke, die er mir umlegte, und einem weiteren Glas zurück. Er goss sich ein, und so tranken wir gemeinsam Wein mit Blick auf den dunklen Rhein.

»Leben Sie in diesem grauen Ding?«

»Manchmal.«

»Allein?«

»Geht Sie das was an?«

»Ja.«

»Wie bitte?«

»Sie haben mir alle Klamotten weggenommen und mich nackig gemacht. Das gibt mir das Recht, etwas über Sie zu erfahren.«

Er sah mich an, grinste ein wenig, und wieder sah ich dieses spöttische Funkeln in seinen Augen.

»Also, Ihre Rechte sehen anders aus.«

»Wer sagt das?«

»Ich.«

»Haben Sie immer das letzte Wort?«

»Woher soll ich wissen, dass Sie nichts mehr sagen wollen?«

»Das macht einsam.«

»Was?«

»Immer das letzte Wort zu haben.«

»Wer sagt denn, dass ich einsam bin?«

»Ich.«

»Wie kommen Sie darauf?«

»Das ist ein laufendes Verfahren.«

»Das ist Blödsinn.«

Wieder schenkte er uns ein. Woher ich meine neuen Sachen hatte, wollte er wissen, und ich erzählte ihm die Geschichte von Enni. Insgeheim hoffte ich, dass es ihren Leumund aufbesserte. Jemand, der so für andere sorgte, brachte doch niemanden um. Zumindest ging ich davon aus. Aber er sprang nicht recht darauf an, wie mir schien, denn er trank nur stumm seinen Wein, ohne darauf etwas zu erwidern.

Zu unserer Linken fuhr in ein paar 100 Metern Entfernung ein Güterzug über das Stahlskelett der Südbrücke. Hier hörte die Arbeit auch an Karfreitagabenden nicht auf.

Ich hoffte, dass er mit ein wenig Weinredseligkeit etwas mehr über Enni verriet. Wir leerten beide unser Glas. Golt schenkte nach.

»Ich mag diesen Fluss«, sagte er, »der Rhein ist immer nur der Rhein, er bewertet nicht, er duldet, was auf ihm geschieht. Manchmal spült er Holz an, manchmal Menschen. Ob sie morden, sich lieben oder ihr Essen an seinen Uferbänken grillen, das ist ihm egal.«

Er sprach schon etwas langsamer. Allerdings hing auch meine Zunge bereits schwer. Er holte Kerzen und weiteren Wein aus seinem rollenden Zuhause. In seiner Gegenwart fühlte ich mich gut aufgehoben. Ob er etwas über Enni preisgab oder nicht. Ich fragte ihn, was es mit diesem Camper auf sich hatte, und er antwortete nur zögerlich.

»Darin wohne ich, wenn ich einen Fall nicht von zu Hause aus löse.«

»Oft?«

»Meistens.«

»Und wo ist Ihr Zuhause?«

Nun zögerte er noch länger. »Irgendwo und nirgends.«

Es dauerte nicht lange, und wir beide waren trunken vom Wein – oder unseren Gedanken? – und ich fragte ihn, ob er nur in Köln ermittelte oder auch hier wohnte. Es stellte sich heraus, dass er so etwas wie ein Zuhause gar nicht besaß, sondern nur ein Zimmer im Haus seiner Schwester bewohnte, wenn er nicht gerade mit seinem Camper unterwegs war. Es gab einen Vorfall in seinem Leben, nach dem sich alles änderte. An einem nebligen Novemberabend fuhr er vom Geburtstag seiner Schwiegermutter spät nach Hause zurück. Seine Frau wollte noch bleiben, aber ihre Schwester nahm er mit. Als er an einer roten Ampel wartete, raste ein angetrunkener Mann von hinten auf sie zu und schaffte es nicht mehr, rechtzeitig anzuhalten. So schob er Golts Wagen quer auf die Kreuzung, wo er von einem anderen Auto erfasst wurde. Golts Schwägerin starb kurz darauf im Krankenhaus, er selbst kam schwer verletzt mit dem Leben davon. Obwohl er wusste, dass er nicht schuld an diesem Unfall war, verließen ihn diese Bilder nicht mehr.

»Es tut noch immer weh«, gab er zu. »An manchen Tagen fühlt es sich an wie ein eisiges Stahlschwert im Kopf.«

Ich wollte ihn in den Arm nehmen, ihn trösten, traute mich aber nicht.

»Wenn man erst mal schwierig geworden ist, zieht sich die Welt von einem zurück. Und umgekehrt. Das lässt sich schlecht wieder rückgängig machen. Meine Frau verließ mich kurz darauf. Wer wollte es ihr verübeln. Ich passte in kein Team mehr. Jetzt bin ich so was wie ein Springer für unklare Fälle und personelle Engpässe. Ich arbeite mal hier, mal dort, gehöre beruflich zu den Nichtsesshaften. Deshalb mein Camper. In ihm fühle ich mich frei.«

Vorsichtig lehnte ich mich an ihn an. Er ließ es zu.

Viele Gläser Wein später beschlossen wir, steifgefroren und stockbetrunken, schlafen zu gehen. Jeder für sich, wie er betonte. Aber er wollte höflich sein, mich noch bis zur Haustür, in diesem besonderen Fall meine Kabinentür, bringen. Ich hakte mich bei ihm ein, weil ich dringend Halt beim Gehen brauchte. Alleine hielt ich mich kaum mehr aufrecht. So torkelte ich, noch immer mit seiner Decke behängt, neben einem erstaunlich gerade gehenden Kommissar auf die kleine Brücke zu. Sie wurde jetzt angeleuchtet, und mir fiel auf, dass über uns in einigen Meter Höhe ein kleines Häuschen schwebte. Es hatte ein Fenster und ein kleines Dach. Erst jetzt begriff ich, dass wir uns auf einer Drehbrücke befanden. Sicher wurde von hier aus die Technik bedient. Vielleicht konnte ich diesen Drehjob übernehmen. Ich brauchte Arbeit. So könnte ich die wunderbare Aussicht über die beiden Hälften des Hafens genießen, den Frachtschiffen beim Be- und Entladen auf der einen und den Passagieren beim Ab- und Anreisen auf der anderen Seite zuschauen. Das stellte ich mir schön vor. Auf Anfrage würde ich die Brücke zur Seite drehen. Das schwebende Minihäuschen sah aus wie mein perfektes neues Zuhause. Sicher brauchte man dafür eine Ausbildung. Mist.

Golt riet mir, trotzdem bei der Stadt Köln anzufragen, ob sie das Ding vermieteten. »Besuch können Sie da nicht empfangen, dafür ist es viel zu klein. Aber je nachdem, was für ein Besuch, ist es vielleicht gerade besonders kuschelig.« Er seufzte.

»Wie lebt es sich so in Ihrem Wohnmobil?«

»Ganz bequem. Man hat sein Zuhause quasi immer dabei. Wollen Sie es sehen?«

»Warum nicht?«

Wir schlenderten zurück. Vor seinem Wohnmobil zog er einen Schlüssel aus der Hosentasche, schloss auf und ließ mir den Vortritt. »Nugget«, stand an der Tür. Das klang nach Goldschürfen und Wildem Westen. Ein Hauch von Sehnsucht schwang in diesem Wort. Auf engstem Raum gab es hier alles, was man brauchte. Tisch, Herd, Spüle, Kleiderschrank, Toilette. Über all dem hing unter der Decke ein Doppelbett. Deshalb der Aufsatz, den man von außen sah. Farblich befand man sich hier in einer Wüste. Alles war grau, selbst das Bettzeug. Ansonsten sah ich kein Bild, kein Blümchen, nichts Persönliches, das auf Golt hinwies. Hier konnte man Verhöre durchführen. An der Wand hingen Sprossen, die zum Bett hochführten. Ich versuchte, sie hochzusteigen, aber Golt zog mich zurück.

»Bleiben Sie schön hier unten. Dort oben kann ich für nichts garantieren.«

»Warum müssen Sie denn etwas garantieren?« Ich berührte schon das Laken. »Hier oben schwebt man im Schlaf.«

Aber er blieb hart, zog mich herunter und führte mich hinaus ins Freie. Wir nahmen einen neuen Anlauf zum Schiff.

Wieder unter dem hängenden Häuschen hindurch. Die Nacht war diesig, und unsere »River Diamond« wirkte verwunschen, wie sie so still auf dem Rhein lag. Golt suchte in seiner Jacke nach Zigaretten, steckte sich eine an, wir lehnten uns über das Brückengeländer mit Blick auf das rote Löschboot der Feuerwehr, ziemlich genau an der Stelle, wo ich ins Wasser gehen wollte. Ich schlug vor, mit ihm gemeinsam dort herunterzuspringen, und wenn wir es überlebten, was ich für sehr wahrscheinlich hielt, bis zur Nordsee zu schwimmen.

»Zu kalt«, fand er, zog meine abrutschende Decke an mir zurecht und paffte Rauch in die nebelige Nacht. »Kommen Sie, ich bring Sie heim. Ich habe ein schlechtes Gewissen, denn ich habe Sie zu übermäßigem Alkoholkonsum verführt.«

»Sie haben mich verführt? Habe ich da was verpasst?«

»Ach, nicht richtig, Sie wissen schon, was ich meine.«

»Nee, klären Sie mich auf. Hier und jetzt auf dieser Brücke.«

»Das hätten Sie wohl gerne.«

Wir schlenderten über den Rest der Brücke und schafften es bis zu dem kleinen Asphaltweg längs des Hafenbeckens, als sich aus der Dunkelheit heraus ein Mann vor uns aufbaute.

»Das nennen Sie also ermitteln?«, rief der.

Es mochte dunkel sein und ich betrunken, aber meinen Mann erkannte ich.

»Linda, was machst du hier? Du hast ja eine Fahne.« Er riss mich von Golts Arm. »Das wird Konsequenzen für Sie haben. Ich beschwere mich über Sie.«

»Das wirst du nicht.« Ich schüttelte ihn ab und setzte mich auf den Boden, denn das Stehen ohne Hilfe fiel mir schwer. »Dann werfe ich einen Stein in deine Schaufenster, haue Dolores eine runter und erzähle deiner Tochter, dass du mit ihrer Schwiegermutter knutschst.«

Golt half mir auf und führte mich zu dem kleinen Steg, der aufs Schiff führte und vor dem Adi tatsächlich stehen blieb, mir aber nachrief: »Ich gehe hier nicht weg, bevor dieser Blödsinn ein Ende hat.«

Golt und ich wünschten ihm eine gute Nacht, hörten ihn noch meinen Namen rufen, eindringlich und mahnend, aber dann schloss sich die Schiebetür hinter uns, und seine Stimme verstummte. Wir liefen durch ein stilles Schiff, lediglich aus Richtung Lounge hörte man leise Töne. Wir passierten eine unbesetzte Rezeption und kamen zu meiner Tür. Hier verabschiedete sich Golt, während er mir half, die Kabinenkarte in den dafür vorgesehenen Schlitz zu schieben. Als sich die Tür öffnen ließ, verneigte er sich langsam, küsste mir die Hand und ging. An die Wand gelehnt, sah ich ihm nach. Ich hoffte, er würde sich noch einmal nach mir umdrehen, aber das tat er nicht.

In meiner Kabine brannte Licht, Maike und Kaplan sprangen auf, fragten mich nach Enni, denn die war noch immer nicht zurück. Angeblich hatte sie ein Geständnis abgelegt. Leider konnte ich dazu nichts sagen.

Vorsichtig legte ich mich aufs Bett, die Kabine drehte sich ein wenig. Lieber schloss ich die Augen, zog, ohne hinzusehen, die Schuhe aus. Kaplan verabschiedete sich, Maike befreite mich von meiner Kombination aus Kleid, Bademantel und Wolldecke. Dann schlief ich ein.

8. AUSLAUF

Mit pelziger Zunge und einem bitteren Geschmack im Mund wachte ich irgendwann gegen Morgen wieder auf. Einen Moment lang überlegte ich, was für ein Tag jetzt war. Wenn mich nicht alles täuschte, brach Ostersamstag gerade an. Maike schnarchte leise, aber beständig neben mir. Über sie hinweg schaute ich raus aus dem großen Kabinenfenster auf die dunkle Kaimauer und die Gitterstäbe des Geländers. Von dort oben kam ein wenig Licht herein, jemand führte seinen Rauhaardackel Gassi. Wahrscheinlich die Dame im Knautschlackmantel. Plötzlich hörte ich im Raum einen Vogel zwitschern. Dieses Geräusch konnte ich mir gar nicht erklären. Maike tastete links von sich, dann rechts, betatschte dabei meine Schulter. Schließlich griff sie neben sich auf das Nachtschränkchen, wo ihr Handy lag. Sie drückte drauf. Das Zwitschern endete. Es war 7 Uhr. Sie schaute zu mir, gähnte und reckte sich. »Das hat gutgetan, ich fühle mich wie neu. Sollen wir mal schauen, was das Frühstücksbuffet so hergibt?«, schlug sie vor.

»Meinst du, es gibt hier so früh schon Essen?«

»Falls es dir noch nicht aufgefallen ist: Essen ist das Wesen einer Kreuzfahrt, selbst wenn sie den Ausgangshafen nicht verlässt. Im Gegenteil, gerade dann.«

Gut gelaunt pellte sie sich das weiße Bordbettzeug vom Körper und verschwand im Bad. Wasser rauschte. Langsam dämmerte mir der vergangene Abend. Die Parkbank, Golt, Wein, Adi, der nicht mehr vom Schiff wegwollte, bis der Blödsinn, den ich ihm verdankte, ein Ende hätte. Dabei lag er jetzt bestimmt in den Armen dieses Miststücks unter wahrscheinlich ananasgelbem Bettzeug.

Maike tapste mit nassen Haaren aus dem kleinen Bad, rubbelte sich trocken. Etwa 20 Kilo Übergewicht wabbelten an ihr. Aber sie bewegte sich herrlich hemmungslos durch unsere gemeinsame Bleibe. Davon konnte ich mir eine Scheibe abschneiden, und es wäre immer noch genügend von ihr übrig geblieben.

»Wie es Enni wohl geht?«, fragte ich.

»Keine Ahnung.« Sie wickelte sich den Frotteegürtel um den Bademantel. »Und wo warst du gestern Abend? An der Bar habe ich dich nicht gesehen.«

Ich fasste mir an den Kopf, überlegte, ob ich eine Kopfschmerztablette brauchte, erwog, das entspannende Wasser der Dusche abzuwarten, um mich danach zu entscheiden. »Bei Golt. Der ist verschwiegen wie ein Grab.«

Sie stand nun vor mir, bürstete sich die nassen Haare streng nach hinten. »Kaplan kommt zum Frühstück an Bord, hab ihn eingeladen.«

»Vielleicht will der Mann sich ja eine Kabine nehmen, es werden welche frei.«

»Keine schlechte Idee. Aber er wohnt gleich gegenüber. Über seinem Kiosk. In die Sachen seiner Schwester passte ich leider nicht.«

Besser, ich gewöhnte mich an diesen Mann. Maike riss eines der Tütchen mit den Fischplätzchen auf und genehmigte sich eines zum Anwärmen, wie sie es nannte. Sie hatte schon Hunger.

Das warme Wasser der Dusche tat gut. Meine Lebensgeister erinnerten sich mit jedem Tropfen mehr daran, zu mir zu gehören. Maike und ihren neuen Begleiter würde ich alleine frühstücken lassen. Ich hatte Kleidung, wenn auch nur spärlich, konnte von Bord gehen, mich in ein Café setzen und das Gefühl von Einsamkeit kosten. Das sättigte einstweilen ganz gut. Ich schaute in den Vergrößerungsspiegel neben dem Waschbecken. In ihm hatte man keine Poren, sondern Erdkrater, Falten vertieften sich zu Gletscherspalten. Ich fuhr mit meinen Fingern darüber. Liebe Falten, dachte ich, ihr seid gekommen, um zu bleiben. Wer immer euch den Titel »Lachfalten« gab, hat keine Ahnung. Über euch kann niemand lachen.

Es schmerzte, etwas so Schönes wie Jugend gehen zu lassen. Ich beschloss, nicht länger hinzusehen. Was ich nicht sah, gab es nicht. Ernst zu nehmende Philosophen stellten infrage, ob es die Welt überhaupt gab, wenn wir sie nicht durch unseren Blick erschufen. Meine Falten wollte ich auf gar keinen Fall durch meinen Blick erschaffen oder gar vertiefen.

Maike klopfte an die Badezimmertür. Es gab Neuigkeiten zu Enni, offenbar hatte man sie entlassen. Der Anwalt brachte sie bereits zum Schiff. Außerdem war Kaplan auf dem Weg zu uns mit unseren Klamottenbestellungen. Schnell zog ich meine Leihsachen an, vielleicht entkam ich dem Ansturm der Massen noch, griff Geld und Schlüsselkarte, zog die Tür hinter mir zu und beeilte mich, an Deck zu kommen. Kurz vor der Rezeption begegnete mir Kaplan, Tüten und Pakete schwenkend. Ich winkte ihm zu, lief aber weiter, die Eisentreppe hoch. Draußen ging ein trockener Wind. Es war noch gar nicht richtig hell. Auf dem kleinen Aluminiumsteg, unserer einzigen Verbindung zum Festland, kam mir Enni mit ihrem jungen Anwalt entgegen. Ihre Haare standen ihr ungekämmt zu Berge, sie selbst sah blass und müde aus. Wir umarmten uns, bis ich sie schüttelte und fragte: »Was machst du denn für Sachen?«

»Ich hab mich wohl vertan.«

»Wie kann man sich denn da vertun?«

Sie winkte ab, Tränen rollten über ihr Gesicht. Kaplans Schwiegersohn bat mich um eine Adresse für die Rechnung, was mich gedanklich zum Stolpern brachte. Was sollte ich angeben? Das Schiff, den Hafen? Letztlich gab ich ihm dann meine Anschrift in Köln-Rodenkirchen. Enni sah mich mit rot geweinten Augen an. Sicher war so eine Knastnacht hart. Sie sollte sich erst mal ausruhen. Ich überquerte die Gangway und bog links ab, Richtung Deutz, wo ich mit einer höheren Frühstückscafé-Dichte rechnete. Nach einigen Metern auf dem kleinen Asphaltweg sah ich, dass sich ein zweites Schiff hinter uns in den Hafen gelegt hatte. Dem unseren in seiner Bauart ähnlich, gehörte es doch zu einer anderen Reederei. Zwei Matrosen unterhielten sich in gebrochenem Deutsch von Schiff zu Schiff. Der eine kam mit den Ungarn an Bord nicht zurecht, der andere nicht mit den Russen. Vielleicht war ja der eine Russe und der andere Ungar. Ich ließ sie hinter mir und kam an riesigen Wohnwagen vorbei, die aussahen wie eine Mischung aus Tieflader und Zirkuswagen. Die Schausteller der Osterkirmes hatten hier bereits ihre Zelte aufgeschlagen. Über mir jetzt die Severinsbrücke, die gerade mit Getöse von einer Straßenbahn überquert wurde. In meinen Ohren donnerte es. Auf dem gegenüberliegenden Rheinufer blinzelte mir der gläserne Bau des Schokoladenmuseums zu. Ein süßer Ort. Der Wind kräuselte das graugrüne Flusswasser zu kleinen Wellen. Mir pfiff er unter den Rock. Ich versuchte, das Jäckchen meines Twinsets zuzuknöpfen, aber es drohte die Jacke zu zerreißen, weil es so eng war. Mit einer Hand hielt ich eine Jäckchenhälfte zu, mit der anderen hielt ich den Rock in Schach, damit der Wind nicht meine unterwäschefreien Zonen freilegte. Es war eben doch keine karibische Brise, sondern die rheinische Schlechtwetterfront, die sich gerade frech bis zu meinem nackten Po vorwehte.

Gleich hinter der Brücke empfing mich die »Wilde Maus«, eine bunte Achterbahn. Noch standen ihre Wagen still, aber es roch bereits nach Zuckerwatte. Ich lief vorbei an Selbstfahrerautos, Losbuden und Essständen zur »Deutzer Freiheit«. Hier gab es Geschäfte und Cafés. In das erste, das ich dort sah, trat ich ein. Man öffnete gerade, rückte Stühle zurecht und wischte Tische ab. An einem saß bereits ein einzelner Gast mit dem Rücken zum Eingang. Ich erkannte das moosgrüne Leinenjackett. Es war Golt. Er sah kurz zu mir auf, wies dann auf einen der leeren Stühle neben ihm und orderte gleich einen Kaffee für mich.

»Gut geschlafen?«, fragte er.

»Besser als gedacht. Haben Sie veranlasst, Enni freizulassen?«

Er nickte.

»Sie ist also unschuldig?«

Er sah mich an. »Schon Steine in Apotheken geworfen?«

»Soll ich?«

Er zuckte mit den Achseln. Grinste. Dabei zogen sich seine schmalen Lippen zu einem dünnen Strich auseinander.

»Warum legt jemand ein falsches Geständnis ab?«, wunderte ich mich. »Das macht doch keinen Sinn. Es sei denn, man will jemanden …« Diesen Satz brach ich ab. Nur nicht weitersprechen. Wen sollte Enni schützen wollen, wenn nicht ihre Tochter. Mir wurde heiß und kalt zugleich, darauf wollte ich Golt wirklich nicht stoßen.

»Sprechen Sie es ruhig aus«, sagte der.

Warum in aller Welt konnte ich mich nicht aus allem heraushalten? Diese Helferitis brachte mich noch um. Andere vielleicht auch.

»Wieso kommt man von schlechten Angewohnheiten so schwer los?«, fragte ich mehr mich selbst als Golt.

»Von allen Angewohnheiten kommen wir schwer los, nicht nur von den schlechten. Sie sind so schön bequem. Stellen Sie sich vor, sie wären nicht so fest in uns verankert, dann müssten wir den ganzen Tag über alles neu nachdenken. Wir kämen zu nichts mehr.«

Jetzt kam erst mal Kaffee. Ich spürte, wie er meine Kehle hinunterlief und meinen Magen wärmte. Eine verlässliche Morgendroge.

Etwas in mir wollte zurück zum Schiff laufen und sich um Lorena kümmern. Gleichzeitig fragte ich mich, wie ich dieses Kümmersyndrom ablegen konnte. Vielleicht war ich ja unheilbar daran erkrankt und trieb seit Langem alle damit in den Wahnsinn, ohne es zu merken. Vielleicht hatte ich Floriane bis nach Australien damit getrieben. Der Gedanke versetzte mir einen Stich in die Magengegend.

»Finden Sie, ich übertreibe es mit meiner Kümmerei?«

Golt stellte seine Tasse ab und schluckte seinen Kaffee runter. »Es ist eigentlich ganz schön, dass Sie so für andere da sind. Vielleicht denken Sie mal über die Dosierung nach.«

Mir fiel Maikes Rat ein, mich ebenso sehr um mich selbst zu kümmern wie um andere. Das konnte an der Dosierung schon einiges ändern. Also nicht zurück zum Schiff, hier sitzen bleiben, den Kaffee und Golts Gegenwart genießen, so gut es ging. Zwei Croissants mit Nutella bestellen. Goldene Zeiten brachen für mich an. Zumindest Minuten. Golt-Minuten. Der orderte ein Käsebrötchen.

»Dieser Behorn«, fragte er, »waren Sie in den verliebt?«

Und schon bereute ich, nicht schnell gegangen zu sein. Das war schwer zu beantworten. »Er gab mir das Gefühl, als Frau interessant zu sein, sogar begehrenswert.«

»Haben Sie das gebraucht?«

»Offenbar.«

»Verstehe ich nicht.«

»Danke.«

»Sie haben nicht bemerkt, dass er nur spielt?«

»Das letzte Mal, als sich jemand so um mich bemühte, habe ich ihn geheiratet.«

Meine Croissants kamen. Ich bestrich sie dick mit Nutella. »Behorn tat mir irgendwie gut. Trotzdem wollte ich ihm eigentlich einen Korb geben. Wie ich in sein Bett kam, weiß ich nicht. Das bin so gar nicht ich.« Croissantbrösel verteilten sich über mich.

»Und was sind Sie?«

»Fragen Sie mich lieber, ob ich überhaupt etwas bin.«

Ich orderte Nutella nach, dieses kleine Gläschen war bestenfalls für den hohlen Zahn.

»Geben Sie niemandem so viel Macht über Sie, dass er Sie kleinmachen kann. Auch keinem Ehemann.«

Er sah mich mit festem Blick an, trank dann weiter an seinem Kaffee. Ich zahlte und verließ mit einem angebissenen Nutellacroissant das Café, um darüber nachzudenken, was er gesagt hatte. Gab ich Adi Macht über mich? Ich stand auf dem Bürgersteig, ließ die Autos auf der »Deutzer Freiheit« an mir vorbeifahren, drehte mich wieder um und ging zurück zu Golt, weil ich wissen wollte, wie er das meinte. Der kaute eine Weile vor sich hin, bevor er antwortete.

»Sie sind mehr als die Beziehung zu Ihrem Mann, und Sie sind mehr, als er in Ihnen sieht.« Er krümelte den halben Tisch unter sich voll. »Zumindest sind Sie mehr, wenn Sie selbst mehr in sich sehen.«

Das musste ich erst mal sacken lassen, zusammen mit meinen Croissant-Bissen. Ich bestellte frischen Coffee to go, bevor ich mich erneut verabschiedete und Golt seinen Frühstücksresten überließ. Über seine interessante Gleichung nachdenkend, lief ich zurück in Richtung Deutzer Brücke. Bisher hatte ich wenig Zeit im rechtsrheinischen Köln verbracht. Zu Unrecht, wie ich fand. Hier war es gemütlich. Am Rhein roch es nach Popcorn. Es war 8.30 Uhr. Die »Wilde Maus« schoss einen unbesetzten Probewagen über die mit oranger Farbe gestrichenen Gleise. Ich wollte zurück zu meinem Ankerplatz und hoffte, dass ich in meiner Kabine nicht auf eine küssende Maike traf. Vorerst hatte ich genug von Knutschszenen. Ich wünschte mir Ungestörtheit, um in Ruhe über mein Leben nachdenken zu können. Warum machte ich das erst jetzt, da die Dinge schlecht liefen? Fing man früher damit an, konnte man sich einiges ersparen.

Am Hafen sah ich Enni, Maike und Kaplan vor dem Eingang der »River Diamond« aufgeregt gestikulieren. Mein erster Impuls war, mich umzudrehen, wegzugehen, in den Rhein zu springen, als Enni mich sah und auf mich zurannte.

»Schnell, Kaplan hat schon seinen Schwiegersohn angerufen, du musst für die Rechnung bürgen. Wenn meinem Kind was passiert, garantiere ich für nichts.«

Ich versuchte, sie zu beruhigen, um herauszufinden, was geschehen war. Offenbar hatte man Lorena vor einer halben Stunde abgeführt unter dem Verdacht, an Behorns Tod beteiligt gewesen zu sein. Ennis Gesicht war rot und nass von Tränen, sie ruderte hektisch mit den Armen, als wolle sie jemanden verprügeln. Sicherheitshalber trat ich einen Schritt zurück. Hier kämpfte gerade eine Löwenmutter um ihr Kind und ich verstand sie gut.

In diesem Wirrwarr versuchte ich, 30 Minuten zurückzurechnen. Sprach ich da gerade mit Golt und lenkte den Verdacht auf Lorena, oder traf ich gerade erst im Café ein? Hatte Golt die Verhaftung angeordnet, nachdem ich das Café verlassen hatte, lief man eine halbe Stunde von der »Deutzer Freiheit« bis zum Hafen? Für den Fall, dass ich ihn wirklich auf die Idee mit Lorena gebracht hatte, schämte ich mich schon jetzt. Andererseits war der Mann Profi. Wenn ich auf diesen Zusammenhang kam, dann erst recht jemand wie er.

Ich sagte auf jeden Fall die Bürgschaft zu. Das Mädchen brauchte schnelle Hilfe. Enni lief zurück zu Kaplan, der griff sofort zum Handy. Maike nahm mich in den Arm. Ein tröstender Moment. Kaplan wollte Enni zu seinem Schwiegersohn bringen, der auch im selben Haus gegenüber wohnte, damit die beiden zusammen zur Polizei fahren konnten. Ich hoffte, dass an dem Verdacht nichts dran war. Dieses junge Ding hatte noch sein ganzes Leben vor sich. Warum sollte sie einen Mann wie Gunnar Behorn umbringen?

Krappmann kam zu uns heraus. Er war beunruhigt über die Festnahme und konnte sich die Hintergründe nicht erklären. Eine kriminelle Handlung traute er Lorena eigentlich nicht zu.

»Kaffee?«, fragte er. Während Maike und Kaplan zurück ans Frühstücksbuffet wollten, folgte ich Jo Krappmann an die Bar. Die Crew hatte gewechselt. Statt der dienstbaren Damen mit ihren adretten Nickitüchern, die ihrem Kapitän durch bloßen Blickkontakt jeden Wunsch von den Lippen ablasen, polierte nun ein bulliger Barkeeper mit russischem Akzent die Gläser. Gerade versuchte ein älteres Ehepaar, ihm seine Privatadresse am Schwarzen Meer zu entlocken, weil man ihn dort unbedingt besuchen wollte. Die saßen nicht zum ersten Mal bei ihm am Tresen. Mit seinem Zweifingersystem orderte Krappmann Kaffee und setzte sich mit mir aufs Sofa. Er sorgte sich um Lorena, nahm seine Aufsichtspflicht ihr gegenüber ernst und war froh, dass sie anwaltlich vertreten wurde. Das befreite ihn nicht von Selbstvorwürfen. Viel früher hätte er Behorn den Garaus machen sollen und ihn der Reederei als unerwünschten Gast melden müssen. All das hatte er mit Rücksicht auf Heike Hurter nicht getan. Dabei hätte er es gerade ihretwegen tun müssen. Der Kaffee kam. Wir lehnten uns zurück, tranken, schwiegen.

»Es ist schön, dass Sie hier sind«, sagte er leise. »Vor zwei Tagen sah ich Sie dort oben stehen, bereit zum Sprung. War es wegen Ihres Mannes?«

»Überwiegend.«

»Alte Nilgans«, rief Lausi in diesem Moment und stellte sich vor uns auf, um sich in den Maschinenraum abzumelden.

»Viel Vergnügen, du Weißgesicht-Seidenäffchen«, war Krappmanns Reaktion. Es folgte Heike Hurter mit wehenden Haaren und gestresstem Blick. Bevor sie mich begrüßen konnte, stand ich auf und überließ ihr das Feld, lief zurück in Richtung Kabine. Gegenüber der Bar stand der Herr mit der Shirt-Aufschrift »Saunaboy« vor einer kleinen Gruppe sitzender Passagiere. Ich sah nur deren Hinterköpfe, ihn über sie hinweg bis zur Hüfte. Ununterbrochen redete er mit großen, unbeholfenen Gesten auf seine Zuhörerschaft ein und wirkte dabei wie ein Affe auf mich. Ein Gorilla mit Goldkettchen. Ohne seine Partnerin an seiner Seite zog er laut über die Verlogenheit der Frauen her und die Dummheit der Männer. Er trug noch immer die Sonnenbrille im Haar. Offenbar war er wild entschlossen, die Sonne auf diesem Schiff zu finden, auch an einem verregneten Ostern im Kölner Hafen.

Als ich an der Rezeption vorbeikam, hörte ich ein leises Wimmern. Saunaboys Partnerin schien etwas zu beklagen und wurde von H. H. getröstet. Vielleicht war ihr ein Nagel abgebrochen. Da ging die Welt schon mal von unter.

Vor unserer Kabine fand ich eine neue Bordmitteilung. Die Reederei bot an, eine ganz neue Reise auf einem anderen Schiff zu buchen oder hier an Bord auf das Schwesterschiff, die »River Fantasy«, zu warten, um in den nächsten Tagen erneut von Köln aufzubrechen und die gleiche Route zu bereisen. Alles ohne Aufpreis. Und vermutlich ohne Leiche, wie ich hoffte.

Ich schloss die Tür auf und hörte Maike summen. Sie

probierte die neuen Sachen an und wollte später mit Adam, wie sie ihn jetzt nannte, über die Kirmes gehen. Sie mussten unbedingt Zuckerwatte essen und ins Riesenrad, um die tolle Aussicht über die Kölner Innenstadt zu genießen.

Golts Worte gingen mir nach, dass ich mehr sei als das, was Adi in mir sah. Eigentlich eine gute Nachricht, denn so viel sah der ja nicht mehr in mir. Es machte keinen Sinn mehr, mich für ihn und Flori bereitzuhalten. Und wer wusste schon, ob nach Dolores in Ananasgelb nicht eine andere in Erdbeerrot daherkam. Adi war mir verleidet.

Ich lehnte mich im Bordsessel zurück, verschränkte meine Arme hinter dem Kopf und atmete tief durch. Mein neues Leben hatte längst begonnen, ob ich es wollte oder nicht. Adi hatte mich hineingeschubst. Diese Reise hier war mehr als ein verunglückter Ausflug in den Deutzer Hafen.

Es klopfte an der Tür, Joscha kam mit einer Flasche Sekt und Gläsern, gleichzeitig trat, von einer Duftwolke umgeben, Maike aus dem Bad, die sich gleich daran bediente. Als wir wieder alleine waren, erzählte ich ihr von Golts Sätzen über Liebe und Macht.

»Nach so vielen Jahren nehmen wir schon mal an, dass wir nur so liebenswert sind, wie man uns behandelt«, fand Maike und wickelte einen Turban um ihr Haar. »Wenn man verlassen wird, nimmt man an, dass man es gar nicht mehr wert sei, geliebt zu werden. Warum sonst sollte man uns verlassen? Das ist aber der Augenblick, in dem wir uns daran erinnern müssen, was wir uns selbst wert sind und dass wir unser eigener Anker in diesem stürmischen Leben sind.«

Beim Hinausgehen zeigte sie auf ein paar Tüten neben

dem Bett. Meine Bestellungen. Als sie die Tür öffnete, stand dort ein Mann in Uniform. Ein Herr, der angab, mein Mann zu sein, wartete vor dem Schiff und wollte mich dringend sprechen. Nach Rücksprache mit dem Kommissar hielt er es für besser, zunächst mein Einverständnis dazu einzuholen und ihn nicht an Bord zu lassen. Es sei an mir, ob ich ihn empfing oder draußen sprechen wollte oder gar nicht.

Adi, der Schubser, wartete also auf mich. Wollte ich ihn in meiner Kabine empfangen? Nein. Wollte ich ihn sprechen? Eigentlich nicht. Da hörte ich bereits durch das offene Fenster, wie er draußen mit Krappmann in Streit geriet. Bevor das schlimmer wurde, ging ich lieber dazwischen. Ich lief über den Gang zur Treppe hoch aufs Oberdeck. Draußen fegte ein heftiger, aber inzwischen warmer Wind, der grüne Teppich unter meinen Füßen ließ bei jedem Schritt noch die Nässe des Regens quatschen. Adi lief auf dem kleinen Asphaltweg wie ein Tiger auf und ab. Ich ging ihm über den Aluminiumsteg entgegen. Als er mich sah, kam er mit stampfenden Schritten auf mich zu, einige Seiten Papier wie eine weiße Fahne schwenkend.

»Wir müssen sofort nach Australien. Dieser Blödsinn hier hört jetzt auf. Flori ist krank und ganz allein. Matthes hat sie verlassen.«

Mein Herz fiel mit einem lauten Knall auf den Asphalt unter mir, ich hörte ein Klingeln in den Ohren. Adi hielt mir die Papiere hin.

Zuoberst lag eine ausgedruckte Mail von Flori, in der sie sich beklagte, dass ihre Ehe eine Farce war, Matthes nur das Geld für diese Reise wollte, alles in die Suche nach Opalen steckte, sie behandelte, als sei sie lästig. Jetzt noch dieses Virus, das sie schwächte. Sie lag in einem Hotelzimmer bei Melbourne. Wo Matthes steckte, wusste sie nicht. Er hatte sich einer Gruppe junger Männer angeschlossen, die gemeinsam schürfen gehen wollten. Ans Handy ging er nicht. Ihr tat alles leid. Vor allem, wie sie mich behandelt hatte. Aber nun sei es zu spät. Ich ging ja nicht ans Telefon und andere Nachrichten beantwortete ich nicht. Mir wurde flau. Nichts war zu spät, ich liebte dieses Kind doch nach wie vor. Im Gegenteil, meine Sehnsucht nach ihr zerriss mich regelrecht. Sie konnte nur nicht wissen, dass ich mein Handy in den Rhein geschmissen hatte.

»Die Symptome, die sie mir am Telefon schilderte, weisen auf eine Murray-Valley-Enzephalitis hin«, erklärte Adi. »Bei ausgeprägten neurologischen Komplikationen beträgt die Letalität bis zu 20 Prozent.«

»Heißt das, sie kann sterben?«

»Wenn es dieses Virus ist, besteht eine 20-prozentige Chance, dass er sich tödlich auswirkt. Wir müssen sofort hin, sie braucht dringend ärztliche Versorgung. Dafür fehlt ihr das Geld. Ich habe schon welches geschickt, aber sie kommt nicht mal aus ihrem Zimmer, weil sie zu schwach ist. Um 21.40 Uhr heute Abend geht eine Maschine von Frankfurt über Dubai nach Melbourne. Die hat noch zwei Plätze frei. Ich habe dir alles ausgedruckt.«

»Seit wann muss man zu einer Bank, wenn man Guthaben auf seiner Kreditkarte hat? Und die reicht als Zahlungsmittel in Australien auch bei Ärzten.«

Adi sah über mich hinweg hoch zum Schiff. Dort stand über die Reling gelehnt Krappmann und hatte offensichtlich zugehört.

»Was geht Sie das an?«, rief Adi zu ihm rauf.

»Verkaufen Sie Ihre Frau nicht für dumm. Australien verfügt über ein ausgezeichnetes Gesundheitssystem, wenn man sich nicht gerade alleine im Outback befindet. Eine funktionierende Kreditkarte genügt dort als Zahlungsmittel in jedem Krankenhaus.«

»Linda, warum mischt der sich hier ein? Hier geht's um unser Kind.«

Ich hörte den beiden nur noch aus der Ferne zu. Flori war krank und ganz allein, ohne mich erreichen zu können. Mir liefen Tränen übers Gesicht, ich schämte mich so. In ihrer schwersten Stunde ließ ich sie allein. Wenn heute Abend eine Maschine ging, dann wollte ich die nehmen, ich musste so schnell wie möglich zu ihr. Vor Ort würde ich ihr gute Ärzte besorgen und mich um sie kümmern. Ich bat Adi, kurz auf mich zu warten. Ich wollte nur schnell meine Kabine räumen, das dauerte nicht lange. Jetzt galt es, keine Zeit mehr zu verlieren. Jetzt war es kurz nach 9.30 Uhr. Bis heute Abend saß ich im Flugzeug.

9. ABFLUG?

Aufgewühlt rannte ich zurück aufs Schiff, nahm die Treppe herunter so hektisch, dass ich am Ende beinahe gegen die sich öffnende Schiebetür fiel, schlängelte mich durch die Passagiere, die im langsamen Bummelschritt durch die Gänge zum x-ten Essen flanierten, ließ Hugo und Bosse an mir vorbeirollern und ging im Geiste durch, was jetzt zu tun war. Bei genauerem Hinsehen besaß ich neben meiner Kulturtasche sowieso nur noch das, was gerade mit der Post gekommen war. Der Rest befand sich bei der Polizei. In der Eile erinnerte ich mich nicht einmal daran, was ich an Klamotten bestellt hatte. Zu Hause hatte ich, was ich brauchte, im Notfall flog ich ohne alles, jetzt musste es zack, zack gehen. Wir mussten die Fahrt nach Frankfurt einrechnen, die Zeit für das Einchecken, sicher musste man da rechtzeitig vor Ort sein. Ich schloss die Kabine auf, suchte meine Handtasche, die Kosmetik würde ich zurücklassen, nur den leeren Koffer brauchte ich und meinen Reisepass. Wieder klopfte es. Besuch konnte ich jetzt wirklich nicht gebrauchen. Es klopfte lauter, Golt rief meinen Namen durch die geschlossene Türe, dann: »Aufmachen, Polizei.«

Ich hielt inne, öffnete schließlich mit klopfendem Herzen die Tür.

»Frau Weißenberg, gehört Ihnen dieses Tuch?«

Er hielt jene grüne Stola in der Hand, die Flori mir zum Geburtstag geschenkt hatte. Ich dankte ihm herzlich dafür, dass er sie mir gebracht hatte, zumal ich sie noch gar nicht vermisste. Im Augenblick hatte ich jedoch keine Zeit, um mich länger mit ihm zu unterhalten, und bat dafür um Verständnis.

»Frau Weißenberg, ich glaube, Sie verstehen nicht ganz. Sie sind vorläufig festgenommen.«

Mir fiel der leere Koffer aus der Hand.

»Warum?«

»Dieses Tuch fand ich heute am Tatort.«

»Das kann nicht sein. Ich war nie dort.«

In meinem Hirn setzte alles Denken aus. Beim Versuch, den Koffer beiseitezuschieben, wurde mir schwindelig, ich verlor das Gleichgewicht und fiel auf den Teppich. Golt half mir aufzustehen, aber ich kam nicht auf die Beine. Etwas in mir versagte den Dienst. Meine Hände zitterten. Mit Mühe hievte er mich aufs Bett, holte mir Wasser aus dem Bad, fühlte meinen Puls, hielt meine Hand. Ich wollte ihm erklären, wie dringend ich zu Flori musste. Auch das ging nicht. Nichts ging mehr. Er fragte, ob er einen Arzt rufen sollte. Ich schüttelte den Kopf.

»Wenn Sie das Schiff nicht verlassen und sich hier weiterhin zur Verfügung halten, kann ich davon absehen, Sie aufs Revier zu bringen. Nach Australien aber kann ich Sie keinesfalls ausreisen lassen, das müssen Sie verstehen.«

Nichts verstand ich. Woher wusste er von Australien? Hatte der auch gelauscht?

Golt wollte, dass ich mich erst mal erholte, er käme später wieder, um nach mir zu sehen. Inzwischen würde er Adi informieren. Wie im Schock blieb ich allein zurück, als er die Kabine verließ. Mein Körper stand unter Spannung, als würde er gleich platzen. Ich spürte meinen Magen, wie er nach oben drückte. Es fühlte sich an, als spielte er Tennis gegen mein Herz. Mit Medizinbällen.

Kurz darauf hörte ich Adi draußen laut werden, das könne man nicht machen, seine Frau und eine Mörderin, das sei ja lächerlich. Golt versuchte, ihn zu beruhigen. Wenigstens meine Kabinennummer solle man ihm nennen, damit er zu mir könne, und erst jetzt wurde mir klar, dass Adi mich auf diesem Schiff nicht so ohne weiteres finden würde. Denn von außen sah man lediglich die beiden Sessel vor der Fensterwand, das Bett nur noch in Teilen. Und auch das nur, wenn man in die Hocke ging. Also stand ich auf, taumelte ein wenig, stützte mich an der Wand ab und ging hinaus auf den Gang. Irgendwo zwischen Rezeption und Schiebetür entschied ich, hierzubleiben und mich den Ermittlungen zu stellen. Ich hatte keine andere Wahl. Ich ging die Treppe hoch an Deck. Adi stand auf dem kleinen Weg. Als ich ihm meinen Entschluss zu verstehen gab, wurde er still, schaute mich traurig an, während seine Augenbrauen zottelig im Wind standen. Krappmann kam aus seinem Führerhäuschen, lief in gebührendem Abstand auf dem Deck wie ein Löwe im Käfig hin und her, ohne uns aus den Augen zu lassen.

»Hör zu, Linda, ich habe Mist gebaut. Das tut mir leid. Lass uns das Ganze in Ruhe besprechen, wenn Floriane in Sicherheit ist. Wir nehmen uns jetzt einen Anwalt und holen dich hier raus.«

Ich bat ihn, alleine nach Australien zu fliegen, solange ich das Land nicht verlassen durfte. Aber ohne mich wollte er nicht los.

Uns trennte circa ein halber Meter Höhe und eine Handbreit Rhein, denn ich stand noch immer an Deck. In mir aber tosten die Weltmeere. Ich verabschiedete mich, erklärte, dass ich mich hinlegen wollte, weil mir nicht gut war, lief los in Richtung Treppe. Er rief mir etwas hinterher, was ich nicht verstand. Als ich mich umdrehte, stand Krappmann zwischen uns.

Zurück in der Kabine legte ich mich aufs Bett, starrte an die Decke. Nun war ich hier gefangen und wusste nicht, wie ich mich befreien konnte. Draußen setzte stürmischer Regen ein. Ich schloss das Fenster, sah oben weit und breit keine Beine, auch nicht Adis. Es tat mir leid, dass ich nicht mit ihm fliegen konnte. Aber noch mehr Sorgen machte ich mir um Flori. Ich brauchte dringend ein Handy, um sie sprechen zu können. Schnell zurück zu Adi, um sie mit seinem anzurufen. Ich lief den Gang entlang, die Schiebetür öffnete sich, ich hielt mich am Geländer fest, um die Treppe hochzukommen. Mich empfing eine nasse Brise. Aber draußen stand niemand mehr. Sollte ich Adi nach Hause folgen? Nein, ich brauchte ein neues Handy. Bedröppelt ging ich wieder hinunter, ließ mir an der Bar einen doppelten Espresso geben, um wieder auf die Beine zu kommen, denn ich musste zurück zur »Deutzer Freiheit«. Dort gab es sicher Handyläden. Es war Samstag, 10 Uhr, die Geschäfte unterbrachen genau jetzt ihre Osterpause.

Eine Viertelstunde später schlich ich mich vom Schiff, ohne dass es jemand bemerkte. Keine Stunde später besaß ich das erste Handy, das ich jemals alleine, ohne den Beistand meiner Tochter oder meines Mannes, gekauft hatte. Für ein kleines Vermögen hatte der junge Verkäufer es mir gebrauchsbereit inklusive eines neuen Vertrages in die Hand gedrückt. Meiner Kreditkarte sei Dank. Geld machte nicht unbedingt glücklich, aber es half doch manchmal weiter. Noch vor dem Geschäft versuchte ich, Flori zu erreichen. Aber es gab keinerlei Verbindung. Man bekam eben doch nicht alles für Geld.

Mit klopfendem Herzen lief ich auf der Siegburger Straße zurück, um die Kirmes zu meiden, die inzwischen offiziell geöffnet hatte. Dort schoben sich bereits jede Menge Leute durch die Gasse zwischen den Fahrgeschäften. Es roch nach Bratwürsten und gebrannten Mandeln. Wieder rief ich Flori an, aber ich bekam wieder keine Verbindung. Ich hoffte, dass Golt mich noch nicht vermisste. Der Regen hatte sich zwar beruhigt, aber ich mich nicht. Aufgeregt und ordentlich durchnässt überquerte ich den kleinen Steg, um an Bord zu gehen. Mit tropfenden Haaren bog ich in den Kabinengang ein und sah, dass Golt heftig an meine Tür klopfte.

»Wo waren Sie denn?« Er klang erleichtert. »Sie sind ja ganz nass.«

Mein Kreislauf hätte dringend frische Luft gebraucht, erklärte ich, während er mit mir die Kabine betrat. Wir setzten uns in die beiden Sessel, Maike war nicht da. Er wollte, dass ich mich erst mal trockenlegte. Also zog ich mich im Bad um, knotete ein Bordhandtuch zu einem Turban um den Kopf, zog den ungeliebten Frotteebademantel wieder an und setzte mich zu ihm.

»Sind Sie okay?«, wollte er wissen.

Ich nickte.

»Können Sie mir erklären, wie dieses Tuch an den Tatort kam?«

Nein, konnte ich nicht. Vielleicht hatte ich es beim Abendessen im Restaurant liegengelassen. Jemand musste es sich genommen haben. Eine Person, die unten auf dem Zwischendeck war. Aber eigentlich war ich sicher, dieses Tuch an Bord nicht angelegt zu haben.

Golt sah mich schweigend an. Ich konnte mir beim besten Willen nicht erklären, wie es dort hingelangt sein konnte. Dies war nun schon das zweite Erinnerungsloch, nachdem ich den Abend mit Behorn nicht rekonstruieren konnte. Ich schämte mich. Konnte man jemanden umbringen, sich ins Bett legen, schlafen wie ein Murmeltier, ohne sich am nächsten Morgen an etwas zu erinnern? Wer sagte mir, dass ich nicht doch auf dem Zwischendeck war, und zwar mit diesem Schal? Vielleicht litt ich unter Amnesie.

»Kommen Sie mit, wir machen eine Tatortbegehung«, schlug er vor.

Ich rubbelte kurz mit dem Handtuch durch meine Haare, warf es dann aufs Bett und stand auf. Noch konnte ich mir nicht vorstellen, was genau er damit bezweckte, aber er war der Kommissar, also folgte ich ihm auf den Gang. Von hier aus bat er mich, die Führung zu übernehmen. Wie das gehen sollte, wenn ich noch nie dort war, fragte ich ihn. Er wollte, dass ich so weit ging, wie ich an jenem Abend gekommen war. Mein Herz schaltete auf Dauerrasen. Aber ich wollte alles tun, was mich möglicherweise entlastete, ganz gleich, ob ich es verstand oder nicht. Also ging ich voran zur blauen Treppe, diese dann hinunter, in die unterste Etage des Schiffes, vorbei an der Sauna, die vorgestern Abend ebenso gut roch wie jetzt. Am Ende des Gangs kamen wir an eine verschlossene Tür. An dieser Stelle war Behorn mir entgegengekommen. Golt durchtrennte das Siegel mit Polizeiwappen, das auf ihr klebte, öffnete die Tür dann mit einer Schlüsselkarte und lief mit mir durch einen langen Gang, an dessen Ende sich wieder eine Tür befand. Als er die aufschloss, blies mir der Wind von draußen ins Gesicht. Am liebsten wäre ich umgekehrt, aber ich trat ins Freie und fand mich auf einem dunklen, unaufgeräumten Deck am Heck des Schiffes wieder. Es war so breit wie das Schiff, etwa vier Meter lang und wurde von der darüberliegenden Etage komplett überdacht. Man befand sich wie in einem Sandwich. Direkt über der Schiffsschraube. Zu meiner Linken lagen Taue um eine große hölzerne Trommel gewickelt, an der Wand stapelten sich Polsterauflagen von Liegen, daneben eine Leiter. An beiden Seiten befanden sich je zwei Edelstahlpfosten. Um sie herum gab es keine Reling. Wer hier stolperte, fand keinen Halt mehr, sondern fiel über Bord.

Die Generatoren dröhnten, es roch nach Diesel, eine Flagge flatterte nass im Wind. Ich versuchte, den Krach zu übertönen. »Wo soll die Stola denn gelegen haben?« Keine Antwort. Er hielt sie hoch in den Wind, fast wäre sie davongeflogen. Wir befanden uns an einem zugigen, ungastlichen Ort. Wenn sich Herr Behorn hier zu seinen Stelldicheins traf, konnte das nicht sehr gemütlich gewesen sein. Gespräche mussten zu Brüllorgien mutieren, aber er hatte sicher anderes im Sinn als gepflegte Unterhaltung. Eine glühende Liebesnacht mit ihm konnte ich mir hier kaum vorstellen. Dazu war es viel zu ungemütlich und kalt. Verunsichert schaute ich Golt an. Der beobachtete mich sehr genau. Gegen den Wind kämpfend, rollte er die Stola zusammen, steckte sie dann in eine durchsichtige Plastiktüte und gab mir zu verstehen, dass wir gehen konnten. Vorsichtig tastete ich mich zurück ins Schiffsinnere, dort hatte sich die Beleuchtung ausgeschaltet. Wir standen im Dunklen, als die Tür hinter uns zufiel, und blieben nah beieinander stehen. Ich roch sein After Shave und spürte seinen Atem auf meiner Wange.

»Ich bin hier noch nie gewesen und ich habe diesen Mann nicht umgebracht. Warum sollte ich? Was kann ich tun, damit Sie mir glauben?«

»Lassen Sie uns erst mal hier herauskommen.«

Er zog sein Handy aus der Hosentasche und beleuchtete damit spärlich den Weg zur nächsten Tür. Am Ende des Gangs wollten wir beide gleichzeitig die Klinke ergreifen, unsere Hände berührten sich dabei. Hastig zogen wir sie zurück und verharrten einige Sekunden vor der Tür. Dann unternahm ich einen neuen Anlauf und öffnete sie. Es wurde wieder richtig hell. Ladislaus kam die Treppe herunter, sah uns beide an. Sagte aber nichts.

Kurz bevor wir wieder das Oberdeck erreichten, fragte ich, wann ich damit rechnen durfte, nach Australien fliegen zu können.

Er blieb kurz auf der Treppe stehen, drehte sich zu mir um und sagte: »Wenn der Mörder überführt ist. Keinen Augenblick früher, aber auch keinen später.«

Gleich würde ich in meiner Kabine sein, wo ich wild rumheulen konnte. In mir stauten sich gerade die Niagarafälle. Vor Golt aber riss ich mich zusammen.

»Ich verstehe Ihre Lage. Aber auch in Australien gibt es gute Ärzte. Glauben Sie mir.«

Jetzt strauchelte meine Selbstdisziplin, eine erste Träne rollte über mein Gesicht. Ich wandte mich ab, stieg schnell die Stufen hoch an Golt vorbei. Ich wollte so schnell wie möglich meine Kabine erreichen, die Welt hinter mir lassen, für mich sein.

Leider empfingen mich dort ausgelassenes Lachen und griechische Musik, als ich die Tür aufschloss. Kaplan zeigte Maike einige Sirtaki-Tanzschritte. Als sie mich sahen, brachen sie abrupt ab und entschuldigten sich für die Lautstärke. Ich ging ins Bad, ließ das Wasser der Dusche über mich hinwegrauschen wie einen Orkan, von dem man hoffte, dass er irgendwann einfach verstummte. Ich weinte, schwor mir, nie wieder in solch eine aussichtslose Lage zu geraten, und verfluchte Adi auf eine Art und Weise, wie ich sie von mir selbst nicht kannte.

Als ich mich endlich beruhigte, tappte ich aus der Duschkabine, wickelte mich wieder in den Bademantel und lauschte an der Tür. In der Kabine war es still. Etwas zögerlich trat ich hinaus, traf aber nur Maike an, die in einem der Sessel auf mich wartete. Ich setzte mich zu ihr und erklärte die Lage. Sie verstand und klopfte mit der Hand auf meinen Oberschenkel. »Jetzt musst du aktiv werden«, war sie sicher, »umso wichtiger ist es, deine Stärken zu erkennen, damit du sie gezielt für deine Zwecke einsetzen kannst.«

»Hör mir auf mit diesem Stärkenschnarch. Hier geht es nicht um mich. Mein Kind ist krank, und ich kann nicht zu ihm, weil ich unter Mordverdacht stehe. Da werde ich mich sicher nicht mit mir selbst beschäftigen. Verstehst du das denn nicht?« Den letzten Teil hatte ich fast geschrien und erschrak darüber. Gleichzeitig versuchte ich, meine Verzweiflung herunterzuschlucken. Was mir nicht gut gelang, beim nächsten tiefen Einatmen schluchzte ich laut auf.

»Gerade jetzt sollen sie dir helfen, dich aus dieser Lage zu befreien. Hör auf, dich deinen Gefühlen hinzugeben, folge deiner Intelligenz. Unterhalte dich mit den Verdächtigen«, schlug sie vor, »sammle Informationen, die Leute reden gerne mit dir. Sie vertrauen dir. Du hast ein gutes Verhältnis zu Golt, sieh zu, dass du durch ihn etwas erfährst. Oder hilf ihm bei seiner Arbeit. Unterstütze ihn, wo du nur kannst. Betüddel ihn von mir aus, halte ihn bei Laune. Du bist aufmerksam, du schnappst vielleicht viel mehr an nützlichen Informationen auf, als du denkst, wenn du dich unter die Verdächtigen mischst. Schau dir an, wer zu enge, zu kurze, wahrscheinlich geliehene Sachen trägt oder im Bademantel rumläuft. Daran erkennst du, wer verdächtigt wird. Höre allen aufmerksam zu, das kannst du gut, gib ihnen die Aufmerksamkeit, die sie gerade brauchen, bei der Gelegenheit verraten sie dir vielleicht etwas. Wenn jemand erkennt, was sein Gegenüber gerade braucht, dann bist du das. Nutze es jetzt.«

»Ich kann das Vertrauen der Leute nicht missbrauchen.«

»Wer sagt das denn? Du sollst doch nur Informationen sammeln. Das Letzte, was dir hilft, ist, hier in der Kabine zu sitzen und abzuwarten. Du musst schon raus aus dieser Komfortzone und neue Wege gehen, damit sich was bewegt.«

Theoretisch gab ich ihr recht. Aber meine Versuche, etwas aus Golt herauszubekommen, hatten nie funktioniert. Lediglich über ihn selbst hatte ich etwas erfahren, nie was über den Fall. Außerdem fehlte mir etwas Entscheidendes, um mich auf diesen Weg zu begeben: Mut. Ich traute mich schlicht und ergreifend nicht. Und ich wusste nicht, wie ich das in aller gebotenen Eile ändern sollte. Bei dem Gedanken, Menschen, die sich mir anvertrauten, zu verraten, drehte sich mir der Magen um. Ich unterhielt mich gerne mit anderen, aber nur, weil sie mich aufrichtig interessierten. Die Vorstellung, sie auszuhorchen, war mir ein Horror und gelang mir sicher nicht.

Maike schlug ein altes, aber, wie sie meinte, bewährtes Rezept vor: Mutproben. Als wäre dieser ganze Trip nicht bereits von früh bis spät eine solche gewesen.

Sie lehnte sich in ihrem Sessel zurück, schloss die Augen für eine Weile und präsentierte mir dann zwei extrem unangenehme Aufgaben, die ich bestehen beziehungsweise erledigen sollte. Wenn ich die schaffte, so ihre These, würde mir der Job als Hilfsermittlerin, die ihre eigene Unschuld bewies, leichter fallen. Mir erschien das als eine Klingt-gut-fühlt-sich-aber-schlecht-an-Idee. Andererseits musste ich irgendetwas unternehmen. So viel hatte ich kapiert. Mein sicherer Hafen, meine Komfortzone Kabine, fühlte sich zwar besser an als alle ihre Vorschläge, brachte mich aber nicht weiter.

Maike beugte sich zu mir vor. »Was wäre ein guter nächster Schritt?«

In ein Mauseloch kriechen oder mich in Luft auflösen, lag mir auf der Zunge, ich sprach es jedoch lieber nicht aus, sondern versuchte nachzudenken. Wollte ich weiterkommen, schienen ihre Vorschläge zielführender. Es galt, an Mut zu kommen. Also sagte ich zu, eine erste Aufgabe in Angriff zu nehmen. Demnach sollte ich einen mir unbekannten Mann in der Lounge oder an der Bar ansprechen, um ihn in ein Gespräch zu verwickeln. Das hatte ich noch nie gemacht und es graute mir bei dem Gedanken daran. Aber ich wollte tapfer sein und es versuchen. Zunächst packte ich die bestellten Sachen aus, denn in dieser Wurstpelle von Twinset wollte ich nicht vor die Menschheit treten. So packte ich eine weiße Bluse aus, die ich unter anderen Umständen erst noch gebügelt hätte, und Bluejeans. Sie waren leider auch recht eng, ich bekam sie nur mit Mühe über meinen Hintern gezogen und hoffte, dass sie sich noch dehnen würde. Als ich den Knopf schloss, stülpte sich mein Bauch darüber wie der obere Teil eines Muffins. Also öffnete ich ihn, atmete durch, föhnte meine Haare, schminkte mich, stellte mich dann vor Maike auf und meldete mich etwas widerwillig zum Appell mit der Bitte, erst mal ins Restaurant zu gehen. Es war 11.30 Uhr, Essenszeit. Ein Versuch, Zeit zu schinden, der sofort scheiterte, weil Maike meinte, dass Mutproben keinen Aufschub duldeten. Sie stand auf, hakte mich unter und schob mich auf den Gang. In die gegenüberliegende Kabine zog gerade wieder das elegante ältere Paar ein, wir begrüßten uns herzlich, als hätten wir uns schon immer gut gekannt. Gerne wäre ich mit ihnen auf eine gepflegte Tasse Tee mitgegangen, um in aller Ruhe über die schönen Dinge des Lebens zu plaudern. Leider stand ich unter Mordverdacht und musste komische Übungen absolvieren, die mich mutig machen sollten. So verneigte ich mich höflich und ließ mich von Maike am Arm in Richtung Bar ziehen. Dort sahen wir uns nach einem geeigneten Kandidaten um. Schließlich zeigte sie mit dem Finger auf einen Herrn mit brauner Hornbrille und Bundfaltenhose. Er war der Begleiter jener rassigen Dame, die mir im Restaurant durch ihre laszive Erscheinung aufgefallen war. Offenbar war sie von Bord gegangen. Er selbst war alles andere als ein draufgängerischer Typ, eher das Modell hüftsteifer Thekensteher. Nichts zog mich zu ihm hin außer Maikes Arm. Kurz bevor wir bei ihm ankamen, verließ er die Bar und verschwand in Richtung Restaurant. Ein paar Meter weiter betrank sich gerade der Saunaboy. Zielstrebig steuerte Maike mit mir im Schlepptau nun auf ihn zu, bis sie mich kurz vor ihm losließ und abbog. So fand ich mich alleine neben ihm wieder. Allerdings nahm er meine Gegenwart nicht weiter zur Kenntnis, sondern schaute stur geradeaus durch die große Fensterfront in das Hafenbecken. Ich sah mich vorsichtig um. Auf keinen Fall wollte ich bei dieser Übung von Krappmann oder Golt gesehen werden. Die zogen womöglich ganz falsche Schlüsse aus dem, was ich hier tat. Eigentlich war mir nach Weglaufen zumute, aber ich richtete tapfer das Wort an ihn.

»Darf ich mich zu Ihnen gesellen, einfach, um nicht so alleine dazustehen?«

Nun sah er mich an, sagte nichts, nickte aber nach ein paar Sekunden andeutungsweise. So standen wir wortlos nebeneinander, er im Bademantel, ich in einer zu engen Hose, und blickten in dieselbe Richtung. Ich schaute mir ausgiebig das rote Feuerlöschboot an. Mir fiel beim besten Willen nicht ein, was ich hätte sagen sollen. Vielleicht ging es ihm genauso, jedenfalls kam kein Ton aus ihm heraus. Mit jedem stummen Moment spannte ich mich mehr an. »Ganz schön, diese Bordbademäntel, so kuschelig bequem. Finden Sie nicht auch?«, sagte ich schließlich.

»Du glaubst doch nicht im Ernst, dass ich dieses Ding freiwillig trage.«

»Nein?«

»Nein.«

»Ach.«

»Ich bin vom Fach.«

Es wurde richtiggehend poetisch zwischen uns. Er erzählte mir von seiner Klamottenboutique in Ehrenfeld, dem seiner Meinung nach hipsten Viertel Kölns, in der er individuelle Männermode verkaufte. Ein echter In-Laden für richtige Kerle. Nicht weit von der Körnerstraße, die war ja sowieso der Inbegriff an Individualität. Er selbst wohnte schräg gegenüber vom Hafen auf der Siegburger Straße, keine fünf Minuten von hier. Ob ich schon seine Bekleidung bemerkt hatte? Ich dachte an seine zerrissenen Jeans, aus deren Löchern das Fleisch seiner Oberschenkel quoll. Die war allerdings bemerkenswert. Ich fragte mich, ob er auch die grässliche Sonnenbrille in seinem Laden verkaufte, die er wieder im Haar trug. In ihren bunten Gläsern spiegelten sich die Lampen über dem Tresen. Bei näherem Hinsehen erkannte ich, dass sich sein Haar genau dort bereits lichtete. Das wollte er wohl mit ihr kaschieren.

»Hast du auch deinen Alten betrogen?«, fragte er. »Hier geht ja jeder mit jedem fremd.« Er klang verbittert. Seine betont fröhliche Art vom ersten Tag schien wie weggeblasen. Dann sah er mich an, prostete mir zu und sagte: »Wahrscheinlich bist du dafür zu verklemmt.«

Tief durchatmend suchte ich das Weite. Diese Versuchsanordnung gab ich verloren. Nicht nur für heute. Für immer. Verklemmt zu sein hatte seine Vorzüge, es ließ einen in Ruhe. Komfortzonen waren etwas Wunderbares. Sie gaben Geborgenheit. Man sollte sie einfach nicht verlassen. Mein Herz polterte wie bei einem Holzschuhtanz und stand kurz davor, aus meiner Brust herauszuspringen. Etwas in mir wollte weglaufen, dieses Schiff verlassen, über den Rhein wegfliegen auf einen weit entfernten Kontinent. Am liebsten nach Australien. Völlig außer Atem kam ich zurück zu unserer Kabine. Maike folgte mir, ließ aber nicht locker, fand sogar, ich hätte das ganz gut gemacht. Sie hatte das Gespräch aus sicherer Entfernung mit angehört und ging davon aus, dass der Saunaboy einer der Verdächtigen war, warum sollte er sonst am helllichten Tage im Bademantel an der Bar stehen. Zumal er Klamotten verkaufte.

Es gehörte sich nicht, andere Leute auszuhorchen, und ich würde es nicht noch einmal wiederholen.

»Willst du lieber auf deiner Kabine hocken und dich deinem Schicksal ergeben? Ich dachte, du willst zu Flori fliegen.«

Es war zum Verzweifeln. Sie hatte ja recht. Ich musste etwas unternehmen. Nach langem Hin und Her willigte ich schließlich ein, es mit einer zweiten Mutprobe zu versuchen. Obwohl ich die genauso grässlich fand wie die erste. Ich fühlte mich wie im Dschungelcamp, kurz davor, einen rohen Tierhoden in den Mund zu stecken. Nur holte mich hier keiner raus. Egal wie laut ich rief.

Meinem Schiffsarrest zum Trotz schlich ich mich unbemerkt von Bord. Das allein fand ich bereits extrem mutig. Mein Ziel war eines der teuersten Geschäfte gleich hinter dem Dom. Ich schlich mich über die Kirmes, lief über die Deutzer Brücke und kam atemlos am Roncalli-Platz an, wo ich stehen blieb. Maike hatte mir ihre Federkette um den Hals gehängt. Auf ihr stand: »Muzsch«. Es war die Abkürzung für: Mut zu scheitern. Demzufolge war man mutiger, wenn man keine Angst mehr davor hatte, auf die Nase zu fallen oder sich zum Affen zu machen. In diesem Augenblick schien mir das sehr weit weg.

Auf leisen Sohlen, hoffend, dass mich keiner wahrnahm, näherte ich mich dem Eingang des vereinbarten Geschäfts. Hier verkaufte man Handtaschen im Wert eines Kleinwagens. Sobald ich den metallenen Türgriff berührte, zog ein Mann mit schwarzer Sonnenbrille von innen die Tür auf und deutete eine Begrüßung an. Mit seiner Breitbeinigkeit und Körperfülle schüchterte er mich ein. Zu wissen, dass seine sonnenglasverhüllten Augen auf mir ruhten, solange ich mich in diesem Geschäft bewegte, verklemmte mich.

»Was darf ich für Sie tun?«, sprach mich ein hagerer Herr in dunkelblauem Anzug lächelnd an. Nicht herzlich, aber höflich. Mir fehlten die Worte für eine gute Antwort. Wie sollte ich erklären, dass Maike von mir verlangte, eine Dummheit zu begehen? Ich sollte eine unglaubliche Summe für etwas ausgeben, was ich wirklich nicht brauchte. Nur um es nach zehn Minuten wieder zurückzubringen. Verstohlen sah ich mich um. Die Taschen kosteten 5.000 Euro und mehr. Der Mann in Dunkelblau verlor langsam sein Lächeln, und ich antwortete: »Es tut mir leid, aber ich stehle Ihnen nur die Zeit. Diese Taschen helfen mir nicht weiter.«

Draußen vor der Tür fühlte ich mich erleichtert, aus diesem Laden wieder raus zu sein. Ich hätte es unfair gefunden, die Menschen, die dort arbeiteten, zu enttäuschen.

Gestresst und etwas verloren fand ich mich im Gewühl von Touristen und Passanten wieder. Zwei Busse entluden gerade asiatische Besucher vor dem Dom.

Mut ist unser Geschenk an uns selbst, hatte Maike gesagt.

Heute konnte man mir den schenken, offen gesagt.

10. MUTIGE VERFOLGUNG

Ich musste mich kurz sammeln. Meine augenblickliche Lage empfand ich so bedrohlich wie bisher noch nichts in meinem Leben. Gleichzeitig weckte sie alle meine Lebensgeister. Auf eigentümliche Weise fühlte ich mich lebendig und gefordert wie schon lange nicht mehr. Was für ein krasser Gegensatz zu dem Eingeschlafene-Füße-Gefühl meines Ehelebens. Ich hatte es mir zu Hause bequem gemacht. Heute wurde mir klar, dass der Preis für mein gemütliches Leben, für meine Komfortzone, wie Maike es nannte, Langeweile war. Gerade als ich mich fragte, ob ich jemals dorthin zurückkehren würde, sah ich den Saunaboy an mir vorbeilaufen, jetzt nicht mehr im Bademantel, sondern bekleidet mit einer grünen Hose im Military Look und einer Bomberjacke. Noch immer trug er seine bunte Sonnenbrille im Haar, und seine blondierten Strähnchen leuchteten. Er lief mit schnellen Schritten über die Hohe Straße. Etwas in mir setzte sich unwillkürlich in Bewegung und ich folgte ihm. Gehörte er wirklich zu den Verdächtigen, konnte ich eventuell Informationen auf diese Weise sammeln und kam um eine Unterhaltung mit ihm herum. Während ich circa 20 Meter Abstand hielt, hatte ich Mühe, ihn nicht aus den Augen zu verlieren, denn die Fußgängerzone war voller Menschen. Aber näher wollte ich nicht an ihn heran. Sollte er mich bemerken, wusste ich nicht, was ich tat. Am besten erzählte ich ihm, ich sei einkaufen und rein zufällig hier. Nachdem ich ihm einige Minuten gefolgt war, blieb er vor einem Geschäft stehen. Ich stoppte ebenfalls und schaute abwechselnd in die Auslage eines Herrenunterwäschegeschäfts und zu ihm. Schließlich betrat er das Ladenlokal. Ich ging näher heran und stellte fest, dass es sich um einen Jagdausstatter handelte. Der Saunaboy ein Trapper, das hatte ich nicht erwartet. Im Geiste sah ich ihn mit seiner Tina im Morgengrauen auf einem Hochsitz unter einer wärmenden Wolldecke auf Rotwild warten. Eine Flinte auf dem Schoß, die bunte Sonnenbrille am zurückweichenden Haaransatz. Vielleicht hatte der in seiner Jugend zu viele Karl-May-Bücher gelesen. Schlendernd näherte ich mich der Fensterscheibe des Ladens. In der Auslage sah ich Lodenkleidung und Wanderschuhe. Alles in gedecktem Grün. Vorsichtig ging ich weiter zur Eingangstür und sah innen in speziellen Regalsystemen Flinten hängen. Mir wurde flau bei diesem Anblick. An einem Verkaufstresen ließ sich ein junger Mann gerade einen Revolver zeigen. Ich schluckte. Wenn der Saunaboy sich eine Schusswaffe kaufte, die er mit an Bord brachte, war nicht auszudenken, was er damit anrichten konnte, wenn er die Nerven verlor. Mein Herz schlug schneller, hektische Flecken verteilten sich über meinen Körper. Ich musste Golt anrufen und nahm mein Handy aus der Tasche. Andererseits war ja noch nichts geschehen, und ich durfte mich hier gar nicht aufhalten. Wenn ich aufflog, riskierte ich die Untersuchungshaft. Mein Handy steckte ich erst mal wieder weg und erwog, in den Laden hineinzugehen, um zu schauen, was der Saunaboy dort machte.

Ob er eine Waffe kaufte. Vielleicht brauchte er nur Gummistiefel. Was ich ihm sagen sollte, wenn er mich drinnen entdeckte, wusste ich jedoch nicht. Das ließ mich zögern. Ich lief ein paar Meter weiter bis zu einem Nachbargeschäft, ohne die Eingangstür des Jagdausstatters aus den Augen zu lassen. Gleichzeitig schaute ich mich nach Polizisten um, falls Golt schon nach mir suchte. Dann holte ich das Handy wieder hervor und gab den Namen des Ladens ein. Dessen Homepage zeigte ein veritables Waffenangebot. Mit und ohne benötigten Waffenschein. Mir schauderte. Etwa 20 Minuten später trat der Saunaboy mit einer langen, schmalen Tasche heraus. Die war locker 1,60 Meter lang und damit groß genug für ein Gewehr. Schnell drehte ich mich um, hob mein Handy hoch, ging auf die Selfie-Funktion und konnte so über meine Schulter sehen, wohin er ging, ohne in seine Richtung schauen zu müssen. Wieder folgte ich ihm mit etwa 20 Meter Distanz Richtung Neumarkt, wo er an einem Bankautomaten anhielt und Bargeld abhob. Dann lief er quer über den großen Platz in der Mitte des Neumarkts. Ich hatte Mühe, ihn nicht aus den Augen zu verlieren, plötzlich war er weg, nein, hinter der Frau mit den vielen Einkaufstaschen lief er auf eine der Haltestellen zu, dort stand gerade eine Bahn, schon sah ich ihn nicht mehr, die Türen schlossen sich, die Bahn fuhr los, da setzte er sich gerade in ihr auf einen freien Platz. Weg war er. Ich sah mich um, es war die Linie 7 Richtung Zündorf. Ich schaute mir die Haltestellen an. Die fuhr über die Haltestelle »Deutzer Freiheit« auf der Schäl Sick zur Haltestelle Drehbrücke, die gleich am Hafen lag. Leichter Nieselregen setzte ein. Langsam gewöhnte ich mich an ihn als Dauerwetter und lief zurück zum Jagdgeschäft. Mit klopfendem Herzen öffnete ich die gläserne Eingangstür und wandte mich an einen jungen Mann hinter einem hellen Holztresen. »Ich hätte gerne das Gleiche wie mein Freund vorhin, der Herr mit der bunten Sonnenbrille im Haar. Er war vor zwei Minuten hier und verließ Ihr Geschäft mit einer großen Tasche. Erinnern Sie sich an ihn?«

Der junge Mann beugte sich zu mir vor. »Schon mal was von Datenschutz gehört?«

Ich nickte.

»Sehen Sie, ich auch.«

Ich gab dem Mann recht, das war ja nur vernünftig, entschuldigte mich vielmals für die Störung und verließ mit hochrotem Kopf das Geschäft. Es war einen Versuch wert gewesen. Ich nahm mein Handy in die Hand, um Golt zu informieren, steckte es wieder weg. Vielleicht hatten wir es nur mit einem eifersüchtigen Gockel zu tun, der seiner Freundin imponieren wollte und ansonsten keiner Fliege etwas zuleide tat. Was aber, wenn er Behorns Mörder war? Es riss mich hin und her, ich wollte niemanden zu Unrecht denunzieren und nahm mir vor, mehr über ihn herauszufinden. Vielleicht sprach ich mit seiner Freundin. Die schien das Schiff nicht zu verlassen.

Es galt keine Zeit mehr zu verlieren. Ich musste schnell zurück. Eilig lief ich an den vielen Passanten vorbei, die an einem Ostersamstag die Innenstadt besuchten, zurück zum Neumarkt, dort standen Taxis. In eines davon wollte ich einsteigen, überlegte dann aber, ob dies zu teuer würde, wo ich doch nicht wusste, wie lange mein Geld noch reichte. Also nahm ich wie der Saunaboy die Linie 7 Richtung Zündorf. Ich kämpfte eine Weile mit dem Kassenautomaten, bis ich wusste, welches Ticket ich brauchte, und befand mich schon auf der Deutzer Brücke, als es endlich ausgedruckt wurde. Unten am Rheinufer die Kirmes, gleich erreichten wir den Hafen. Ich überlegte, wie ich den Täter überführen konnte, ohne jemanden reinzureiten, der womöglich unschuldig war. Die Tatsache, dass der Saunaboy mir unsympathisch war, machte ihn noch nicht zum Mörder. Und ich durfte ihn gedanklich nicht dazu machen. So viel Klarheit musste ich mir abverlangen. Auch wenn er sich möglicherweise ein Gewehr gekauft hatte. Was ja noch nicht bewiesen war. Es konnte auch ein langgezogenes Jagdhorn oder eine zusammengeschobene Angelroute sein. Ich nahm mir vor, noch mehr über ihn inklusive seines Einkaufs herauszufinden und gleichzeitig Informationen über die anderen Verdächtigen zu sammeln. Vielleicht ließen die sich zu Alibis beziehungsweise Mordmotiven zusammensetzen oder der Mörder ergab sich nach dem Ausschlussverfahren.

Wenn es wirklich mein Talent sein sollte, etwas von anderen zu erfahren, dann sollte ich das jetzt einsetzen. Alles andere war unintelligent.

Im Geiste ging ich die Verdächtigen durch. Maike musste ich gar nicht erst auf diese Liste nehmen. Sie fiel zwar auch auf Behorn herein, aber nur, um aus ihrem erotischen Trockendock herauszukommen. Maike mordete nicht. Für sie legte ich meine Hand ins Feuer.

Frau Hurter dagegen hatte ein ausgeprägtes Tatmotiv: verletzte Gefühle. Wer verstand das nicht? Mord aus Eifersucht. Ein altes Motiv, schon seit der Antike. Diese Frau musste ich dringend sprechen.

Die S-Bahn bog in die Siegburger Straße ein, die vielen Kirmesbesucher verstopften die Straße. Als wir vor dem Hafen an der Haltestelle Drehbrücke hielten, stieg ich gleich neben einem angegessenen Döner aus, der müde aus seiner Aluminiumfolie hing und seinen Duft verströmte. Fast stieß ich mit einem rosa Plüscheinhorn unter dem Arm eines kleinen Mädchens zusammen und war froh, auf dem Weg zum Schiff keinen Polizisten oder gar Golt zu sehen.

Leider hatte ich nicht daran gedacht, in der Stadt ein Notizbuch zu kaufen, in dem ich alle Erkenntnisse geordnet hätte sammeln können. Der kleine Block der Reederei auf dem Nachttisch reichte dafür nicht aus. Noch während ich mich darüber ärgerte, kam mir der Gedanke, dass ich dies zum Vorwand nehmen konnte, Heike Hurter ein wenig auf den Zahn zu fühlen. Ich würde sie um Papier bitten. Außerdem wollte ich wissen, wie es ihr ging. Schließlich hatte ich sie dazu gedrängt, sich Golt anzuvertrauen, und empfand deshalb so etwas wie Verantwortung für sie. Am Steg angekommen, eilte ich über das Deck die eiserne Treppe hinunter zur Rezeption. Leider tat H. H. gerade keinen Dienst, aber ich fragte mich zu ihr durch. Sie sei im Büro schräg gegenüber. Eine unscheinbare Tür gleich neben der Schiebetür mit der Aufschrift »Crew only« war die einzige, die infrage kam, und so klopfte ich dort. Als ich nichts hörte, öffnete ich langsam die Tür. Hinter einem Schreibtisch, auf dem sich Unterlagen so hoch wie der Kölner Dom stapelten, saß sie. Mit hochgezogenen Augenbrauen schaute sie auf, zog sich eine Hornbrille vom Gesicht und sah mich fragend an. In dem winzigen Büro standen sich zwei Schreibtische gegenüber. Es herrschte eine derartige Enge, dass ich zu der Überzeugung kam, dass Übergewichtige gar keine Chance hatten, hier zu arbeiten. Ich zog den Bauch ein und betrat den Raum. An den Wänden hingen bunte Ansichtskarten und Dienstpläne. Vorsichtig erkundigte ich mich, wie es ihr ging. Sie antwortete ausweichend und bedankte sich höflich für die Nachfrage. Ein Gespräch kam nicht in Gang. Also bat ich um Papier. Das machte sie stutzig. Sie wollte wissen, wofür ich es brauchte, und ich log, dass ich ein Reisetagebuch schreiben wollte. Sie schaute mich an, als glaubte sie mir nicht, griff aber in ihren Drucker und zog einen kleinen Packen weißer Blätter heraus. Ich ging um den Schreibtisch herum, um ihn entgegenzunehmen. Neben ihr stehend, nahm ich wahr, dass sie zitterte, und strich ihr leicht über den Arm. Daraufhin lehnte sie ihren Kopf an meine Taille. Eine gute Stelle dafür, denn die war gut gepolstert.

»Ist es wegen Gunnar Behorn?«, fragte ich.

Sie nickte, schnäuzte sich die Nase, erzählte nach einer Pause von ihrer Ehe, in der Behorn nicht nur mit, sondern auch von ihr lebte. Manchmal kam er mit ihr an Bord, wo er einen Teil des Abendprogramms gestaltete, Gedichte vortrug, Lesungen hielt oder sich als Tänzer für alleinreisende Damen zur Verfügung stellte, die sich nicht selten in ihn verliebten. Zum Schluss flog er nicht nur vom Schiff, sondern auch aus ihrer Ehe. Aber er kehrte als Passagier zurück. Denn er hatte dieses Territorium für sich entdeckt. Schnell wusste er, wen er sich vor die Flinte nehmen konnte, entwickelte einen ausgefeilten Kriterienkatalog, nach dem er die Damen sortierte. Zunächst waren alle interessant, die ohne männliche Begleitung reisten, letztlich aber auch jene mit Mann, sobald sie unzufrieden wirkten. Dann leitete er von Kleidung, Schmuck und Handtaschenmarke ab, wie sie finanziell dastanden. Wirkte der Schmuck teuer, aber nicht mehr aktuell, hatte man den Damen länger nichts mehr geschenkt. Meist waren diese besonders empfänglich für Zuwendung. Gunnar Behorn besaß ein untrügliches Gespür dafür, wie schwach sich Frauen fühlten und wie allein. Der Rest war dann ein Kinderspiel. Traf er auf eine, die ihm bedürftig erschien, gab er sich als Fels in der Brandung, an dessen Schulter sie sich anlehnen durfte. Bei Damen mit ausgeprägter Helferhaltung mimte er den Schwachen und gab so jeder Frau, was sie brauchte. Was immer er beruflich anfasste, blieb dagegen glücklos. Er absolvierte eine Schauspielschule, fand jedoch keine Engagements. Dann schrieb er Gedichte, die nie verlegt wurden. An seinem finanziellen Tiefpunkt synchronisierte er Pornofilme. Nur bei den Frauen, da hatte er immer Glück. So beschloss er eines Tages, nicht Kino-, sondern Frauenheld zu werden. Gerne nannte er sie seine »durstigen Rosen«. Viele boten ihm ihr Geld irgendwann freiwillig an, und schon floss das Ersparte dieser Frauen in seine Hände. Er musste dann rechtzeitig den Absprung schaffen, um sich nicht zu binden, und wechselte gleich zur nächsten. All das wusste Frau Hurter oder ahnte es zumindest. Dennoch brachte sie den Schneid auf, ihm einen Heiratsantrag zu machen, denn sie war rettungslos in ihn verliebt. Leider nahm sie ihm damit die Existenzgrundlage, wenn er ihr treu sein wollte. Lange hielt er es nicht aus, sondern entwickelte ein Doppelleben, das sie recht bald entdeckte. Damals konnte sie sich nicht vorstellen, dass er als Passagier sein Spielchen vor ihrer Nase weitertreiben würde. Aber genau das tat er.

An wen hätte ich mich besser verschwenden können als an einen professionellen Schwerenöter? Ich trug weder teuren Schmuck noch alten, sondern gar keinen. Aber mit Behorns Gespür für Frauen verriet mich wahrscheinlich gerade das. Sicher roch einer wie er meine Veranlagung zum Kümmern 100 Meter gegen den Wind.

Ich versuchte, Frau Hurter zu beruhigen, während ich darüber nachdachte, dass sie jetzt einen Schnaps hätte gebrauchen können. Die Idee mit dem Flachmann gewann in diesem Licht eine ganz neue Qualität. Ich bot ihr an, etwas an der Bar für sie zu holen. Aber sie lehnte ab.

Eigentlich wirkte sie wie eine Macherin. Sie leitete den Hotelbetrieb dieses Schiffes mit seinen vielen Passagieren, die es ihr gewiss nicht immer leicht machten. Man musste nur an den Saunaboy denken. Aber sie managte diesen anspruchsvollen Job. Dennoch vermochte es Behorn, auch sie zu umgarnen. Es erlagen diesem Mann demnach nicht nur Bewohnerinnen anerkennungsfreier Zonen und Kuss-Wüsten wie ich.

Heike Hurter wollte eine Pause machen und alleine sein. Ich begleitete sie bis zur blauen Treppe mit der Poolreling und ging zurück in meine Kabine, wo ich mich gleich ans Werk machen wollte. Mit diesen Seiten Papier würde ich eine Weile auskommen. Sonst konnte ich welches bei unserem neuen Dealer Adam Kaplan bestellen, der einem offenbar alles besorgte.

Mord aus Eifersucht schien mir plötzlich realer als zuvor. Dieser Mann hatte sie verletzt, betrogen und gedemütigt. Da konnte man schon mal den Verstand verlieren und etwas tun, wozu man sonst nicht in der Lage war. Oder man beauftragte jemanden, der diesen letzten Schritt, diese Untat, im Auftrag erledigte. Krappmann schien ihr sehr verbunden. Er fuhr jahrelang zur See. Da lernte man sicher so einiges und wusste sich im Notfall zu wehren. Auf See galten andere Gesetze. Vielleicht die des Stärkeren. Er war groß und kräftig. Was ihn so interessant und anziehend machte, sein souveränes Auftreten, seine ruhige Ausstrahlung, konnte alles Tarnung sein. Es gab Fragen, die stellte man besser nicht. Auf der anderen Seite würde mich mein eigenes Gefühl schon sehr täuschen, wenn ich ihn derart falsch eingeschätzt hatte. Allerdings hatte ich auch meinen eigenen Mann ganz anders eingeschätzt. Und Krappmann kannte ich im Gegensatz zu Adi erst seit vorgestern.

Ich überlegte, ob Heike ihre Geschichte so ausführlich auch Herrn Golt erzählt hatte oder ob ich ihm davon berichten sollte. Ein schlechtes Gewissen, sie so zu verraten, schnürte mir bei dem Gedanken gleich den Hals zu. Am besten wartete ich ab, bis ich mehr wusste.

In meiner Kabine herrschte Ruhe, Maike war ausgeflogen. Eifrig begann ich, eine Liste der Verdächtigen anzulegen.

Enni schied als Mörderin aus, nachdem Golt sie freiließ. Sie schützte vielleicht nur ihre Tochter. Welches Motiv konnte Lorena gehabt haben, Behorn umzubringen? Vielleicht eine unglückliche Affäre mit ihm. Das arme Ding. Sie war noch so jung. Mir fiel meine Begegnung mit ihr im Personaltrakt wieder ein. Sie kämpfte offensichtlich mit Übelkeit. Das Kind war unter Umständen schwanger. Hoffentlich nicht von Behorn. Man hatte sie abgeführt, vielleicht war sie bereits überführt? Sollte Lorena ein Kind von Behorn erwarten, hätte sich ein Mann wie er wohl kaum dazu bekannt, gar eine Familie mit ihr gegründet. Er war ein Spieler, der sein Leben damit verbrachte, Frauen zu verführen und sich von ihnen aushalten zu lassen. Das hatte ihn bereits seine Ehe mit Heike Hurter gekostet. Hätte er sich ändern können? Lorena besaß kein Geld. Es erschien mir unwahrscheinlich, dass er es ernst meinte und mit ihr sesshaft werden wollte. Ansonsten hätte er sich nicht mit all den Frauen verabredet. Musste man dann noch mit ansehen, wie dieser Mann die eigene Mutter anbaggerte, konnte schon mal eine Sicherung durchbrennen. Ich sah die Anwaltskosten, für die ich bürgte, im Geiste in die Höhe schnellen. Mir blieb nur, das Ergebnis ihrer Vernehmung abzuwarten. Schnell klopfte ich bei Enni, um mich nach Lorena zu erkundigen. Aber die machte nicht auf.

Vielleicht sollte ich mich als Nächstes mit Krappmann unterhalten. In den öffentlichen Bereichen wie Bar und Lounge fand ich ihn nicht. An Deck aber in seinem Führerhäuschen wurde ich fündig. Er stand von seinem Drehsessel auf und begrüßte mich herzlich, lud mich zu Kaffee und Kuchen ein, den er sofort per Telefon bestellte. Gerne setzte ich mich zu ihm. Die Reederei wurde offenbar langsam ungeduldig. Einerseits hoffte man, dass es sich nicht um einen Mord handelte, weil es dem Image schadete. Andererseits war ein tödlicher Unfall auch nicht viel besser. Wenn die Leute erst einmal annahmen, dass man auf ihren Schiffen zu Tode kam, gingen die Buchungen sicher steil bergab. So oder so sollte das Ganze so schnell wie möglich ad acta gelegt werden. Es klopfte, Frau Hurter stand mit Kaffee und Käsekuchen vor der Tür. Als ich öffnete, schaute sie mich an, als würde sie mir das mitgebrachte Tablett am liebsten um die Ohren hauen. Aber sie riss sich zusammen, reichte es mir und wünschte guten Appetit. Dieses Mal ohne ihr berühmtes Sekundenlächeln.

»Danke dir!«, rief Krappmann. »Warum lässt du das niemanden aus der Küche machen?«

Wortlos drehte sie ab und ging.

»Sind Sie zwei ein Paar?«, rutschte es mir raus. Ich

hielt die Hand vor den Mund und spürte Wärme in meinen Wangen.

Er stellte das Tablett ab. So leicht sei das nicht zu beantworten.

»Heike und ich, wir sind hier an Bord so was wie Familie. Man achtet aufeinander.«

Nach diesen Ausführungen wusste ich noch immer nicht, ob sie zusammen waren. Aber mehr holte ich offenbar auch hier gerade nicht heraus. Mein Blick fiel auf seine Hose, die zu kurz für ihn war.

»Zu heiß gewaschen?«

»Geborgt. Vom Ersten Offizier.«

Erst jetzt fiel bei mir der Groschen. Krappmann war selbst verdächtig und blieb nicht nur in seiner Eigenschaft als Kapitän an Bord.

»Waren Sie denn auch unten auf dem Zwischendeck?«

Mein Herz stolperte. So direkt hatte ich das gar nicht fragen wollen, nun war es aber raus. Er nickte.

»Ich war so wütend auf Behorn, und Heike tat mir leid. Der brachte ihr nur Unglück. Was fanden die Frauen an ihm? Dem sah man doch an, was für ein Spiel der spielte.«

Schon wieder jemand, der das alles vorher gewusst haben wollte. Leider war ich nicht so schlau gewesen. Aber zurück zu Krappmann. Was er dort unten wollte, interessierte mich.

»Heike hatte abends bitterlich geweint, weil sie genau wusste, dass er wieder Frauen an seinem Geheimplatz traf. Unter ihren Augen gewissermaßen. Sie war ganz durcheinander. Dann habe ich mir Ladislaus geschnappt, um dem Mann mal ordentlich Bescheid zu geben. Es kam zu einem Gerangel, aber wir ließen dann auch ab von ihm. Es sollte nur ein Denkzettel sein. Wir legten ihm nahe, im Cochem das Schiff zu verlassen. Als wir ihn um circa 20.20 Uhr auf dem Unterdeck zurückließen, lebte er noch. Wenn auch mit der einen oder anderen Beule.«

Die beiden Männer gaben sich demnach gegenseitig Alibis. Andererseits schien mir ihr Motiv für einen Mord recht schwach. Rein aus Solidarität töteten die beiden sicher nicht. Zumindest konnte ich mir das nicht vorstellen. Lausi und Jo schienen mir nur milde verdächtig. Andererseits mussten ja nur beide standhaft an dieser Version ihrer Geschichte festhalten, um einander zu decken. Auf jeden Fall sollte ich auch Ladislaus unter die Lupe nehmen. Durch die Fenster des Steuerhauses sah ich auf der Straße ein Taxi halten. Hier oben hatte man Rundumsicht. Der Saunaboy stieg aus und kam in Richtung Steg gelaufen. Zu meiner Beruhigung ohne die längliche Tasche, mit der er aus dem Jagdgeschäft gekommen war. Vielleicht hatte er die in seiner Wohnung abgestellt, die ja hier gleich gegenüber sein musste.

Ich sah Krappmann an. Entweder er war ein besonders feiner Kerl, der für seine Freunde in den Ring stieg, oder er war ein besonders infamer Lügner. Hastig aß ich meinen Kuchen auf und ging. Draußen regnete es. Wolken machten den Himmel grau.

So lief ich die Eisentreppe hinunter in die Lounge.

Vor der Rezeption stritt der Saunaboy mit seiner Freundin. Sie trug noch den Bademantel. Ich hielt Abstand und tat so, als würde ich zur Bar gehen. Unschöne Worte fielen. Dann hörte ich etwas, was mich aufhorchen ließ. Er faselte etwas von einem Gedicht. Ich kehrte um, aber sie rannte bereits davon. »Verzieh dich nur in deine neue Einzelsuite!«, rief er ihr nach.

Sie verschwand die blaue Wendeltreppe hinunter. Es

sah aus, als tauchte sie in einen Swimmingpool ab. Von dort rief sie: »Lass mich doch in Ruhe, Marco!«

»Tina! Den nächsten Typen dieser Art knalle ich ab«, kam von ihm.

»Womit denn?«

»Wirst du schon sehen!«

Der Mann machte mir Angst. Temporär versteinert, starrte ich ihn an. Ich hatte Mühe, meine Augen wieder einzufangen, damit sie nicht für immer geradeaus sahen. Er wiederum schaute unbeweglich auf das weiße Geländer um die blaue Treppe herum. Wenn er ihr nachging, musste ich Hilfe holen, bevor er ihr etwas antat. Aber er ging Richtung Schiebetür und draußen die Eisentreppe hinauf. Ich folgte ihm, so unauffällig das ging, und beobachtete, wie er das Schiff und dann das Hafenareal verließ. Wie gerne wäre ich ihm gefolgt, aber inzwischen hatte sich ein Polizist in Uniform auf dem Asphaltweg vor dem Schiff postiert. An dem kam ich nicht ungesehen vorbei. Ich ging wieder hinunter in den Empfangsbereich.

»Bis heute Abend fließt noch eine Menge Wein den Rhein herunter«, hörte ich Enni sagen.

»Bier«, fügte Ladislaus hinzu, der mit ihr gemeinsam aus Richtung Bar auf mich zukam.

Sie luden mich ein, den Maschinenraum zu besichtigen. Lausi gab eine Führung nur für uns. Ich schloss mich ihnen an.

Vielleicht kam dort eine Situation zustande, in der ich das gegenseitige Alibi überprüfen konnte. Telefonisch informierte er den Kapitän darüber, dass er mit uns beiden in den Maschinenraum ging, und erklärte uns, dass er sich immer abmelden musste. Denn er war alleine im Maschinenraum. Sollte ihm dort etwas zustoßen, würde lange

Zeit niemand etwas bemerken. So aber führte der Kapitän halbstündige Kontrollen durch, wenn er sich nicht meldete. Wir folgten ihm durch eine Tür gleich neben der Theke in einen schmalen, halbrunden Gang, der sich um ein riesiges Edelstahlgewinde schlängelte, welches den Steuerstand bei Bedarf rauf- und runterschraubte. Man musste aufpassen, nicht über Bierfässer oder Kartons mit Gläsern zu stolpern, die sich dort auf dem Boden stapelten. Dann ging es auf einer schmalen Eisentreppe zwei Stockwerke tiefer. Hier wurden die Gänge eng und dunkel, waren sicher nicht für Passagiere gedacht. Ladislaus lief vor uns her, bis er vor einer großen grauen Stahltür stoppte mit der Aufschrift: »Maschinenraum – Achtung – Nicht ohne Hörschutz betreten«. Darunter ein Smiley-Aufkleber mit dem Satz: »Irgendwas geht immer«.

Aus einem alten Spind neben der Tür holte er für jeden von uns riesige Kopfhörer, die wir aufsetzten. Das Ende jeder Möglichkeit, sich zu unterhalten und etwas über ihn herauszufinden. Er öffnete die Tür in sein Reich, wo uns ohrenbetäubender Lärm begrüßte, selbst mit Hörschutz. Hier war alles so niedrig, dass man sich ducken musste. Rechts und links Maschinenteile. Überall hingen Strippen und Kabel heraus, ich versuchte, nichts zu berühren, es war unerträglich heiß. Schnell liefen mir Schweißperlen über das Gesicht. Hier unten war man in der Hölle gelandet. Wollte man jemanden unbeobachtet umbringen, war dies der perfekte Ort. Ich war froh, als wir ihn lebend verließen und den Hörschutz absetzen konnten. Dann zeigte Lausi uns sein Büro, das eher einer Abstellkammer glich. Klein und voll mit Gerümpel. In einem Regal stand eine Kaffeemaschine neben einem Stapel originalverpackter Overalls. Seine Augen leuchteten, als er uns erklärte, was die Maschine alles leistete und mit wie viel Liebe er sie pflegte. Beim besten Willen konnte ich mir nicht vorstellen, dass dieser Mann mordete. Mit dem stahl man Pferde. Aber auch ihn kannte ich erst zwei Tage, und wie sagte Golt so schön: Solange der Mörder nicht dingfest war, blieben alle verdächtig. Wir ließen uns zu einem richtig schlechten Kaffee einladen. Er musste schon eine Weile gestanden haben, denn er schmeckte wie festgebackener Teer. Ich brachte kaum einen Schluck herunter, während ich mich erkundigte, wie lange er im Jahr unter Deck verbrachte und wie seine Familie das fand. Da setzte er sich auf den einzigen Stuhl im Raum und kramte ein Bild hervor. Es zeigte eine hübsche junge Frau. Seine Tochter. Sie studierte bereits, seine Frau arbeitete als Krankenschwester in Rostock, wo sie mit ihrem Oberarzt zusammenlebte. Er sprach das recht gelassen aus.

»Nicht erschrecken, meine Damen. Das Ganze geht jetzt schon acht Jahre so. Habe mich daran gewöhnt. Ist wohl nicht zu ändern.« Er wirkte dennoch traurig und nahm einen Schluck aus seiner Tasse, ohne uns anzusehen. »Man muss akzeptieren, was nicht zu ändern ist, habe mich auch nicht genug um sie gekümmert, war ja immer unterwegs.« Dieser Bär von einem Mann hing jetzt mit traurigen Knopfaugen auf seinem Stuhl. Am liebsten hätte ich ihn in den Arm genommen, um ihn zu trösten.

»Seid ihr geschieden?«, fragte Enni.

Er nickte. »Seit einem Jahr. Aber ich gehöre noch lange nicht zum alten Rheingestein. Im Gegenteil, alte Anker rosten nicht. Jedenfalls nicht die guten.«

Auf dem Weg zurück in meine Kabine spürte ich Schweißperlen auf der Stirn, schmeckte noch den grässlichsten Kaffee der Welt in meinem Mund und wurde das Gefühl nicht los, nur knapp einem Hörsturz entkommen zu sein, um etwas über ihn zu erfahren. Das Detektivdasein war nicht nur kompliziert, es quälte manchmal auch. Fallrelevantes war nicht dabei herausgekommen. Ein lausiges Ergebnis für so viel Einsatz. Andere effizient auszufragen, sah sicher anders aus. Ich nahm mir vor, ihn noch einmal alleine zu treffen, um herauszufinden, ob seine Unterdeck-Geschichte mit der von Krappmann übereinstimmte.

Lausi hielt Enni am Arm zurück. »Essen wir heute gemeinsam zu Abend?«, fragte er sie. Sie lief weiter und rief ihm über ihre Schulter hinweg zu: »Ich denk mal oder besser lach mal drüber nach.«

»Du magst ihn doch«, sagte ich, sobald wir außer Hörweite waren.

Sie winkte ab. »Weißt du, mit wie vielen Schmieröltypen ich schon Schiffbruch erlitten habe? Ich will was Anständiges, jemanden von Welt, jemanden mit Eleganz.«

»Nicht immer ist das, was man will, auch das, was man braucht«, sagte ich. Aber ausnahmsweise würde ich mich nicht einmischen. Zumindest nahm ich mir das fest vor.

Einen Moment lang blieb sie stehen, sah mich an, schien nachzudenken, fragte dann aber: »Hast du Textmarker?«

Um meine Bewerbungsbücher gründlich zu studieren, hatte ich tatsächlich einige eingesteckt. Sie käme gleich zu mir, müsse nur einen kleinen Umweg über ihre Kabine nehmen, kündigte sie an. Aus der kam sie mit ihrer neuen Unterwäsche. Sie begann, mit meinen Stiften die schlichten weißen Höschen zu bemalen. Erst mit Herzchen und Smileys, dann mit anzüglicheren Motiven.

»Mit den Dingern kann man sich ja nicht blicken lassen«, fand sie.

»Ich dachte, du willst Ladislaus nicht.«

Sie sah auf zu mir, schwieg einen Moment lang und gab statt einer Antwort ein Geräusch von sich, das ich nicht deuten konnte. Ich bot ihr einen Sekt aus der Minibar an. Hastig trank sie große Schlucke aus der Piccoloflasche. Mit ihrer inzwischen kindlich bunten Unterwäsche musste sie aufpassen, nicht als Minderjährige zu gelten. Ich versuchte, das Gespräch auf Behorn zu lenken, und erkundigte mich, ob sie ihm nachtrauerte. Sie schüttelte mit dem Kopf und malte munter weiter.

»War er nicht dein Traummann?«, fragte ich.

»Der sprang doch jede an.«

Sie danach zu fragen, was zwischen ihm und ihrer Tochter gelaufen war, wagte ich nicht. Es schien mir zu intim. Leider rückte sie auch nicht von selbst mit Informationen raus. Außerdem schien sie mir auffallend gelassen der Tatsache gegenüber, dass ihre Tochter noch immer in Polizeigewahrsam war. Aber auch darüber brachte ich nichts aus ihr heraus.

11. REDEN STATT HAUEN

Maike kam herein, etwas aus der Puste und mit Einkaufstüten bepackt. »Das müsst ihr euch ansehen. Adi schlägt oben seine Zelte auf.«

Zu dritt marschierten wir an Deck und stellten uns an die Reling. Dem Schiff gegenüberliegend befand sich ein kleiner Spielplatz, umgeben von einem hüfthohen kobaltblauen Zaun. Rechts daneben, am Ende des Hafenbeckens, ließ der ein Stück Rasen bis zur Straße frei. Auf dem kämpfte Adi mit Heringen bei dem Versuch, ein Zelt aufzustellen.

»Ist das deine Adilette?«, fragte Enni und zeigte mit dem Finger auf Adrian.

Meinen Mann mit einem Badelatschen zu vergleichen, versetzte mir einen Stich. Aber er sah besorgniserregend aus. Die Ringe unter seinen Augen waren grau und angeschwollen. Das sah man selbst aus dieser Entfernung. Seine Haare hingen zottelig bis in den Kragen, und ich fragte mich, wo er diese olle braune Regenjacke ausgegraben hatte. Die musste heimlich in einem Maulwurfgang unter unserem Haus überlebt haben.

Enni stieß mich an. »Gibt es den auch in knitterfrei?«

»Weißt du, Enni, Stil ist nicht das untere Ende vom Eis.«

»Nein, es ist das obere Ende vom Besen.« Sie fuhr sich durch die Haare. »Was hat er angestellt? Den Rasen zu kurz geschnitten?«

Maike gab ihr zu verstehen, die Klappe zu halten. Das hielt sie nicht davon ab, weiterzureden.

»Immerhin hat er dir diese Kreuzfahrt hier spendiert. Du wohnst in einem feinen Haus, musst nicht arbeiten. Hat er das all die Jahre finanziert? Und jetzt? Pralinenland ist abgebrannt? Nach deinem Leben würde ich mir die Finger lecken, Schatzi.«

Wer hier wem was leckte, blieb mal dahingestellt. Ich fühlte mich kalt abgeduscht und sah mich nach einem Putzeimer um, den ich über ihr ausschütten konnte.

Krappmann kam zu uns und fragte, ob mein Mann verrückt geworden sei. Auszuschließen war es meiner Meinung nach nicht. Auf dem Asphaltweg vor uns kam wieder die Dame mit dem Rauhaardackel vorbei, der an einem von Adis Heringen sein Beinchen hob.

»Sind Sie im Dienst?«, fragte ich Krappmann.

»Wieso?«

»Ich brauche was von der Bar.«

»Dann hab ich frei.«

Am Tresen saß das gepflegte Paar aus der Kabine gegenüber, das eigentlich schon von Bord gegangen war. Sie wollten dieser Reise zu ihrer Goldenen Hochzeit eine zweite Chance geben und warteten darauf, sie auf dem Schwesterschiff fortzusetzen. So mussten sie nicht heim nach Hannover fahren und erneut anreisen. Freundlich lächelnd prosteten sie uns zu.

Sie im türkisfarbenen Strickkostüm, er im dunkelblauen Anzug mit Fliege. Sie wirkten glücklich miteinander. Da konnte man direkt neidisch werden. Traurig orderte ich einen doppelten Espresso Corretto. Ich wollte Adi entfliehen und die Gelegenheit nutzen, Krappmann noch einmal auf den Zahn zu fühlen. Wir zogen uns auf das Sofa in der Spitze des Schiffes zurück. Bevor er sich mit einem Seufzer niederließ, gab er der Crew am Tresen schnell ein Zeichen.

Als kurz darauf zwei Cocktails kamen, sanken wir tiefer in die Sofakissen und ließen bald zwei weitere kommen. Dann gestand er mir sein schlechtes Gewissen. Er wusste, dass Behorn ein Auge auf Lorena geworfen hatte. Sie war sein jüngstes und gleichzeitig unerfahrenstes Opfer. Das machte die Sache so prekär. Wenn auch seine Fürsorgepflicht nicht bis ins Bett seiner Mitarbeiter reichte, so hatte er sie doch ermahnt, sich von dem Mann fernzuhalten. Dass Enni ihre Mutter war, hatte er erst gestern erfahren, als sie festgenommen wurde und Lorena mit einem Heulkrampf darauf reagierte.

»Ich hätte besser auf sie aufpassen sollen«, ermahnte er sich selbst. »Auf unserer vorletzten Rheintour reiste er mit. Ich fürchte, da sind sie sich nähergekommen.«

Ich fragte mich, wie viel Sinn es machte, sich zwischen seine Kinder und ihr Schicksal werfen zu wollen. Irgendwann musste man akzeptieren, dass man nicht mehr dazwischenkam. Floriane jedenfalls ließ mich nicht mehr. Ganz gleich, wie viele Sorgen ich mir gerade um sie machte.

Krappmann gab ein brummendes Geräusch von sich. Bestellte noch zwei Drinks per Handzeichen. Meine Zunge wurde schwerer und wollte beim Sprechen nicht mehr richtig rollen. Aber das Leben mit seinen Unannehmlichkeiten schien sich mit jedem Glas ein wenig mehr zu entfernen. So als zog ein sanfter Nebel im Kopf auf.

»Und saufen hilft doch«, sagte ich.

»Nein, nein. Danach ist alles nur noch schlimmer«, war er sich sicher.

»Diese Pina Coladas sind ein Genuss, warum macht man die sich zu Hause nicht öfter? Die Zutaten sind gar nicht so exotisch«, befand ich.

»Aber das Eis ist natürlich ganz besonders wichtig. Das lässt man am besten aus Kuba kommen, damit das Ganze richtig lecker wird.«

»In Kuba wird es noch unreif geladen, damit es gerade richtig ist, wenn es hier ankommt. Wie bei den Bananen«, schlug ich vor.

»Sehr gute Idee.«

Es war wunderbar, mit Krappmann auf dem Sofa zu sitzen und sich einen hinter die Binde zu kippen. Für einen Moment trat meine heikle Mission in den Hintergrund. So wie die Sorge, ich könnte neben einem Mörder sitzen. Gerade als ich meine Agententätigkeit wiederaufnehmen und ihn nach den Ereignissen in jener Nacht auf dem Zwischendeck befragen wollte, erschien die unvermeidliche und immer fleißige Frau Hurter auf der Bildfläche. Sie postierte sich, mit einem schwarzen Klemmbrett bewaffnet, vor unserem Sofa. »Jo, hast du gesehen, dass ein Bekloppter draußen vor dem Schiff kampiert? Ist das nicht noch Hafenareal, soll ich den verscheuchen oder das Ordnungsamt rufen?«

»Dieser Bekloppte ist mein Mann«, sagte ich trocken.

Sie hielt den Atem an und schluckte hinunter, was ihr gerade auf den Lippen lag.

Mit einem tiefen Brummen, das ich mir von Krappmann abgeguckt hatte, erhob ich mich vom Sofa, wankte ein wenig und entschied, meinem schwerer werdenden Schädel frische Luft zu gönnen. Während ich durch die Lounge lief, spürte ich, dass nicht nur der Kopf schwerer geworden war, sondern mein Körper in Gänze. Vielleicht hatte die Erdanziehung zugenommen. Oder ich. Die wahrscheinlichste aller Varianten. Vor allem auf der Treppe, die hoch an Deck führte, bestätigte sich dieser Eindruck. Aber ich kam oben an. Die Schiebetür schloss sich hinter mir, und eine ordentliche Brise wehte mir entgegen, trocken immerhin. Adi hatte den Kampf gegen die Heringe gewonnen, das Zelt stand auf dem Rasen. Wahrscheinlich als Mahnmal seiner markigen Worte, nicht wegzugehen, bis der Spuk hier ein Ende hatte. Wer wollte auf seine Worte noch etwas geben? Ich würde mit ihm sprechen müssen, früher oder später. Warum dann nicht gleich. Der Alkohol versetzte mich in eine Scheißegal-Stimmung, wie es schien. Also lief ich über den kleinen Asphaltweg bis zu seinem Zelt. Aber sein Besitzer glänzte durch Abwesenheit. Ich sah mich um, weit konnte er nicht sein. Um einen klaren Kopf zu bekommen, setzte ich mich auf eine der Bänke auf dem Spielplatz nebenan. Ein Klettergerüst stand in der Mitte. Von der anderen Rheinseite grüßten die drei Kranhäuser. Ein steter Strom von Kirmesbesuchern zog an mir vorbei. Kinder mit Luftballons, Rad- und Rollerfahrer, Junge, Alte, Mittelalte.

Ich saß nun unserem Schiff gegenüber und schaute auf das Oberdeck, als ein Mädchen auf dem Spielplatz erschien, das mir an Bord schon aufgefallen war. Ich schätzte es auf etwa zwölf. Es schien zum Gefolge des Saunaboys zu gehören. Als es mich sah, kam es rüber und machte sich ein wenig lustlos an den Eisenstangen des Spielgeräts zu schaffen, malte mit den Füßen Muster in den Sand und fragte nach einer Weile unvermutet: »Bist du traurig?«

Ich fühlte mich ertappt. »Ein wenig. Und du, bist du auch traurig?«

Sie sah nicht auf, nickte nur stumm mit dem Kopf.

»Ihr könnt die Reise nachholen«, versuchte ich zu trösten.

»Du hast ja keine Ahnung.«

»Stimmt.«

Nun wischte sie weg, was sie gerade in den Sand gemalt hatte.

»Papa«, sagte sie schließlich, »ist total schlecht drauf. Seit gestern streitet er ständig mit Tina über ein Gedicht. Aber die sollen oder wollen beide nicht von Bord. Sonst würde ich viel lieber nach Hause fahren. Allerdings muss ich dann wieder diesen doofen Daniel ertragen, das ist der neue Freund von Mama. Dabei wollte ich die Zeit mit Papa allein verbringen. Tina ist noch doofer als Daniel.«

»Kennst du dieses Gedicht?«

»Ja. Ist voll doof. Irgendwas mit Uhren, die stehenbleiben, und jemand lehnt sich an. Was weiß ich. Papa dreht am Rad, weil er es in ihrer Tasche fand. Es wollte sich wohl jemand mit ihr verabreden auf dem Schiff.«

Ich versuchte, aus ihr herauszubringen, ob Tina diese Verabredung wahrgenommen hatte. Leider wusste das die Kleine nicht.

»Tina ist mir egal. Die sieht mich gar nicht.«

»Klingt nicht schön, da gebe ich dir recht. Aber sieht sie dich nicht wenigstens ein kleines bisschen? So 30 Prozent oder vielleicht 20 im Vergleich zu deinem Vater? Kannst du schon Prozentrechnung?«

Nun hob sie den Kopf und nickte: »Allerhöchstens 20.«

»Das ist nicht viel. Und wie sieht es bei Daniel aus? Zu wie viel Prozent nimmt der dich wahr?«

»Höchstens 30.«

»Auch nicht so dolle. Und wie steht es bei deinen Eltern jeweils, wenn du mit ihnen zusammen bist? Sind die zu 100 Prozent mit ihrer Aufmerksamkeit bei dir?«

»Schon.«

»Wenn ich das jetzt richtig rechne, kommst du auf 150 Prozent. Das ist mehr, als jemand bekommt, dessen Eltern noch zusammen sind.«

»Du meinst, ich soll das alles zusammenrechnen?«

»Warum nicht? Deine Eltern können nicht mehr als 100 geben, alles andere ist extra.«

Zögernd stand sie auf, kam auf mich zu und hielt mir ihre Handfläche entgegen. Ich schlug ein, und etwas in mir richtete sich auf. Für andere da zu sein, tat gut. Warum sollte ich damit aufhören? Es würde sich niemals so gut anfühlen, für sich selbst zu sorgen. Ganz gleich, was Maike sagte. Von links über die Straße lief nun der Vater des Kindes auf den Asphaltweg zu und bog auf ihn ein. Das Mädchen rief ihn und winkte. Als er sie sah, blieb er stehen: »Lucy, da bist du ja. Kannst gleich mitkommen.« Er streckte die Hand aus, und sie lief auf ihn zu, um einzuschlagen. In der anderen Hand trug er die lange schmale Tasche, mit der ich ihn in der Stadt gesehen hatte. Ich erschrak.

»Hugo, Bosse, schaut mal, da ist ein Spielplatz.«

»August, Oskar, kommt hierher.«

Mit der Ruhe an diesem Ort war es vorbei. Die Jungs liefen nicht, sie tobten mir entgegen. Aber ich wollte ohnehin nicht sitzen bleiben. Der Saunaboy lief auf dem kleinen Weg am Schiff vorbei in Richtung Kirmes. Meine Sorgen überschlugen sich. Wenn er wirklich in dieser Tasche ein Gewehr transportierte, konnten die schlimmsten Dinge passieren. Sollte er auf der Kirmes Amok laufen und Menschen erschießen, würde das eine Katastrophe und ich meines Lebens nicht mehr froh werden. Dann konnte er mich gleich mit erschießen. Mir wurde kalt. Ich dachte an Flori, nein, hier sollte niemand erschossen werden. Vorsichtig, mit klopfendem Herzen und einigen Metern Abstand, lief ich hinter den beiden her. Mein Handy lag in der Kabine, sonst hätte ich Golt angerufen. Jetzt aber galt es, den Mann nicht aus den Augen zu verlieren. Notfalls seine Tochter zu retten. Die beiden schlenderten über die Kirmes, er kaufte ihr Zuckerwatte, noch wirkte alles friedlich. Aber wer wusste schon, wie lange noch. Hier hielten sich so viele Menschen dichtgedrängt auf, dass ich Mühe hatte, ihre Fährte nicht zu verlieren. Wenn der Mann hier mit seinem Gewehr die Nerven verlor, nicht auszudenken. Allerdings fiel mir auf, dass die Tasche nicht mehr so prall gefüllt und fest aussah wie in der Innenstadt. So als würde er jetzt einen kleineren Gegenstand darin transportieren, der die Tasche nicht ganz ausfüllte. Das vordere und hintere Ende hingen ein wenig schlapp herab. Vielleicht besaß er noch ein kleineres Gewehr und trug dieses nun mit sich. Nach einem ausgiebigen Stopp beim Enten-Angeln, wo seine Tochter erfolglos blieb, folgte ich den beiden bis ans Ende der Kirmes, unter der Deutzer Brücke hindurch bis zu der steinernen Treppe neben dem »Hotel Hyatt«, die hoch zur Hohenzollernbrücke führte. Ihre drei nebeneinanderliegenden Fachwerkbögen erhoben sich machtvoll, und ein Zug mit roter Lok fuhr so laut über sie herüber, dass ich mir die Ohren zuhalten wollte, als ich oben ankam. Der Saunaboy und seine Tochter wurden langsamer. Sie schauten sich eingehend die vielen bunten Schlösser an, die am Geländer zu den Gleisen befestigt waren. Sie glitzerten ein wenig in der schwachen Sonne, die durch die Wolken lugte, und hingen so dicht übereinander, dass nirgendwo mehr ein Millimeter frei war. Viele von ihnen leuchteten in hellem Rot und in Herzform. Wie eine schillernde Wand trennte dieses behängte Geländer den Fußweg von den Bahngleisen, die über die Brücke führten. Hier hatten sich also Hunderttausende Paare dazu entschlossen, ihrer Liebe durch ein Schloss Ausdruck zu verleihen, dessen Schlüssel sie ins Wasser unter ihnen warfen. Dort musste inzwischen ein großer Haufen kleiner Schlüssel liegen. Mich würde nicht wundern, wenn man an dieser Stelle eines Tages trockenen Fußes über den Rhein laufen konnte. Über eine Halde von Liebes-Schloss-Schlüsseln hinweg. Und was wahrscheinlich niemand zu beantworten wusste, war die Frage, wie viele von diesen einstmals Verliebten heute noch ein Paar waren. Angeblich war die Scheidungsrate in Mecklenburg-Vorpommern am niedrigsten. Dahin hätten Adi und ich schon vor Jahren ziehen sollen. Wenn man aber bedachte, dass in Köln fast jede zweite Ehe geschieden wurde, durfte man dieses Meer von Liebesschlössern als Mahnmal der Hoffnung verstehen.

Der Saunaboy blieb stehen und nahm ein Exemplar in poppigem Lila in die Hand, das recht niedrig am Geländer hing. Er ging davor auf die Knie und stellte die Tasche neben sich ab. Als er ihren Reißverschluss öffnete, hielt ich etwa zehn Meter entfernt von ihm den Atem an. Der kleine Weg entlang der Eisenbahnschienen, auf dem wir uns befanden, war etwa fünf Meter breit und voller Passanten. Ich überlegte, jemanden anzuhalten und um sein Handy zu bitten, damit ich die Polizei alarmieren konnte oder, falls dafür keine Zeit mehr war, sich mit mir auf den Saunaboy zu stürzen, um das Schlimmste zu verhindern. Warum war Golt nicht hier bei mir? Der hätte gewusst, was zu tun war. Ich lief auf den Saunaboy zu, der griff in seine Tasche und zog einen länglichen blauen Gegenstand heraus, der aussah wie eine große Zange. Bei näherem Hinsehen entpuppte sie sich als Bolzenschneider. Damit machte er sich an dem lila Schloss zu schaffen, bis es herunter auf den Boden fiel. Ich zog mich wieder zurück, beruhigte meinen Atem und beobachtete, wie er das Schloss in die Hand nahm. Gemeinsam mit seiner Tochter ging er damit auf die andere Seite des Weges, die zum Rhein lag. Dort hielt er es über dem Geländer und erwog offenbar, es ins Wasser zu werfen, zögerte jedoch und schaute es eine Weile an. Einige 100 Meter hinter ihm sah ich einen der Domtürme und erwog ein Stoßgebet für diesen Mann mit den dünnen Nerven. Auch wenn der gerade friedlich oder, besser gesagt, traurig wirkte. Er sagte etwas zu seiner Tochter, die antwortete, aber ich verstand kein Wort davon, weil ich zu weit weg stand. Dann steckte er das Schloss in seine Hosentasche, ging zurück zur Tasche und verstaute darin den Bolzenschneider. Ich lief schnell zurück zur großen Steintreppe, an deren Wand Vertreter des Alpenvereins baumelten beziehungsweise klettern übten. Ich wollte möglichst nicht vom Saunaboy samt Tochter, deren Vertrauen ich gerade erst gewonnen hatte, gesehen werden. Ohne den Kirmesständen meine Aufmerksamkeit zu schenken, schob ich mich durch die Besuchermenge. Dabei drehte ich mich ständig um, denn ich wollte sehen, wo der Saunaboy hinging, aber er schien denselben Weg zu nehmen wie ich. Nur langsamer. Außerdem war ich ständig auf der Hut vor Polizisten, die Golt vielleicht schon auf mich angesetzt hatte. Zur Tarnung vor allen Parteien kaufte ich mir eine Bratwurst. Mit ihr schaffte ich es unbehelligt bis zum Schiff. Gerade betrat ich den kleinen Aluminiumsteg, als Adis silbergraues Auto auf der Straße vorfuhr. Aus seinem halb offenen Kofferraum ragte eine Matratze heraus. Er stieg aus, nahm sie auf die Schulter und schleppte sie zum Zelt. Außerdem war er beim Frisör gewesen und hatte sich einen modernen Undercut verpassen lassen, mit kurzgeschorenen Schläfen. Mich nahm er gar nicht wahr. Unentschlossen lief ich zum Zelt, in das Adi versuchte, die Matratze zu schieben. Als er mich sah, ließ er von ihr ab und lächelte mich auf eine Weise an, wie er es seit unseren frühen Tagen nicht mehr getan hatte. In einer Mischung aus Verlegenheit, Herzlichkeit und Liebe. Gäbe es da nicht diese ananasgelb gefärbten Bilder in meinem Kopf, hätte ich mich gerne zu ihm auf die Matratze gesetzt. Aber es gab sie, diese Bilder. Und sie taten weh.

»Ich lasse dich hier nicht alleine«, sagte er. Es klang verantwortungsvoll und entschlossen, was er da sagte.

»Du hast mich schon alleine gelassen«, erwiderte ich.

»Hattest du was mit diesem Mann, warum halten die dich hier fest?«

»Ich gehe nicht auf Schiffe, um Affären zu beginnen. Aber du brauchst ja nicht einmal ein Schiff dazu.«

Er senkte den Kopf. »Das hast du missverstanden.«

»Habt ihr euch nicht geküsst?«

»Schon.«

»Was gibt es da misszuverstehen?«

»Hast du dich schon mal gefragt, wie es mir in unserer Ehe ging all die Jahre?«

Ich sah ihn an. Wir standen uns einen Moment lang wortlos gegenüber. Meine Hand tat dann etwas, was gänzlich losgelöst von mir geschah. Ich hatte keinen Einfluss darauf, dass sie ausholte und ihm eine knallte. Mitten ins Gesicht. Es fühlte sich an, als hätte ich mir selbst einen Schlag versetzt. So schnell ich konnte, rannte ich aufs Schiff zurück, die Treppe hinunter. Die Glastür öffnete sich, ich drehte mich nicht um, sondern hastete über die blaue Treppe nach ganz unten in den Saunabereich, wo ich mich auf eine der harten Holzliegen setzte. Ich wollte mich verstecken. Vor Adi, vor mir. Vor der ganzen Welt. Mein Atem ging schwer. Etwas trommelte an meine Schläfen. Ich wollte allein sein. Erst jetzt bemerkte ich, dass ich es hier nicht war. In einem weißen Bademantel lag auf der Nachbarliege Lausi. Er richtete sich auf und sah mich an. »Alles in Ordnung?«

»Eigentlich nicht. Ich tue Dinge, die ich nicht verstehe und die ich so nicht will.«

»Sie befinden sich also in einer Krise.«

So wie er es formulierte, klang es weniger dramatisch. »Krisen sind etwas Vorübergehendes«, fügte er hinzu.

Der Mann machte mir Hoffnung. Ich erzählte ihm meine Geschichte bis hin zur Ohrfeige. Einer Tat, die ich mir nicht verzieh. Die so gar nicht zur mir gehören wollte.

»Und jetzt?«, fragte er.

»Schäme ich mich.«

»Wollen Sie da nicht mal anderen den Vortritt lassen? Zum Beispiel Ihrem Mann?«

»Der hat mich nicht geschlagen.«

»Aber betrogen.«

»Stimmt.«

»Sind Sie jetzt quitt?«

Ich sah ihn an. Was für eine Rechnung.

»Wie viele Ohrfeigen braucht es noch, damit Sie quitt sind?«

»Hundert!«

»Fragen Sie ihn, ob er mit dieser Strafe einverstanden ist.«

Der Mann hatte Nerven. Wenn es nur so einfach wäre. Aber warum nicht? Ich konnte ja mal versuchen, es mir einfach zu machen.

»Ist es dieser Typ, der vor dem Schiff zeltet?«

Ich nickte.

»Der liebt Sie. Sonst würde er sich nicht so zum Affen machen. Glauben Sie mir. Das ist seine Art, um Vergebung zu bitten. Ich kenne mich aus mit Männern, die nicht reden können. Erst seit ich es gelernt habe, höre ich nicht mehr damit auf. Leider war es da für mich und meine Frau zu spät. Den Fehler würde ich nie wieder machen. Gehen Sie raus zu ihm und reden Sie. Oder ohrfeigen Sie. Aber tun Sie was.«

Er bot mir an, einen Schnaps zu besorgen, und ich traute ihm zu, dass er in seinem Bademantel an die Bar ging, um mir etwas von dort zu holen. Aber ich lehnte dankend ab. Obwohl mir die Ohrfeige noch immer weh- und leidtat, schien sie mir jetzt nicht mehr ganz so schlimm. Ladislaus hatte recht, wir mussten reden. Zumindest sollten wir es versuchen. Allerdings wollte ich das auch mit Lausi. Jetzt waren wir alleine, aber ich leider zu aufgewühlt. Langsam wurde das zum Dauerzustand. Vielleicht gewöhnte ich mich besser daran.

»Was haben Sie getan, als Sie herausfanden, dass Ihre Frau Sie betrügt?«, fragte ich ihn.

»Ich habe geheult und mich betrunken.«

»Das war alles?«

»Wochenlang.«

»Oh.«

Es schien mir schwer vorstellbar, dass dieser Mann mordete. Auch nicht für Heike Hurter. Ich glaubte den Leuten so gerne, was sie sagten. Für so was kam man in die Kommissarenhölle.

»Waren Sie eigentlich auch auf dem Unterdeck in dieser Nacht?«, fragte ich ihn.

»Ach, das war eine Schnapsidee. Jo wollte, dass wir diesem Lackaffen die Leviten lesen. Der Kerl holte glatt aus und wollte mir einen auf die Zwölf geben. Da ging unser Herr Kapitän dazwischen. So ist er. Allerdings konnte er nicht verhindern, dass ich Behorn einen in die Rippen gab. Danach sind wir schnell wieder weg. Das ist gar nicht unsere Art. Wie gesagt, reden ist besser. Und nun gehen Sie mal schön hoch zu Ihrem Mann und machen genau das. Hauen ist Mist.«

Wo der Mann recht hatte, hatte er recht. Ich stand auf, stieg die zwei Etagen auf der Treppe wieder hoch, vorbei an der Rezeption, wo Frau Hurter stand. Ihre Bluse spannte immer noch. Man hätte ihr ein Crewmitglied mit gleicher Oberweite gewünscht, um ihr eine Bluse zu leihen.

Als sich vor mir die Schiebetür aus Glas öffnete und ich die eiserne Treppe betrat, verließ mich mein Mut mit jeder Stufe nach oben ein wenig mehr. Die Kirmes spielte Popmusik, und ich erinnerte mich daran, dass Adrian und ich hier einst einen Nachmittag verbrachten. Als junges

Paar fuhren wir im Riesenrad und er schoss mir eine Plastiksonnenblume. Heute fuhren wir Achterbahn, und die auch nur bergab. In Adis Zelt bewegten sich Beulen im Stoff. Ich ging über den Aluminiumsteg hinüber zu ihm und stellte mich vor den Eingang des Zeltes. Er musste es neu gekauft haben, wir besaßen so was gar nicht. Ich rief seinen Namen. Langsam öffnete sich der Reißverschluss.

»Linda, komm rein.«

Ich duckte mich und kroch zu ihm auf die Matratze, die gerade so ins Zelt hineinpasste. Vorne und hinten spannten die Wände ganz ordentlich, sodass der Reißverschluss nur widerwillig funktionierte und wir ihn offen ließen. Ich blieb vorne, mit dem offenen Reißverschluss in meinem Rücken, er rückte an das andere Ende und schaute mich wieder mit diesem besonderen Blick an. Fast zärtlich.

Als Erstes wollte ich wissen, wie es Flori ging. Aber auch er bekam im Augenblick keinen Kontakt zu ihr.

»Du siehst gut aus«, fand er.

»Ich hab hier bügelfrei.«

»Kann ich dir etwas anbieten?«

Er öffnete eine Einkaufstüte, zog zwei blaue Bierdosen mit dem Aufdruck »Zorbas Beer« und eine Packung Erdnüsse heraus, die er mir hinhielt. »Mehr habe ich leider nicht. Ist vom Kiosk gegenüber, einem griechischen.«

»Kocht Dolores nicht?«

Sein Kopf senkte sich, er legte Bierdosen und Nüsse auf der Matratze ab.

»Es tut mir leid. Das hätte nicht passieren dürfen. Ich bin da hineingeraten.«

»Wie, um Himmels willen, gerät man in die Schwiegermutter seiner Tochter?«

Er öffnete sich eine Dose Bier und trank sie fast in einem Zug aus. Wahrscheinlich wollte er Zeit gewinnen. Es stellte sich heraus, dass Dolores gleich montags nach Floris Hochzeit zu ihm in die Dellbrücker Apotheke gekommen war, weil sie ein Beruhigungsmittel brauchte. Sie fühlte sich allein, sorgte sich um die Kinder und deren überstürzte Ehe. Er riet, ihnen Freiraum für eigene Erfahrungen zu gewähren. Aber sie haderte damit. Ihr Sohn war immer schon recht wankelmütig und sollte sein Studium nicht so lange unterbrechen, wo er jetzt die Chance hatte, in zwei Apotheken einzusteigen. Beim Versuch, sie zu trösten, hat sie wohl was missverstanden. Sah offenbar mehr darin, und so führte eins zum anderen.

»Ich will gar nichts von Dolores, das musst du mir glauben. Aber sie hat mir gezeigt, dass ich seit Langem nicht mehr lebe.«

»Wie oft habe ich dir genau das Gleiche gesagt?«

»Du hast mich ermahnt, das ist etwas anderes. Dolores gab mir das Gefühl, dass ich zu mehr gut bin als zum Geldverdienen und zum Funktionieren. Dass ich ein Mann bin. Das hat mir gefehlt.«

»Du brauchtest einen Kanarienvogel wie Dolores, um herauszufinden, dass du ein Mann bist?«

Ich nahm mir die zweite Bierdose, riss sie auf und trank hastig ein paar Schlucke.

»Ich versteh's ja selber nicht. Sie heißt übrigens nur Doris. Das Dolores hat sie selbst daraus gemacht.« Er holte eine weitere Dose aus seiner Tüte. »Weißt du, wie lange ich schon unzufrieden bin und das Gefühl habe, das Leben ist aus mir herausgetröpfelt? Ich habe mal gedacht, Kinder bekommt man geschenkt. Als Floriane auf die Welt kam, erkannte ich schnell, dass man etwas geben muss. In meinem Fall waren es Teile von dir. Große Teile von dir. Auch solche, die ich eigentlich gern selbst behalten hätte. Diese Liebe, dieses riesengroße Interesse für jeden Pups, den das Kind von sich gab, davon hätte ich gern auch was abbekommen. Aber ab dem Tag ihrer Geburt schied ich aus deinem Kosmos aus. Auch körperlich. Was hast du mit Floriane geschmust. Während in unserem Ehebett eine Dauerflaute einsetzte. Als Floriane dann aus dem Haus ging, dachte ich, etwas von all dem käme zurück zu mir. Aber in Wahrheit bist du nie zu mir zurückgekommen. Und wenn wir ehrlich sind, ist Flori auch erst seit letzter Woche richtig aus dem Haus. Vorher bewohnte sie nur ein zusätzliches Zimmer in der Stadt. Und wo wir schon einmal dabei sind: Glaubst du, mir hat unsere Rollenverteilung immer Freude gemacht? Von Anfang an stand fest: Ich kümmere mich um die Arbeit, du dich um die Familie. Ich Apotheke, du Flori. Ich Tarzan, du Jane.«

»Niemand hat von dir verlangt, so viel zu arbeiten.«

»Eine Apotheke ist aber nun mal viel Arbeit. Wovon hätten wir denn leben sollen? Du hattest keinen Beruf. Du wolltest einmal Lehrerin werden, Kunst unterrichten. Daraus ist nie etwas geworden.«

Aua.

»Als junger Vater begann ich, nicht nur für zwei, sondern für drei zu arbeiten. Irgendwann dachte ich dann, ich bin überhaupt nur noch dazu da, um zu arbeiten, und wäre ohne sie nichts wert. Du dagegen hattest eine enge Verbindung zu unserem Kind, du hast sie gestillt, gewickelt, getröstet, in den Schlaf gesungen. Später hast du ihren ganzen Alltag organisiert, meinen noch dazu. Und ich gebe zu, eines Tages warst du in meinen Augen nicht mehr meine Frau, du warst eine Mutter. Schließlich hast du auch mich so behandelt, wie eine Mutter es tut. Daran ist gar nichts Schlimmes. Aber ich habe dich als Frau aus den Augen verloren. Und wenn du ehrlich bist, du mich als Mann wahrscheinlich auch. Du verwandeltest dich in ein Muttertier und ich mich in ein Arbeitstier. Du verliehst deinem Muttersein eine Art Heiligenschein, und in gewisser Hinsicht tat ich das mit meiner Arbeit auch. Ich dachte immer, solange ich fleißig bin, mache ich alles richtig. Man kann so schön stolz sein auf seinen Fleiß. Aber Stolz ist nichts Lebendiges. Und da kam plötzlich Doris. Sie ist wirklich schrill, auf ihre Art auch grässlich, aber eben lebendig.«

Ich musste schlucken. Die und lebendig. An der war ja noch nicht mal der Name echt. Wie konnte man so eine Schmierlippe küssen? Der Wind blies von hinten durchs Zelt, ich spürte kalte Regentropfen im Rücken. Und Sturm im Kopf.

»Du hast 25 Jahre lang nie etwas gesagt«, stellte ich fest, »hast nie einen Anlauf unternommen, etwas zu verändern, bis diese Quietschente von Frau in unserer Tür stand. Und wenn die lebendig ist, was bin dann ich? Eine Mumie? Eine Mami-Mumie. Echt, aber tot? Vielen Dank.«

Ich versuchte, mich aus dem Schneidersitz zu erheben, aber das Zelt war ziemlich eng, und so kroch ich auf allen vieren rückwärts hinaus. »Und was bist du? Eine Memme. Fliege nach Australien zu unserem Kind, verdammt noch mal. Tu jetzt etwas für uns.«

Draußen versuchte ich, mich aufzurichten, und blickte als Erstes Golt in die Augen, der vorm Zelt stand.

»Frau Weißenberg, darf ich ein paar Worte mit Ihrem Mann sprechen?«

»Von mir aus können Sie auch ganze Sätze mit ihm reden. Das übt er gerade.«

Seine Reaktion wartete ich gar nicht erst ab, sondern ging zurück aufs Schiff. Wie konnte man denn so viele Jahre unzufrieden neben mir hertrotten und keinen Ton sagen? Und was fand er an dieser Doris? An der war doch alles offensichtlich. Das Bemühen, sich auf jugendlich zu bürsten mit gefärbten Haaren und zu kurzen Kleidern. Seit wann mochte Adi Frauen mit schlechtem Schmuckgeschmack und schmierigen Lippen?

Adi konnte mich mal sonst wo besuchen. Am besten in der Arktis. Dort würde ich Dolores eine fette Beule mit einem tiefgefrorenen Lachs verpassen. Hatte ich nicht noch einen in der Tiefkühltruhe? Ich gedachte der schönen Speisen dort drin. Der Rehrücken, den Adi so gerne aß, der Eintopf vom letzten Dienstag. Die sollte es nicht wagen, ihm den zu wärmen. In Gedanken sah ich mein Haus, meine Tiefkühltruhe, mein Leben. Alles weg. Statt meiner machte sich nun Dolores in all dem breit. Jemand musste dieses Weib verjagen. Am besten in den hintersten Winkel der Arktis, dorthin, wo immer Schnee und Eis war, da konnte sie dann ihren eigenen Eintopf einfrieren und lange darauf warten, dass Adrian spät und kaputt von der Arbeit heimkam, und dann konnte sie sich anhören, dass sich zwei Apotheken eben nicht von alleine führten. Dann durfte sie ihm Frisörtermine machen, die er vergaß, um dann auszusehen wie der Zottelbär Samson aus der *Sesamstraße*.

Einen letzten Windstoß abschneidend, schloss sich hinter mir die Schiebetür, Frau Hurter sah zu mir auf, lächelte vorsichtig. Ich lief an ihr vorbei in meinen Gang, wollte jetzt nur noch eines: alleine sein. Als ich vor meiner Tür ankam und die Schlüsselkarte ins Schloss stecken wollte, hörte ich von innen Stimmen. Wahrscheinlich empfing Maike gerade Kaplan, man lachte laut. Ich ließ die Karte wieder sinken, da wollte ich jetzt nicht hinein. Aber wo sollte ich hin? Hier waren ja überall Leute. Also schloss ich auf, die beiden bemerkten mich gar nicht. Einen Moment lang blieb ich in dem schmalen Eingangsbereich zu unserer Kabine stehen und hörte Kaplan sagen: »Nur weil man schlank ist, ist man nicht automatisch gesund. Es gibt ja offenbar auch das Phänomen der dicken Dünnen, die tragen ihr Fett nach innen, wo man es gar nicht sieht.«

»Mag schon sein, aber ich gehöre zu den dicken Dicken und trage mein Fett drinnen wie draußen«, erwiderte Maike.

»Und das ist wunderbar«, fand er.

»Ich würde einiges darum geben, schlank zu sein«, meinte sie, »aber nicht mein Essen.« Beide lachten und wirkten vergnügt.

Jetzt sah man mich, die Unterhaltung stockte. Ich auch, blieb im Flur, lehnte mich an eine der Schranktüren zu meiner Linken. Kaplan verabschiedete sich schnell, nicht ohne sich mit Maike für später an einer Fischbude auf der Kirmes zu verabreden. Sie warf ihm einen Handkuss zu, setzte sich laut ausatmend in ihren Sessel zurück, kreuzte ihre Arme hinter dem Kopf und sah mich mit strahlenden Augen an. »Heute ist ein guter Tag, um das Leben leichtzunehmen«, seufzte sie. Maike befand sich gerade in einem ganz anderen Universum. Trotzdem erzählte ich ihr, was zwischen Adrian und mir passiert war. Auch, was er über uns als Paar gesagt hatte.

»Und du?«, fragte sie. »Warst du zufrieden? Wie ging es dir in eurer Ehe?«

»Adrian rackerte sich schließlich für uns drei ab und versorgte uns. Was er so hart erarbeitete, gab ich für Flori wieder aus. Da gehörte es sich nicht, unzufrieden zu sein. Wie oft bat ich ihn, weniger zu arbeiten, damit wir mehr Zeit für Familienleben haben.«

Maike zog die Augenbrauen hoch und wippte mit ihrem Oberkörper einige Mal vor und zurück. War ich zufrieden? Nein.

Ich dachte an meine Streifzüge durch Ausstellungen, Kunstgalerien und Messen wie der *Artfair*, auf der ich früher regelmäßig Gast war. Die wunderbaren Bilder dort, die Ernsthaftigkeit, mit der die Galeristen sie vertraten. Sie stritten für das Schöne, für das Neue, das Bewegende. Ein Kunstwerk konnte etwas in mir auslösen. In Adi nicht. Anfangs ging er mit, später blieb er daheim, zu müde, um sich neuen Eindrücken auszusetzen. Aber warum hatte ich aufgehört, diese Orte zu besuchen? Warum nur hatte ich mich seiner Lethargie angeschlossen? Ein schlechtes Gewissen hätte mich geplagt, ihn abends oder am Wochenende irgendwohin zu zerren, wo er sich langweilte. In seiner Freizeit wollte ich für ihn da sein. Selbst wenn er nur körperlich anwesend war, sich hinter seinem Laptop verkroch oder in seinem Arbeitszimmer döste. Schließlich sorgte er für mich. Aber ich sorgte nicht für mich. Shopping bedeutete nicht, für sich zu sorgen. Mir fehlten diese Begegnungen mit Farben, Formen und Ideen. Mir fehlten Erlebnisse, die mir etwas bedeuteten. Und zwar über meine Familie hinaus. Ich selbst hatte all das einschlafen lassen, um bei meiner Familie zu sein, und mich damit selbst beschränkt. Niemand hatte das von mir verlangt. Das wurde mir nun klar.

Dabei fing alles so vielversprechend an. Mir fiel das Hochzeitsfoto ein, das ich immer in meiner Geldbörse bei mir trug. Unter meinem cremefarbenen Charleston-Kleid wölbte sich bereits ein kleines Bäuchlein. Flori war unterwegs. Ich war glücklich. Und jetzt? Traf ich fremde Männer auf Kusskreuzfahrten, während Adi die Pobacken anderer Frauen begrapschte. Dieser Gedanke zog mein Herz runter bis in die Schuhe. Er hatte mich verlassen, ohne mir etwas davon zu sagen. Wann immer das war. Dass ich immer für ihn sorgte, hielt ihn davon nicht ab. Gerne wollte ich jetzt in Ruhe eine Weile meiner Ehe nachweinen. Opferrolle hin oder her.

Maike ging ins Bad, machte sich zurecht für ein erneutes Rendezvous mit Kaplan, für eine Verabredung zu einem vor Fett triefenden Backfisch auf der Kirmes. Fast beiläufig bemerkte sie, dass Lorena zurück sei. Offenbar hatte sie ein falsches Geständnis aus Angst um ihre Mutter abgelegt. Aber sie hatte den Tathergang so beschrieben, wie er wohl nicht stattgefunden haben konnte.

Erleichtert nahm ich das Kind von meiner Liste der Verdächtigen. Ich verließ unsere Kabine, ging in Richtung Lounge, wo ich dringend meine Agententätigkeit wiederaufnehmen wollte. Frau Hurter hatte ihren Posten geräumt, dort stand nun eine junge Frau. Der passte ihre Uniformbluse tadellos.

Adis Worte und sein liebloses Verhalten klemmten wie ein Kloß in mir. Das musste er sein, der Trauerkloß. Den hatte ich lediglich im Hals vermutet. Niemand hatte mir je gesagt, dass er sich im ganzen Körper ausbreiten konnte.

An der Bar saß das elegante Ehepaar von der Kabine gegenüber und knabberte Oliven. Als sie mich sahen, winkten sie und luden mich ein. Ich lehnte höflich ab. Wollte mich für das Sammeln von Informationen bereithalten. Am besten auf dem Krappmannschen Sofa. Sofort kam ein männliches Crewmitglied, um mich zu fragen, was er mir bringen könne. Einen Eimer für meine Tränen, wollte ich bestellen, bat dann aber um Kaffee, den er sogleich brachte. Vielleicht der Kapitänsbonus. Ich schaute auf die großen Fensterscheiben, die sich schräg über mir erhoben. Große Regentropfen liefen an ihnen herunter. Draußen auf der Drehbrücke stand Arm in Arm ein Pärchen unter einem Regenschirm und schaute auf unser Schiff herunter.

Adis Worte verfolgten mich. Ich versuchte, so radikal ehrlich zu mir zu sein, wie es mir möglich war. Florianes Leben lang fragte ich mich, ob ich als Mutter ausreichte und ihr geben konnte, was sie brauchte. Solange ich eine enge Bindung zwischen uns spürte, fühlte ich mich bestätigt. Diese Nähe war mein Gradmesser, meine Anti-Angst-Versicherung. Von Anfang an empfand ich das Muttersein als einen überwältigenden Liebe-Angst-Cocktail. Angst schnitt einem das Beste vom Leben ab, wenn man es zuließ.

Machte ich mir so viele Sorgen auch um meine Ehe? Nein. Klar, dass dies eine Unwucht ergab.

Neben mir wurde jemand gefragt, was man bringen dürfe. Es war Frau Glutenfrei, die Passagierin, die so übereifrig für ihren Mann sorgte, nur damit er dann ohne sie von Bord ging. Mit verschränkten Armen stand sie zwei Meter von mir entfernt und schaute hinaus zu dem Paar auf der Brücke. Sie orderte ein Wasser und bemerkte mich. Ich bot ihr den Platz neben mir auf dem Sofa an. Sie duftete nach Vanille, ihre Augen waren gerötet, und sie wirkte selbst mit Schminke blass, als sie sich neben mich setzte. Still saßen wir mit dem Rücken zur Lounge, hörten die Stimmen an der Bar hinter uns. Ihr Wasser kam. Als der Kellner ging, unterhielt er sich noch in unserer Hörweite mit einer Kollegin darüber, dass ein Bekloppter draußen zeltete.

»Der Bekloppte ist mein Mann. Oder mein Ex, wie man's nimmt«, sagte ich.

Jetzt drehte sie ihren Kopf zu mir. »Will er Sie zurückgewinnen?«

»Vielleicht auf seine ganz eigene Art.«

»Das würde niemand für mich tun.«

An ihren nackten Füßen trug sie weiße Frotteeschlappen, dazu eine viel zu weite dunkelblaue Hose. Ich fragte mich, ob sie an Bord blieb, weil sie ohne ihren Mann nicht heimwollte, oder ob sie zu den Verdächtigen gehörte und in geliehenen Sachen neben mir saß.

»Warten Sie auf das Schwesterschiff?«, fragte ich. Anstatt zu antworten, stand sie samt Wasser auf und ging. Dieses scheue Reh sollte ich mir näher anschauen. Ich drehte mich um und sah, wie sie ihr Glas ungetrunken an der Bar abstellte und dann Richtung Rezeption lief. Ich folgte ihr. Gerade schnell genug, um zur blauen Treppe zu kommen, auf der sie zwei Etagen nach unten ging. Dort bog sie nicht links zur Sauna ab, sondern rechts zum Personaltrakt, wo sie ihre Bordkarte ins Türschloss steckte, und siehe da, die öffnete sich. Als sie wieder ins Schloss gefallen war, versuchte ich dasselbe mit meiner Karte, ohne Erfolg. Sie musste also eine besondere besitzen. Aber warum, und wo hatte sie die her? Ich ging in die Sauna auf der anderen Seite der Treppe und legte mich dort auf einem der Liegestühle nahe am Gang auf die Lauer, damit ich möglichst viel von dem mitbekam, was sich auf dieser Etage abspielte. Es dauerte nicht lange, bis ich hörte, wie sich die Tür zum Personaltrakt wieder öffnete, und erkannte die Stimme von Frau Hurter, die sagte: »Jetzt troll dich, Britt-Marie, mach dir nicht so viele Sorgen, bis nachher.«

Sie lief tatsächlich zur Treppe und zurück nach oben. Kurz darauf öffnete sich die Tür erneut, und Frau Hurter kam heraus. Mit schnellen Schritten lief auch sie die Treppe hoch. Man kannte sich also näher, war per Du, wollte dies aber verheimlichen. Was, zum Henker, hatte es damit auf sich? Ich spürte, wie mein Herzschlag schneller wurde. Um Golt zu informieren, schien mir die Sachlage noch zu dürftig. Ich würde mich weiterhin an ihre Fersen heften müssen, um mehr herauszufinden. Also ging auch ich hinauf, fand Heike Hurter an ihrem Platz hinter der Rezeptionstheke, suchte Britt-Marie, wie sie wohl hieß, fand sie aber nicht mehr. Die war mir entwischt. Ich sah auf die Uhr, es war kurz nach 17 Uhr, war es Essens- oder Kaffeezeit, konnte sie im Restaurant sitzen? Fehlanzeige, auch dort war sie nicht zu sehen. Sie hatte sich in Luft aufgelöst. Leider kannte ich ihre Kabinennummer nicht. Es wäre bestimmt hilfreich, die herauszufinden. Noch hatte ich keine Idee dazu. So lief ich zunächst zurück zum Sofa. An der Bar stand Ladislaus in einem frischen Overall. Er hielt sein Glas hoch und verbeugte sich ein wenig. »Gnädige Frau.«

Ich stellte mich zu ihm und erlaubte ihm gerne, mir einen Tee zu ordern. Heute zierte ein silberner

Rabenkopf seinen Bart. Den hatte seine Tochter ihm geschenkt, wie alle anderen Bartperlen auch. Gemeinsam knabberten wir Erdnüsse aus einem weißen Porzellanschälchen, das man uns hinstellte. Ich überlegte, ob ich gegebenenfalls über ihn an weitere Informationen über Britt-Marie, zum Beispiel ihre Kabinennummer, kommen konnte.

»Wie lief es mit dem Herrn Gemahl?«, erkundigte er sich.

»Es ging so. Golt wollte mit ihm sprechen.«

»Ja, richtig, die zwei habe ich in einen Wagen steigen und wegfahren sehen.«

Mein Herz fiel auf die Theke. Jetzt wurde Adrian mit hineingezogen. Man konnte ihn nicht ernsthaft verdächtigen. Der war gar nicht an Bord. Er hätte einen Killer engagieren müssen, um Behorn umzubringen. Einen Killer, der an Bord war. Ein schauriger Gedanke. In mir spannte sich alles an wie in einer Wurst, die gleich aus ihrer Pelle platzen würde. Hastig lief ich hinaus zum Zelt, wo niemand war. Ich musste so schnell wie möglich zum Polizeipräsidium in Kalk. Adi brauchte jetzt meine und wahrscheinlich anwaltliche Hilfe, wo hatte ich nur diese Visitenkarte von Kaplans Schwiegersohn? In der Kabine, richtig, ich rannte zurück an Bord. Dort sah ich ein schilfgraues Jackett und schwarze Jeans, die mir vertraut vorkamen. Es war Golt, der quer durch die Eingangshalle lief. Ich rief seinen Namen, rannte zu ihm, fragte nach Adi, den ich im Geiste bereits in einer Zelle sitzen sah. Golt tat ahnungslos. »Ist er nicht in seinem Zelt?«

»Würde ich Sie dann fragen?«

»Wenn er nicht im Zelt ist, wird er arbeiten. Er ist ein fleißiger Mann.«

»Diese Erkenntnis hatte ich auch schon. Und wenn Fleiß gut ist, muss noch mehr Fleiß wohl noch besser sein.«

»Leben Sie lieber an der Seite eines Taugenichts wie Behorn?«

»Sind das die einzigen Optionen für eine Frau? Workaholics oder Faulenzer?«

»Wir waren zusammen in seiner Apotheke«, erklärte Golt, »weil er mir ein Mittel gegen Halsschmerzen verkaufte, von dort aus fuhr ich hierher. Wo er blieb, weiß ich nicht. Ich nehme an, dass er noch dort ist. Oder er fuhr in seine zweite Apotheke. Nach Hause wollte er jedenfalls nicht ohne Sie.«

»Er ist also nicht verdächtig?«

»Das habe ich nicht gesagt.«

Dieser Mann machte mich wahnsinnig.

»Sie machen sich ja Sorgen um ihn.«

»Ganz sicher nicht«, sagte ich, und es hallte in den Windungen meines eigenen Gehörgangs, als hätte ich in einen Brunnen gerufen.

»Besitzt Ihr Mann eigentlich ein Boot?«

»Nein, wieso?«

Golt schüttelte den Kopf und ging nicht weiter darauf ein. Mir fiel die »Happy Days« ein, jenes Boot, auf dem Flori getraut wurde. Es lag im Stadthafen und gehörte Harry Weins, Adis bestem Freund und Floris Patenonkel. Adi besaß jedoch keinen Bootsführerschein und konnte es nicht steuern. Trotzdem beunruhigte mich Golts Frage. Mit der »Happy Days« hätte man theoretisch der »River Diamond« nachfahren können. Wenn man gewollt hätte. Wäre man an Bord gekommen? Es gab einen beträchtlichen Höhenunterschied. Aber vielleicht nicht am Tatort, dem kleinen Heckdeck. Dort gab es Stellen ohne Reling, wie ich gesehen hatte. Mit viel Sportlichkeit hätte man es schaffen können, auf die »River Diamond« umzusteigen. Mein Herz begann zu rasen. Adi ein Mörder? Nein. Andererseits hätte ich vorgestern noch geschworen, dass er mir treu ist. Aber welches Motiv sollte er gehabt haben? Eifersucht schied ja wohl aus. Außerdem war er nicht besonders sportlich.

»Alles in Ordnung mit Ihnen?«, hörte ich Golt. Aber ich antwortete nicht. Ich musste herausfinden, ob Adi auf der »Happy Days« und diese in der Nähe der »River Diamond« gewesen war. Golt durfte davon nichts erfahren, und so fragte ich ihn, ob ich kurz in die Stadt dürfe, um mir zusätzliche Unterwäsche zu kaufen. »Meine Sachen sind noch immer in der kriminaltechnischen Untersuchung. Das Versandpaket hält mich klamottentechnisch nicht ewig über Wasser.«

»An Bord gibt es Waschmaschinen. Schon davon gehört?«

»Und was mache ich, wenn meine paar Sachen in der Maschine stecken? Wieder im Bademantel rumlaufen? Das ist erniedrigend.«

»Ich weiß.«

»Wie bitte?«

Er grinste. Wollte, dass ich schnell zurückkam. Und ging.

Ich bestellte ein Taxi und ließ mich zum Rheinauhafen fahren. Keine Viertelstunde später bogen wir von einer geschäftigen Rheinuferstraße auf den Harry-Blum-Platz ab und hielten vor einer Schranke. Zu meiner Rechten erhob sich das altehrwürdige Hafenamt mit seinen roten Backsteinen und sandfarbenen Ornamenten. Zu meiner

Linken sprudelten kleine Fontänen aus dem Boden. Die wenigen Meter zum Hafenbecken lief ich zu Fuß und spürte das Kopfsteinpflaster durch meine Schuhsohlen. Ein Kran zog gerade ein Boot aus dem Wasser. Rheinwasser lief in Strömen daran herab. Ein Spektakel, um das sich bereits eine kleine Schar interessierter Zuschauer gruppierte. Aber ich hatte wenig Sinn dafür, sondern wollte so schnell wie möglich Harry sprechen. Seitdem er und seine Frau Erika sich getrennt hatten, wohnte er offenbar auf diesem Boot. Adi hatte mir das im Vertrauen erzählt. Ich suchte nach der Lücke im Metallgeländer. Durch sie gelangte man auf eine leicht zu übersehende Steintreppe, die zur Marina herunterführte. Mit jeder Stufe, die ich mich hinunter in das Hafenbecken bewegte, ließ ich die Geräusche der Welt weiter hinter mir. Der Lärm der Straße wurde leiser, es näherte sich das Glucksen des Wassers. Ich hatte Mühe, das Gleichgewicht zu halten, denn die Stufen waren uneben, an manchen Stellen sahen sie geflickt aus, und an der bemoosten Hafenmauer zu meiner Linken rutschte man leicht ab. Unten im Wasser schwamm neben Blättern und Zweigen eine leere blaue *Zorbas* Bierdose. Diese ausgefallene Sorte hatte ich das erste Mal bei Adi im Zelt gesehen. Adam Kaplan hatte sie ihm verkauft. Die Welt war kleiner, als man dachte. Endlich setzte ich meinen Fuß auf den breiten, Sicherheit ausstrahlenden Holzsteg, dem Kernstück des Hafens, der zu den Booten führte. Harrys Boot lag ziemlich in der Mitte. Schon aus der Entfernung sah ich, dass es sich ganz leicht bewegte. Er war demnach zu Hause.

»Harry!«, rief ich laut, als ich bei ihm angekommen war.

Es näherte sich ein Boot, das sich rückwärts in eine der Anlegestellen hineinmanövrierte. Ich musste lauter rufen, um das Tuckern des Schiffsmotors zu übertönen. Endlich zeigte er sich. Ungekämmt, wahrscheinlich auch ungewaschen, auf jeden Fall nicht gut rasiert. Als er mich sah, fuhr er sich durch die Haare und steckte sich sein T-Shirt in die Hose. »Was willst du?«

»Dich was fragen.«

Harry war mal ein charmanter Gastgeber. Auf seinem Boot fuhr er uns vor Zeiten gut gelaunt bei Kaffee und Kuchen über den Rhein. Jetzt ließ er mich auf dem Steg stehen wie einen lästigen Hund.

»Was, in Gottes Namen?«, fragte er.

»Störe ich?«

»Was willst du denn?«

»Bist du sauer auf mich?«

»Was denkt ihr Weiber euch? Dass wir zu allem Ja und Amen sagen, während ihr euch blondierten Blödmännern ans lila Samtjackett werft? Adi ist 'ne arme Sau, wenn du mich fragst.«

»Wer hier die arme Sau ist, sei mal dahingestellt. Einen schönen Tag, Harry.« Meine hektischen Flecken taugten zu Leuchtbojen, so grell mussten sie scheinen. Adi war vor mir hier. So viel stand fest. Dass Harry zu seinem Freund hielt in solch einer Lage, verstand ich, auch dass die Schuldfrage da schon mal auf der Strecke blieb. Trotzdem war ich stinksauer und fühlte mich wie geohrfeigt, als ich mich umdrehte, um zu gehen.

Nebenan rief jemand: »Mensch über Bord!«, und warf einen Rettungsreifen ins Wasser. Ich erschrak und suchte nach einer Person im Wasser, wollte mich ins Hafenbecken stürzen, um jemanden vor dem Ertrinken zu retten, bis sich ein freundlicher Herr mit Pfeife ganz entspannt über die Reling seines Schiffes lehnte. »Keine Sorge, wir üben nur.«

Voller Erleichterung nickte ich ihm zu und lief dann den Steg wieder zurück. Mit Harry zu reden machte keinen Sinn, der war jetzt Frauenhasser. Vorsichtig ging ich die alten Stufen der Hafentreppe wieder hinauf. Hier und da wuchs ein kleines grünes Pflänzchen zwischen den grauen Steinen heraus. Wie ein Hauch von Frühling nach dem Wintergrau. Hier lebte Harry also jetzt, während Erika das schöne Haus in Lindenthal bewohnte. Ich dachte an Flori. Ihre Ehe stand schon nach einer Woche vor dem Aus. An ein schönes Zuhause für die beiden war gar nicht zu denken.

Ich schaute ins Hafenbecken. Dort übte unverdrossen die Schifffahrtsschule ihre Manöver, warf erneut den Rettungsring ins Wasser, um ihn mit einem Bootshaken wieder herauszufischen.

Ich lief zurück zum Deutzer Hafen. Zur Abwechslung regnete es mal nicht, und die frische Luft half mir, den Druck im Kopf ein wenig abzubauen. Oben auf der Severinsbrücke hatte man einen guten Blick in den Rheinauhafen. Ich schaute auf die Schiffe am Steg. Es gab schlechtere Wohngegenden. Harrys Boot besaß eine Schlafkoje, eine kleine Küche und ein Minibad. Eng, aber gemütlich. Was brauchte man mehr?

Während der Autoverkehr neben mir toste und sogar noch von Straßenbahnen übertönt wurde, versuchte ich im Geiste, alle Fäden zusammenzuführen. Warum hatte Golt gefragt, ob Adi ein Boot besaß? Das hatte sicher einen Grund, den ich noch herausfinden musste. Warum hatte Adi Harry bereits erzählt, was sich auf der »River Diamond« zugetragen hatte? So detailliert, bis hin zu Behorns blonden Haaren und seinem Samtjackett? Das konnte er gar nicht kennen. Hatte Golt mit Adi darüber geredet? Oder Maike? Krappmann kam als Informant wohl kaum infrage. Maike konnte ich leicht fragen, Golt nicht, ohne Adi zu belasten. Wieso hatte ich all die Jahre eigentlich nicht genossen, ohne Zwickmühlen zu leben? Ich musste erst in eine geraten, um festzustellen, wie schön das Leben ohne sie war.

Aber was, wenn Harry wirklich der »River Diamond« gefolgt war? Alleine hätte Adi nicht an Bord kommen können, mit Harry am Steuer der »Happy Days« vielleicht schon. Das kleine Hinterdeck wäre die einzige Stelle dafür gewesen. Wenn er nun dort auf Behorn gestoßen wäre? Das wäre allerdings nur dann gefährlich oder brisant gewesen, wenn er vorher gesehen hätte, wie ich Behorn küsste. Und Gott weiß was sonst noch. Ich versuchte, mich zu erinnern, ob die Vorhänge in Behorns Kabine geschlossen gewesen waren oder nicht. Es fiel mir beim besten Willen nicht ein. Als ich morgens aufwachte, waren sie es. Das sagte noch nichts über den Abend aus. Auf der anderen Seite konnte ich mir nicht vorstellen, dass Adi sich in solch wagemutige Abenteuer stürzte, nur um mir zu folgen. Seit fast 25 Jahren verbrachte er sein Leben im Bermuda-Dreieck zwischen unserer Wohnzimmercouch und seinen beiden Apotheken. Regelmäßig schlief er bereits während der Tagesschau ein. Für Adi war das Wechseln der Kaffeesorte schon wie Bungee-Jumping. Der machte keinen Stunt nachts auf dem Rhein für eine Frau, die er gerade mit einer anderen betrog. Leider.

Hysterisches Kreischen schreckte mich aus meinem Gedankenkarussell. Es kam aus einem Achterbahnwagen der »Wilden Maus«, der in voller Fahrt auf die Brücke zuraste. Erst kurz vor ihr drehte er in einer abrupten 90-Grad-Kurve ab. Ich lief etwas schneller, wollte unbedingt wieder zu meinem Ankerplatz, in die Geborgenheit meiner Kabine. Vielleicht fiel mir dort ein, wie es nun weitergehen könnte. Falls nicht wieder ein Kaplan-Besuch anstand, der für aufgekratzte Stimmung in der Bude sorgte. Die letzten Meter auf der Brücke hielt ich mir die Ohren zu. Die Achterbahn an sich war schon nicht leise, aber das Schreien ihrer Passagiere ging mir durch Mark und Bein. Endlich erreichte ich jene Wendeltreppe, die von der Brücke hinunter auf die Siegburger Straße führte. Ich bahnte mir meinen Weg durch die Menge der Kirmesbesucher zurück zum Schiff. Ständig drängte sich mir ein Gedanke auf, den ich nur mit Mühe unterdrücken konnte, weil er mich mit Angst erfüllte. Was, wenn mein Adrian Gunnar Behorn auf dem Gewissen hatte? Mir zitterten die Knie, sobald ich diesem Gedanken einen Millimeter Raum im Hirn überließ. Dann wäre meine Familie mit einem Schlag vernichtet. Für immer. All das, wofür ich all die Jahre gestanden hatte, fiel dann in ein schwarzes Loch und zog mich mit. Aus einem einzigen Kuss wurde eine familiäre Katastrophe. Ich spürte Schwindel, blieb stehen, atmete tief durch, verdrängte mit aller Kraft diese Überlegungen. Selbst meine Angst um Flori stand kurz still. Um zu ihr zu kommen, musste ich den Mörder finden. Selbst wenn es Adi war? Sollte ich wirklich ermitteln, um diesen Horror aufzudecken? Diese Zwickmühle zerquetschte mein Herz, ich taumelte, ein Herr mit gelber Warnweste kam mir zu Hilfe.

»Ich kann nicht gegen meinen Mann ermitteln, um zu meiner Tochter zu kommen, verstehen Sie das?«

»Klar verstehe ich das. Sonst alles okay bei Ihnen?«

Auf seiner gelben Nylonweste stand »Security«. Er bot mir an, einen Sanitäter zu holen. Aber wie sollte der mir helfen? Dann schlug er vor, mir ein Taxi zu rufen, um mich in eine Klinik für solche Fälle bringen zu lassen. Keine zehn Minuten von hier, in Porz. Es gab eine Klinik für einen Fall wie meinen? Was sollte das für eine sein?

»Eine psychiatrische«, meinte er.

»Junger Mann, ich befinde mich in einem Dilemma, in einer Krise, im Vorhof zur Hölle, wenn Sie so wollen, aber noch sehe ich keine weißen Mäuse.«

Während ich mich höflich für seine Hilfe bedankte, wurde ich unsicher, ob ich nicht doch langsam durchdrehte. Vorher allerdings musste ich noch einen Mörder überführen. Dann konnte ich nach Australien fliegen, Flori kurieren und danach in aller Ruhe auf Weißemäusegroßwildjagd gehen.

12. HEISSE SPUREN

Ich richtete mich auf, orientierte mich kurz und lief dann die letzten Meter weiter zum Schiff. Die Dämmerung setzte ein. Der Hafen wurde spärlich durch das Licht der Feuerwehr gegenüber angeleuchtet. An Deck stand Krappmann, ein Zigarillo rauchend. Als er mich sah, breitete er beide Arme aus, und ich hatte nicht wenig Lust, in sie hineinzulaufen wie ein kleines Kind, um dann von ihm hochgehoben und ganz fest umarmt zu werden. Möglichst mit den Worten: »Es wird alles gut«.

Hinter dem kleinen Spielplatz stand immer noch Adis Zelt. Offenbar war er nun da, denn man sah einen Lichtschein durch die Zeltwand, der sich bewegte. Wahrscheinlich surfte er am Laptop. So wie sonst zu Hause. Immerhin war er nicht bei Dolores oder Doris oder wie die nun hieß.

Krappmanns Blick strahlte eine herzliche Freundlichkeit aus, die mich innerlich erwärmte und tatsächlich ein wenig beruhigte.

»Da sind Sie ja. Habe schon nach Ihnen gesucht«, begrüßte er mich.

»Warum?«

»Weil ich Sie vermisst habe.«

Meine größte Sorge galt Golt. Sobald der mich suchte,

musste ich mich warm anziehen. Bei Krappmann dagegen fühlte es sich gut an. Offenbar behielt er Adis Aktivitäten rund ums Zelt im Auge. Schnell verließen wir das Deck, um nicht von ihm entdeckt zu werden, und gingen die Treppe hinunter. In der Mitte hielt er an, bot mir das Du an und küsste mich, dass es mir die Schuhe auszog. Ich ließ es geschehen, überrascht und errötend wie ein Teenager. Zum Glück war es dunkel genug. Vielleicht sah man es nicht. In meinem Kopf drehten zwei Strudel gegeneinander auf. Es hatte etwas von einer Sturmflut.

Heike Hurter hielt die Stellung an der Rezeption, als wir das Schiffsinnere betraten. Er hob die Hand zum Gruß in ihre Richtung. Sie sandte ein ausgedehntes Lächeln zurück. Bis sie mich sah, dann brach es ab. Ich nickte kurz und fühlte an meinen Wangen, hier war es so hell. Und ruhig. Die meisten Passagiere saßen wahrscheinlich im Restaurant beim Essen. Es war 19 Uhr. Krappmann bog links ab Richtung Bar. Ich folgte ihm. Wir bestellten Kaffee und setzten uns aufs Sofa. Meine Überlegungen, es bei ihm vielleicht mit einem Mörder zu tun zu haben, fegte ich für den Moment beiseite und fragte, ob er schon jemanden bei voller Fahrt an Bord genommen habe. Schon oft, wie er bestätigte. Meist Ärzte, wenn es einen Notfall gab. Auch die Wasserschutzpolizei gelegentlich oder den Zoll. Hin und wieder ein Besatzungsmitglied. Mich interessierte, wie und an welcher Stelle des Schiffs das möglich war, kam aber nicht mehr dazu, diese Frage zu stellen, weil Lady Hurter sich vor uns aufstellte. Vor sich trug sie ein schwarzes Klemmbrett, auf dem gelbe Blätter steckten. Sie müsse dringend etwas mit ihm besprechen. Die Reederei habe neue Unterlagen geschickt. In diesem Moment grüßte Ladislaus mit einem fröhlichen »Guten Abend, Gänsegeier«.

Krappmann schlug bei ihm ein. »Afrikanische Zwergglanz-Ente.« Als auch noch Joscha eine Frage an die Truppe richtete, verzog ich mich. Den herannahenden Kaffee nahm ich dem Steward vom Tablett und lief Richtung Kabinen. Mir folgte Ladislaus. Als der an der Bar auf Enni traf, grüßte er sie als »Schönhörnchen«.

»Du Hottentotten-Ente«, kam es von ihr. Offenbar sprach sie seine Sprache.

An der Rezeption stritt erneut der Saunaboy mit seiner Tina. Er nannte sie ein verlogenes Luder, das sich auf Samtjackenheinis einließ. Sie habe gar nichts von ihm gewollt, erklärte sie in weinerlichem Ton. Er solle lieber aufhören zu saufen und an die Abrechnung denken bei den Preisen hier an Bord.

»Abrechnung, genau, mein Schatz, darauf kommt es an. Und weißt du was, ich habe schon ab …« Er stockte, Ladislaus stellte sich zwischen die beiden und schob Marco, den Saunaboy, zwei Meter weit weg.

Ich lief schnell vorbei. In der Kabine herrschte Ruhe. Erschöpft setzte ich mich in einen Sessel und versuchte, mich zu sammeln. Krappmanns Kuss musste erst mal warten. Der würde später verarbeitet. So schön er auch war. Ich wollte jetzt weniger meinen Gefühlen als meiner Intelligenz folgen. Meine Gedanken wurden für Wichtigeres gebraucht. Es galt gerade, den Mord aufzuklären. Auch wenn es mir schwerfiel, mich zu konzentrieren. Es gab zwei bis drei heiße Spuren, denen es nachzugehen galt. Der Saunaboy, Britt-Marie und – ich fand es schwer zu glauben – Adrian. Wieso wusste der, wie Behorn aussah? Ich rief Maike per Handy an. Eine der wenigen Nummern, die ich bereits in mein Adressbuch eingegeben hatte. Sie aß gerade mit Kaplan Zuckerwatte auf der Kirmes und hatte nie mit Adi über Behorn gesprochen, schon gar nicht über dessen Aussehen. Hätte mich auch gewundert.

Golt war jetzt mein Mann, den galt es zu finden. Wie ich aus ihm herausbekommen konnte, warum er nach Adis Boot fragte, ohne schlafende Hunde zu wecken, wusste ich noch nicht. Das musste ich dem Gesprächsverlauf überlassen. Wenn es zu einem kam. Der Mann war ein Fuchs. Ich suchte das Schiff nach ihm ab, fragte einen Kollegen in Uniform, der konnte mir nicht sagen, wo er zu finden sei, bot aber an, ihn anzurufen, wenn es dringend sei. Das wollte ich nicht. Alles sollte unauffällig bleiben und zufällig wirken. Sonst schöpfte der sofort Verdacht. Enni saß jetzt am Spieletisch in der Lounge, wo sie ein Puzzle legte. Sie hatte Golt seit Stunden nicht gesehen.

Vielleicht musste ich den Stier bei den Hörnern packen und Adi selbst befragen. Eigentlich war mir nicht danach. Golt empfand ich zurzeit als den wesentlich angenehmeren Gesprächspartner. Trotzdem ging ich hinaus auf den Flur. Das elegante Paar von gegenüber kam mir entgegen, grüßte herzlich. Ich lief zur Schiebetür, ging einige Stufen der Treppe gerade so hoch, dass ich über das Deck schauen und Adis Zelt sehen konnte. Aber jetzt war alles dunkel. Langsam nahm ich noch die letzten Stufen, lief bis zur Reling, vergewisserte mich, aber er schien ausgeflogen. Dann überquerte ich die kleine Gangway, befand mich nun auf dem Asphaltweg und lief in Richtung Drehbrücke. Um mich herum Kirmesbesucher auf ihrem Weg nach Hause. Nachdem ich die kleine graue Brücke passiert hatte und der Straße weiter folgte, sah ich eine Silhouette auf der Bank. Aber es war zu dunkel, um zu erkennen, wer es war. Ich ging die kleine Böschung hoch. Jetzt erkannte ich ihn. Es war Golt. Etwas zaudernd setzte ich mich zu ihm. Meine Absicht, das Gespräch gezielt auf Informationsbeschaffung zu lenken, verkrampfte mich. Ich mochte den Mann. Es fühlte sich unanständig an. Er blickte mich an, lächelte, schwieg und schaute wieder auf den Strom. Still tat ich es ihm gleich. Während ich überlegte, wie ich das Gespräch am besten in Gang brachte, schlug er Wein und Käse vor. Dankend nahm ich an. Möglichst unauffällig wollte ich nach dem ersten oder zweiten Glas auf Schiffe zu sprechen kommen. Auch wenn mein letzter Versuch, etwas aus ihm herauszubringen, als es um Enni ging, ziemlich in die Hose gegangen war. Er lief zu seinem rollenden Zuhause hinter uns auf der Straße und kam mit einem Tablett zurück. Das stellte er zwischen uns auf die Bank, schnitt den Käse in Stücke, goss uns ein und zündete ein Teelicht an. Unter anderen Umständen hätte es richtig gemütlich sein können. Hinter uns lief eine Damengruppe mit klappernden Nordic-Walking-Stöcken und Stirnlampen an der Bank vorbei. Wir stießen an und tranken den Wein, pickten Käsestückchen, die wir im Kerzenschein gerade noch erkennen konnten, und ich spürte den Druck, die Situation anders zu nutzen, als mir lieb war. Golt seufzte und lehnte sich zurück. »Dieser Ort ist gut. Die Bäume über uns, der Rhein vor uns, die Stadt gleich gegenüber. Hier nimmt man nicht am flatterhaften Theater dieses Lebens teil. Man kann sich ihm entziehen. Zumindest, solange man hier sitzt. Es erklärt sich einem sowieso nicht.«

»Sie hätten Philosoph werden sollen.«

»Was ist, ist. Was nicht ist, kann noch werden.«

»Dann mal ab in den Hörsaal.«

Er zog zwei bunte Flyer aus der Tasche, auf denen ein mobiler Eiswagen für sich warb.

»Sie wollen Eis verkaufen?«

»Ich möchte mich eines Tages wieder mit Menschen unterhalten, ohne darüber nachzudenken, ob sie jemanden ermordet haben könnten. Ich will mit ihnen über etwas Schönes sprechen. Zum Beispiel über Eis. Ich glaube, das Eisgeschäft ist ganz lukrativ. Nur mit Pommes Frites verdient man noch mehr. Kartoffeln kosten so gut wie nichts, aber einmal durchs Fett gezogen, vervielfacht sich ihr Wert. Leider hängt ihr Geruch für ewig in Klamotten und Haaren, da riecht Eis erheblich besser. Allerdings bricht das Geschäft im Winter ein.«

»Was Sie brauchen, ist ein Eis-Pommes-Truck. Je nach Saison wechseln Sie das Angebot.«

»Sie sind genial, Linda.«

»Das hat noch nie jemand zu mir gesagt.«

»Mit was für Heulbojen umgeben Sie sich?«

Er schenkte nach.

»Oder Sie kaufen sich ein Boot und verkaufen im Sommer Eis im Hafen. Im Winter Pommes«, schlug ich vor.

»Auch gut. Wenn Boote nur nicht so teuer wären.«

»Gibt es die nicht auch gebraucht?«

»Bestimmt.«

»Wieso wollten Sie wissen, ob Adi eins besitzt?«

»Das darf ich nicht verraten, wissen Sie doch.«

»Ich schweige wie ein Grab«, versuchte ich es weiter.

»Das tun Sie nicht.«

»Wie kommen Sie darauf?«

»Sie lügen schlecht.«

»Frechheit.«

Er lachte.

»Sie sind schon eine seltene Type«, fand ich.

»Was meinen Sie damit?«

»Na ja, Sie tun manchmal seltsame Dinge. Zum Beispiel unser Gang zum Tatort, wo ich Sie führen sollte. Das ist schon schwer zu verstehen.«

»Eine ganz normale Ermittlungsmethode. Der Körper lügt nicht gut. Sie hätten mir mit Ihren Gesten, mit Ihrer Körperhaltung, mit Ihrem Blick vorspielen müssen, dass Sie noch nie dort waren. Das will selbst für einen Schauspieler geübt sein.«

Golt stand auf und streckte seinen Rücken durch. Er wollte Weinnachschub holen und lief den kleinen Abhang des Deichs herunter, als plötzlich ein Schuss fiel. Ich sprang auf, er kam zurückgerannt und rief: »Runter!« Bevor ich reagieren konnte, riss er mich zu Boden und warf sich auf mich. »Nicht bewegen!«, flüsterte er. Ich wagte es kaum zu atmen. Fühlte den kalten Asphalt des Weges an meinem Gesicht. Golt lag wie eine eiserne Decke auf mir. Schwer, aber schützend. Und warm. Sollte uns in dieser Haltung ein Schuss treffen, starben wir zusammen. Etwas Helles leuchtete kurz auf. Ich hörte ein leises Zischgeräusch, wagte es aber nicht, meinen Kopf zu heben. Dann fiel ein weiterer Schuss. Ich zuckte zusammen. Er auch. Sollte ich gerade die letzten Momente meines Lebens unter Raimund Golt erleben? Ich dachte an Flori, wie gerne wollte ich sie noch wiedersehen. Ich hoffte, dass Golt nicht seinen Revolver zog und eine Schießerei eröffnete. Nicht auszudenken, was dann alles passieren konnte. Schoss hier etwa der Saunaboy auf uns? Wieder leuchtete etwas in der Ferne auf. Golt richtete sich vorsichtig auf. »Oh nein«, sagte er, senkte seinen Kopf wieder und legte ihn zwischen meinen Schulterblättern ab. Dieses Mal anders. Sanft. Fast zärtlich. Er strich mir übers Haar. »Alles gut. Es ist ein Feuerwerk.«

Ich hob den Kopf. Das Kirmes-Eröffnungsfeuerwerk setzte ein. Die ersten beiden Schüsse waren nur zur Warnung, meinte Golt. »Es tut mir leid, wenn ich Sie erschreckt haben sollte.«

»Sie doch nicht. Die Schüsse.«

Wir rollten uns auf den Rücken, lagen nebeneinander auf dem Asphalt und schauten dem Spektakel am Himmel zu. Das Donnern der Feuerwerkskörper verfing sich wie ein Echo auf der gegenüberliegenden Rheinseite. So hörten wir es doppelt zu den Rosetten, Sternchen und Leuchtfontänen. Ein farbenprächtiger Anblick. Kaum zehn Minuten später war alles vorbei. Wir blieben liegen und schauten zu den Sternen eines nun dunklen Himmels. An seiner Seite fühlte es sich hier jetzt friedlich an. Er hatte sich schützend auf mich geworfen. Irgendwie beeindruckte mich das. Wir sagten nichts. Aber ich dankte ihm still.

»Ganz schön hart hier«, klagte er nach einer Weile und stand auf. Im Stehen hielt er mir seine Hand hin, um mich hochzuziehen. Ich ging darauf ein und ließ mich ganz nah an ihn heranziehen. Ich spürte mein Herz klopfen und seinen Atem schneller werden. Aber er tat nichts. Bewegte sich nicht. Sah mich nur an. Und ich sah zurück.

»Noch Wein?«, fragte er schließlich. Ich lächelte.

»Bin gleich wieder da.« Langsam ging er die Böschung hinunter zu seinem Wohnmobil. Erst nach ein paar Minuten kehrte er mit einer Rotweinflasche und einer Wolldecke für mich zurück. Ich wickelte mich hinein und ließ nur meinen rechten Arm herausschauen, damit ich nach

Wein und Käse greifen konnte. Jemand mit Pudel an der Leine lief hinter unserer Bank vorbei genau über die Stelle, auf der wir gerade noch gelegen hatten.

»Was wollen Sie machen, wenn das hier alles vorbei ist?«, fragte er.

»Vielleicht kann ich mit meiner Kümmeritis Geld verdienen als Coach oder Therapeut.«

»Dann tun wir uns zusammen. Sie entwickeln die Gelato-Therapie und bieten sie in meinem Eiswagen an. Das wird ein Knüller, die Gelato-all-you-can-eat-Therapie. Und wenn es kalt wird, wechseln Sie zur Pommes-Therapie.«

Ich nahm noch einen Schluck. »Da kann ich ja gleich Delphin-Therapie im Rhein anbieten.«

»Geht das auch mit Maifischen?«, fragte er.

»Oder wir machen daraus gleich die Backfisch-Therapie. Sie dagegen entwickeln eine spannende Krimi-Therapie.«

»Wie soll die aussehen?«

»Wenn jemand seine Talente nicht findet, geben Sie eine Fahndung danach heraus. Ihre erste Talent-Ermittlung können Sie gleich bei mir starten.«

Er drehte seinen Kopf zu mir. »Jeder trägt in sich ein Lied, das gesungen werden möchte.«

»Das haben Sie schön gesagt.«

Wir leerten eine weitere Flasche Wein. Auch wenn ich darauf achtete, dass er mehr trank als ich, spürte ich die Wirkung des Alkohols. Der war bei Ermittlungen nicht hilfreich. Der war überhaupt nie hilfreich. Bevor ich begann zu lallen, startete ich noch ein paar Anläufe, etwas aus ihm herauszubekommen. Aber er blieb hart. Ganz gleich, wie viel Wein er schon getrunken hatte.

»Herr Kommissar, führten Sie vorhin eigentlich eine Waffe bei sich?«

»Nein. Die liegt mit leerem Magazin im Wohnmobil. Aber verraten Sie mich nicht.«

»Sie nicht, aber jemand anderen muss ich wohl verraten. Den Saunaboy. Also ich meine den Herrn, der mit dem T-Shirt herumläuft, wo das draufsteht.«

»Meinen Sie Herrn Drotze? Der mit seiner Partnerin Tina Plöhn an Bord ist? Was ist mit dem?«

»Es gibt Passagiere, die ihn in der Stadt gesehen haben wollen, wo er mit einer gewehrlangen Tasche aus einem Geschäft für Jagdausstattung kam.«

»Aha. Und wer sind diese Passagiere?«

»So einige. Ganz genau weiß ich es auch nicht.«

Er sah mich eindringlich an, und spätestens in diesem Moment erkannte ich, wie schlecht ich log. Mein Gesicht färbte sich dunkelrot. Aber es war dunkel. Vielleicht sah man es nicht. Golt trank einen Schluck aus seinem Glas und lehnte sich auf der Bank nach hinten. Er wollte dem gleich morgen früh nachgehen. Das war gut. Ich hatte meinen Beitrag geleistet. Jetzt war er dran.

Nach vielen weiteren Schlucken Wein half ich einem schwankenden Golt in seinen Camper. Er wollte sich aufs Ohr hauen. Ich lief heim zu meinem neuen Heimathafen. Mehr oder weniger unverrichteter Dinge. Beim Überqueren der kleinen Brücke registrierte ich bereits aus der Ferne Bewegungen und Licht in Adis Zelt. Ich blieb stehen. Wie war das mit dem Prinzip Hasen-bei-den-Hörnern-packen? Also Butter-bei-die-Backfische. Wie auch immer, es sprach mich gerade nicht an. Wer wusste schon, was ich da alles zu Tage beförderte. Dennoch lief ich weiter, bis Adi aus dem Zelt hervorkroch, in Richtung Abfalleimer auf dem Spielplatz lief und mich sah. Dann blieb er stehen. An seiner Hand baumelte eine durchsichtige Abfalltüte voller blauer Bierdosen. Er sah mich an. Stumm standen wir uns gegenüber, bis ich ihn fragte, wie es sich im Zelt so wohnte.

»Hart und kalt.«

Das tat mir leid. Gleichzeitig hielt ich seine Aktion für eine Schnapsidee. Vielleicht hatte er sie aus einer Bierlaune heraus geboren.

»Adi, es macht keinen Sinn, dass wir uns streiten, wir haben Wichtigeres zu tun. Wir müssen uns um Flori kümmern. Wie geht es ihr? Ich erreiche sie einfach nicht, ganz gleich, wie oft ich es versuche. Entweder geht mein Ruf nicht durch oder sie nimmt nicht ab. Auf meine vielen SMS gibt es null Reaktion.«

»Sie schämt sich.«

»Quatsch.«

»Doch. Sie hat Mist gebaut, das weiß sie. Nun hängt sie in Australien fest, allein und krank.«

»Sie kann heimkommen, sobald sie gesund genug ist, um zu fliegen. Dann nimmt sie ihr Studium wieder auf, und alles wird gut«, war ich sicher.

Er schüttelte den Kopf und ließ die Abfalltüte auf den Boden fallen. »Floriane studiert schon lange nicht mehr. Das fand ich gestern zufällig heraus. Die Uni hat sie exmatrikuliert.«

»Warum weiß ich davon nichts?«

»Das Kind will dir einfach keinen Kummer bereiten, dich schonen.«

»Indem sie mich hintergeht? Wie soll das funktionieren? Vielleicht will sie sich selbst schonen, wenn sie mir nicht die Wahrheit sagt.«

»Beruhige dich.« Adrian legte seine Hand auf meinen Arm.

»Ich hab die Nase voll vom Ruhigsein. Und wo wir schon mal beim Unruhestiften sind: Warst du in der Unglücksnacht nahe der ›River Diamond‹ oder sogar an Bord?«

Nun sank seine Hand von meinem Arm. Er antwortete nicht, sondern sah mich mit weit geöffneten Augen an.

»Warst du auf Harrys Boot?«, wiederholte ich.

»Lass mich in Ruhe«, war seine Antwort.

Seinen Abfallbeutel auf dem Boden zurücklassend, wandte sich Adrian von mir ab und lief an seinem Zelt vorbei zur Siegburger Straße, überquerte sie und verschwand dann im Dunkeln.

Mein Herz schlug heftig. Was, wenn Adrian doch an Bord gekommen und auf Behorn gestoßen war? Das wollte ich auf keinen Fall wissen. Aber ich musste es wissen. In meinem Kopf stürmte eine heftige Gedankengischt. Ich verlor den Boden unter den Füßen.

»Alles okay?« Krappmann erschien neben mir und griff nach meinem Arm. Ich taumelte, riss mich von ihm los und lief Adrian hinterher. Die Siegburger Straße war voller Menschen, die von der Kirmes nach Hause gingen, Adrian konnte ich im Dunkeln nicht mehr sehen. Aber ich wusste, dass es kein Entrinnen gab. Ich musste ihn finden und zur Rede stellen. Ich rief ihn an. Er ging nicht ran. Ich sprach auf seine Mailbox, dass es keinen Sinn mehr hätte, nicht zu reden. Dann rief ich ein Taxi, um zu unserem Haus nach Rodenkirchen zu fahren. Den Hausschlüssel trug ich noch immer bei mir. Aus Gewohnheit.

Das Taxi brauchte eine Ewigkeit, bis es endlich vorfuhr. Offenbar war ich nicht die Einzige in dieser Nacht, die eines geordert hatte. Ich öffnete die Wagentür und stieg zu einem müde aussehenden Fahrer, dem ich erklärte, wo es hingehen sollte. Er nahm die Autobahn. Auf der Rodenkirchener Brücke sah ich die Lichter des Riesenrades, die aussahen wie ein bunter Neonpfau. Ich schaute über den Rhein, der mir in den letzten zwei Tagen Asyl gewährt hatte. Zu ihm wollte ich zurückkehren. Die Kabine auf der »River Diamond« war mir gerade mehr Zuhause als unsere Villa, in die ich über Jahre so viel Zeit und Liebe gesteckt hatte. Alles in ihr hatte ich gestaltet und gepflegt. Nun aber hatte ich in Deutz einen Freundeshafen gefunden, und der Rhein war mein Zuhause geworden.

Zehn Minuten später stand das Taxi in Rodenkirchen vor der Tür. Ich zögerte, fand es schwierig auszusteigen.

Schließlich gab ich mir einen Ruck, bat den Fahrer zu warten. Die roten Backsteine wirkten im Dunkeln fast schwarz. Adis Opa baute dieses Haus einst in den 30ern. Auch er war ein Pharmazeut. Unser Familiennest stand jetzt verlassen da.

Ich schloss unsere alte Eichentür auf und fuhr mit meinen Fingern über den Türknauf, einen schmiedeeisernen Palmwedel des Sankt Vitus, des Schutzpatrons der Apotheker. Langsam, fast vorsichtig ging ich in den Flur hinein und horchte nach eventuellen Geräuschen. Aber es war dunkel und still im Haus. Ich rief Adi. Keine Reaktion. Raum für Raum durchsuchte ich unser einstiges Heim, ohne Erfolg. Er war nicht da. Schließlich kam ich oben in unserem Schlafzimmer an und setzte mich aufs Bett. Unter mir die Tagesdecke, die ich selbst gequiltet hatte. In vielen kleinen Nuancen spiegelte sie die Farben des Raumes wider. Liebevoll strich ich mit meiner Hand über die Nähte der kleinen Quadrate, aus denen ich sie zusammengenäht hatte. Alles Stoffe, die ich gesammelt hatte. Alte Kleidchen von Flori, Tücher und Bezüge. Noch immer war ich stolz auf sie. Bis heute wusste ich nicht, ob sie Adi gefiel, hatte er doch nie ein Wort über sie verloren.

Im Geiste ging ich durch, wo er sich jetzt aufhalten konnte. Im Haus seiner Eltern. Wir hatten einen Schlüssel. Schnell lief ich hinunter in den Flur zu unserem kleinen Schlüsselkästchen, wo er hätte hängen müssen. Er war noch da. Dann kam noch Dolores-Doris infrage. Dorthin würde ich ihm nicht folgen, selbst wenn ich gewusst hätte, wo sie wohnte.

Mir fiel die Plastikblume ein, die Adi mir einst auf der Deutzer Kirmes schoss. Sie musste noch im Garten stehen. Ich öffnete die Terrassentür, schaltete die Außenbeleuchtung ein, ging auf das kleine Beet zu, in dem die alterslose Sonnenblume steckte, und hockte mich zu ihr herunter. Ihr Gelb hatte an Strahlkraft verloren, staubiger Dreck lag auf ihren Blütenblättern. Mit den Fingern strich ich an ihren Rändern lang, an denen kleine Zacken eingestanzt waren. Sie piekten. Der grüne Drahtstiel, auf dem die Blüte thronte, stand noch immer aufrecht, hatte sich nicht von Wind und Wetter beugen lassen. Ich zog ihn aus der harten Erde. Vor meinem inneren Auge sah ich Adi und mich vor vielen Jahren, hörte die lauten Bässe der Kirmesmusik, roch Bratwurst und gebrannte Mandeln, spürte den Regen, wie er damals an meinen Haaren heruntertropfte, sah sein Lächeln. Noch einmal spürte ich den zarten Kuss, den ich ihm schüchtern auf die Wange gab. Er hatte mich an sich gezogen, unsere nassen Wangen begegneten sich, und alles Getöse um uns herum versank in diesem satten Gefühl von Gutaufgehobensein, so als wäre ich mitten auf dem Rummelplatz zwischen Würstchenbude und Kettenkarussell nach Hause gekommen. Regen und Kälte zum Trotz.

Wohin sollte ich jetzt mit dieser Sonnenblume, mit diesem Plastikgeschöpf, das nie verwelken sollte? Sie gehörte Adi, mir, unserer Liebe, unserem gemeinsamen Haus, unserem nun nicht mehr gemeinsamen Haus. Unserer nun doch verwelkten Liebe.

Ich warf sie in den Abfall, schloss das Haus ab und stieg ins Taxi. Ließ alles zurück.

Wenn Adrian etwas mit Behorns Tod zu tun hatte, musste er sich stellen. Davon war ich überzeugt. Während mein Taxi zurück über die Rodenkirchener Brücke fuhr, schrieb ich ihm eine Nachricht:

Wo bist du? Weglaufen führt uns nirgendwo hin.

Ich ließ mich zurück in den Hafen fahren. In dieses lieblos leere Haus wollte ich so bald nicht mehr zurück.

Sollte Adi in den Mord verwickelt sein, hörte das Herz meiner Familie auf zu schlagen. Vielleicht meines auch. Wie sollte ich damit weiterleben?

Das Taxi hielt kurz vor der Drehbrücke. Als ich ausstieg, schlenderte Golt mir mit beiden Händen in den Hosentaschen entgegen. Offenbar hatte er sich erholt, war von seinem Schwebebett wieder auferstanden und schien wieder nüchtern. Zumindest torkelte er nicht mehr. In seinem Gesichtsausdruck deutete nichts darauf hin, dass er in mir eine Mörderin oder die Ehefrau eines potenziellen Mörders sah. Im Gegenteil. Er lächelte mich an. Der Mann konnte außerdem nicht ernstlich Wein mit mir trinken, mich in seinen Wohnwagen lassen und dann annehmen, ich sei eine Mörderin. Das ging nicht. Oder doch?

»Was machen unsere Gelato-Pommes-Therapie-Pläne?«, fragte er und stellte sich ein wenig näher zu mir als sonst. Sein Atem roch nach Rotwein. Fast wollte ich einen Schritt zurückweichen, aber ich blieb stehen und entgegnete: »Sie reifen.«

»Sie scheinen mir wie für Sie gemacht.«

Einen Moment lang fragte ich mich, ob er tatsächlich ernst meinte, was er da sagte, oder ob eine Prise Spott darin enthalten war. Bei ihm wusste man das nie ganz genau.

»Wo ist übrigens Ihr Mann? Sein Zelt steht leer.«

Mein Herz stolperte kurz, aber ich konnte ruhigen Gewissens sagen, dass ich nicht wusste, wo er sich befand. Dennoch bildeten sich meine ungeliebten hektischen Flecken wie Feuerpusteln im Gesicht. Golt stand so nah, dass er sie selbst bei so wenig Licht bemerken, ja sogar ihre Wärme spüren musste. Diese Nähe machte mich nervös. Unter dem Vorwand, selbst ein wenig Ruhe zu benötigen, verabschiedete ich mich und hoffte, in eine leere Kabine zu kommen. Aber Maike saß in einem der Sessel. Arme und Beine weit von sich gespreizt, als hätte sie gerade die nicht vorhandenen Deutzer Alpen erklommen. Sie nickte mir zu, als ich hereinkam, sonst kein Wort. Ihre fröhliche Leichtigkeit war verflogen. Ich setzte mich zu ihr und hoffte, dass sie mich nicht auf Adrian ansprach. Es hätte leicht zu einer Explosion führen können, die unsere kleine Kabine vermutlich gesprengt hätte.

»Alles in Ordnung bei dir?«, fragte ich vorsichtig.

Sie nickte wieder stumm, senkte dabei die Augen, so als wolle sie mich nicht anschauen müssen. Sollte sie etwas

Entscheidendes wissen und es mir nicht sagen wollen? War Adi etwa schon verhaftet? Das hätte Golt mir gesagt. Oder nicht? Ich hielt es nicht mehr aus. »Nun sag schon!«

Sie blickte auf. »Weißt du, wie das ist, in meinem Alter ohne Partner? Wenn du dich nach Zärtlichkeit sehnst, musst du dich zu den Tieren in den Streichelzoo setzen, damit mal ein paar Kinder mit dir schmusen.«

Ich schluckte, das klang wirklich nicht sehr schön. Was brachte sie jetzt darauf? Vorhin stand sie noch mitten im Leben, amüsierte sich bei Zuckerwatte mit Kaplan, dem Kioskmann.

»Er hat eine Ehefrau.«

»Adi?«

»Kaplan.«

Aus mir wich der Atem wie aus einem Luftballon, den man aufstach, und ich hatte Mühe, nicht zusammenzusinken. Adam Kaplan hatte ihr erzählt, dass seine Frau an einer unheilbaren Krankheit, einer vaskulären Demenz, litt. Es gab bereits Tage, an denen sie ihn nicht mehr erkannte, an anderen klammerte sie sich fest an ihn. Er hatte die letzten Tage mit Maike genossen, konnte nun aber nicht mehr schweigen und schämte sich, seine Frau in dieser Zeit verdrängt und sich Maike genähert zu haben. Daraufhin hatten sie beide geweint und beschlossen, sich vorerst nicht mehr zu sehen, damit er sich wieder ganz und gar seiner Frau widmen konnte. Maike vermisste ihn schon jetzt.

Ich versuchte sie zu trösten. »Wenn ich wüsste, dass meine Zeit abläuft, und ich den, den ich liebe, alleine zurücklassen muss, wäre ich froh, wenn er jemanden findet, mit dem er Lebensmut fasst und für den es sich weiterzuleben lohnt.«

Sie richtete sich in ihrem Sessel auf. So hatte sie das noch nicht betrachtet. Kaplan sicher auch nicht. Aber wie sollte man wissen, dass seine Frau so fühlte, wenn sie kaum mehr sprechen konnte?

»Geh zu Kaplan. Besprich es mit ihm. Er muss entscheiden. Für sich. Für seine Frau. Und du für dich.«

»Meinst du wirklich?«

»Willst du ihn aufgeben?«

Sie schüttelte den Kopf und zog sich gleich ihre Schuhe wieder an, um sich auf den Weg zu ihm zu machen.

»Es ist schon spät!«, rief ich ihr nach, als sie bereits an der Tür stand.

»Egal«, fand sie und ging.

Ich fragte mich, warum es so viel einfacher war, für andere zu sorgen als für sich selbst. Es machte auch mehr Freude. Mir zumindest. Vielleicht war es nur eine Frage der Übung. Aber im Zusammenhang mit anderen klang ich irgendwie intelligenter.

Nun saß ich alleine in unserer kleinen schwimmenden Kammer, und die Stille fiel auf mich herab wie schwerer Regen. Meine Gedanken kreisten um Adrian und Floriane. Gerne hätte ich mich jetzt verkrochen. Dieser Sturm sollte über mich hinwegfegen. Ich konnte ihn kaum mehr aufhalten. Meine Kräfte reichten dafür nicht. Dieser stille schwarze Regen im Raum lief durch meine Tränen über mein Gesicht. Nichts von meinem Leben würde übrig bleiben. Vielleicht nicht einmal ich selbst.

In diesem Moment spürte ich etwas Warm-Nasses in meinem Nacken. Ich drehte mich um. Durch das geöffnete Fenster blickte ich in die Klöten einer großen Dogge, die gerade mit angehobenem Bein an das Geländer oben pinkelte. Ich sprang auf, schloss schnell das Fenster und stürzte ins Bad, um zu duschen. Im Bademantel ging ich zurück zum Fenster, aber der Hund war weg. »Du Scheißkerl!«, rief ich ihm nach und ermahnte mich zugleich, nichts heraufzubeschwören. Vielleicht kam er ja zurück und machte sein Geschäft.

Ich legte mich aufs Bett. Die Stille der Kabine wurde nur durch meinen schweren Atem unterbrochen. Aber solange ich atmete, würde ich um meine Familie kämpfen. Das versprach ich mir. Hier und jetzt. Wieder rief ich vergebens Floriane an und schrieb in einer SMS, dass sich alles lösen ließe, wenn sie sich nur meldete. Aber mein Handy blieb stumm.

Ob ich den Schneid aufbrachte, mich noch mal an den Saunaboy heranzumachen, wusste ich nicht. Der war mir so angenehm wie ein Zeckenbiss in den Po. Aber gleich morgen früh würde ich erneut bei Harry auf der Matte stehen. Selbst wenn der mich mit einem Putzeimer vom Steg jagte. Auf keinen Fall wollte ich hocken bleiben oder gar mich selbst bemitleiden. So viel hatte ich verstanden. Meine Ehe musste ich ein andermal beweinen. Ging gerade nicht anders. Also zog ich mir etwas Frisches aus meiner Klamottenbestellung an und ging noch einmal los, um zu sehen, ob ich an Bord weitere Informationen sammeln konnte. Vielleicht hing Marco um diese Zeit noch am Tresen. Ich öffnete die Tür, auf dem Gang war es menschenleer. Selbst die Rezeption war unbesetzt, als ich an ihr vorbeikam, aber an der Bar tummelten sich Gäste. Unter ihnen Tina. Neben ihr war ein Barhocker frei, den besetzte ich. Rechts von mir saß der hüftsteife Thekensteher, der meiner Mutprobe entronnen war, weil er rechtzeitig das Feld räumte. Mir schien, als hatte er auch eine Hosennaht im Rückgrat, so unbewegt, wie er da saß und in sein Glas schaute.

Angestrengt suchte ich nach einem unauffälligen Gesprächsaufhänger mit Tina. Sie starrte vor sich hin, sprach mit niemandem und rührte sich auch sonst nicht. Ich nahm ein Schälchen mit *Rheingestein* und bot ihr etwas davon an. Aber sie winkte ab. Als man mich fragte, was ich trinken wolle, rief ich zu meiner eigenen Überraschung: »Eine Runde für alle, die noch immer unfreiwillig an Bord dieses wunderbaren Schiffes sind.«

Die meisten reagierten darauf, stellten lachend ihr Glas auf den Tresen und nannten das eine super Idee. Tina jedoch sah nur den Barkeeper an und zeigte mit dem Finger auf ihr Glas. Ihre Bewegungen wirkten langsam. Dann sagte sie leise: »Danke«, ohne in meine Richtung zu schauen. Noch immer trug sie den weißen Bordbademantel, den ich durch Ennis Pokerrunden und Adam Kaplans Paketdienste losgeworden war. Ich sah zu ihr hinüber. Ihre blonden langen Haare, die sie bisher in einem Pferdeschwanz getragen hatte, hingen jetzt etwas strubbelig herunter und verdeckten ihr Gesicht. Mit diesem Look erinnerte sie mich an eine Kreuzung der Beatles mit einem Bobtail. Unser russischer Barkeeper füllte ihr Glas auf. Mit Whisky. Ich orderte einen Pina Colada. Als der kam, versuchte ich, Tina zuzuprosten, indem ich mein Glas in ihre Richtung hielt. Sie reagierte nicht. Erst als der Barkeeper sie auf mich aufmerksam machte, nahm sie ihr Glas und hielt es seitlich in meine Richtung. Noch immer, ohne mich anzusehen. Während mir nach und nach die anderen Gäste zuprosteten, verhielt sich Tina wie eingefroren. Dann bestellte sie noch einen Whisky und bekam dazu ein paar Eiswürfel in ein Handtuch gewickelt. Dieses kühle Bündel hielt sie sich an ihre Stirn.

»Kopfweh?«, fragte ich. Sie nickte. Gerade als ich dachte, ich könnte so etwas wie ein Gespräch in Gang setzen, näherte sich der Saunaboy. Sie sank in sich zusammen. Er stellte sich hinter sie, sagte aber nichts. Ich widmete mich intensiv meinem Cocktail oder tat zumindest so.

»Willst du nicht wieder in unsere gemeinsame Kabine ziehen oder zu uns nach Hause kommen?«, fragte er. »Habe den Kommissar gefragt. Wir müssen hier nicht bleiben, uns nur zur Verfügung halten.«

Sie reagierte nicht. Er holte sein lila Liebesschloss aus der Hosentasche und ließ es in ihr Glas fallen. Der Whisky spritzte auf die Theke. Um uns herum trat Stille ein, die mir unheimlich war. Er strahlte jetzt etwas aus, was sich wie ein herannahendes Gewitter anfühlte.

»Antworte!« Sein Ton wurde lauter. »Oder ist sich die Dame inzwischen zu fein dafür? Muss man jetzt ein lila Samtjackett tragen, um beachtet zu werden?« Er packte sie bei den Schultern, dabei fiel ihr Beutel mit den Eiswürfeln auf den Boden. Der Barkeeper versuchte zu beschwichtigen. Ich stand vorsichtshalber von meinem Hocker auf und versuchte, die Eiswürfel einzusammeln. Der Herr neben mir erhob sich ebenfalls und stellte sich ganz dicht neben den Herrn Saunaboy. Ohne ein Wort zu sagen, schob er diesen einige Meter weg von uns, bevor er von ihm geschubst wurde und hinfiel. Der Barkeeper war sofort zur Stelle, und alle drei Männer begannen zu raufen. Ich hielt den Atem an. Überlegte, die Polizei anzurufen, als ein paar männliche Gäste sich dazwischenwarfen und das Ganze zur Ruhe brachten. Der Saunaboy wurde der Bar verwiesen, und tatsächlich zog er ab. Ich wollte mich wieder Tina zuwenden, aber die war weg. In diesem Tumult musste sie sich aus dem Staub gemacht haben. Recht hatte sie. Leider bekam ich jetzt nichts mehr aus ihr heraus. Aus dem Saunaboy sowieso nicht.

Reichlich durcheinander, ging ich zurück in meine Kabine und legte mich ins Bett. Maike war noch nicht zurück und ich fand keinen Schlaf, kontrollierte minütlich mein Handydisplay in der Hoffnung auf Nachricht von Adi oder Flori, sah Fernsehen, wollte die Tapete von den Wänden kratzen, schaute Knoten in die Nacht. Schließlich nahm ich eine Schlaftablette aus der Reiseapotheke, die Adi uns zusammengestellt hatte. Gleichzeitig zermarterte ich mir das Hirn, wie ich Flori helfen konnte und warum Adi nicht alleine zu ihr flog. Hauptsache, einer von uns war bei ihr. Warum wartete er auf mich, wo ich nicht von Bord konnte? Auch das galt es herauszufinden.

Wen konnte ich um Hilfe bitten? Wen kannte ich, der jemanden in Australien kannte? Niemand fiel mir ein. Außer Schmierlippen-Dolores. Deren Sohn wäre jetzt besser bei Flori gewesen, anstatt sich einer Horde Jungs anzuschließen. Opale zu schürfen, hielt ich für eine Schnapsidee. So was konnte man in den Ferien versuchen oder in der Rente, aber doch nicht ernsthaft als Lebensunterhalt ins Auge fassen. Den Herrn würde ich mir vorknöpfen, sobald er mir zwischen die Finger kam. Man verließ seine Frau nicht schon nach einer Woche bei der ersten Schwierigkeit. So etwas gehörte sich nicht. Schon gar nicht, wenn die krank war. Der konnte froh sein, dass ich keine Handynummer von ihm besaß. Von seiner Mutter auch nicht, wie mir dabei einfiel. Es ging alles so schnell mit dieser verdammten Hochzeit. Flori mochte mir verzeihen. Aber es hatte ihr offensichtlich kein Glück gebracht, diesen Mann so überstürzt zu heiraten und ihm ans andere Ende der Welt zu folgen.

Vielleicht konnte Golt mir weiterhelfen. Oder Interpol. Operierten die nicht weltweit? War das eine Polizei oder ein Geheimdienst? Vielleicht suchten die bereits Adrian. Es war aber auch alles zum Verrücktwerden.

Während sich mein Gedankenkarussell im Turbogang durch meinen Kopf drehte, musste es mein Bewusstsein herausgeschleudert haben, denn irgendwann schlief ich ein. Vielleicht auch dank Adis Schlaftabletten.

13. AUFGEBEN GILT NICHT

Als ich das nächste Mal auf den Wecker sah, war es schon 8 Uhr. Ostersonntag, und ich fand mich allein im Bett. Maikes Seite war leer und offensichtlich unbenutzt. Ein verschlossenes Tütchen mit Anker-Plätzchen lag noch auf dem Kopfkissen. Keine Nachricht von Flori, ich versuchte es zum hundertsten Mal bei ihr, ohne Erfolg. Mit einem Gefühl von Benommenheit zog ich mich an und lief los. Erst an Deck, dann ungesehen an Land. Draußen war es frisch. Über eine noch ruhige Siegburger Straße ging ich und bestieg dann die Wendeltreppe, die wie eine grüne fein geschnittene Apfelschale von der Severinsbrücke herabhing. Oben donnerte die Straßenbahn an mir vorbei. Ich überquerte den Rhein bis zu den Kranhäusern, von dort aus weiter zum Rheinauhafen. Am Brückengeländer stand eine Frau, die auf die Boote herunterschaute. Groß, schlank, mit roten Haaren. Es war Erika, Harrys Frau. Vielleicht wollte sie sehen, ob er noch mit seinem Boot ankerte oder davongefahren war. Ich stellte mich neben sie. Als sie mich bemerkte, drückte sie mich lange und fest, sagte aber nichts.

»Willst du wissen, wie es ihm geht?«, fragte ich sie.

Sie zuckte mit den Achseln. »Mein erstes Ostern ganz alleine. Ich kann dir gar nicht sagen, wie bescheiden das ist.«

Musste sie nicht. Wusste ich schon. Ich berichtete von uns, ließ jedoch den Mordverdacht aus. Den brachte ich nicht über die Lippen. Dennoch fiel ihr die Kinnlade herunter, hatte sie das doch gerade von uns beiden nicht erwartet. So wenig wie ich.

Gemeinsam mit ihr schaute ich hinunter auf die weißen Boote, die in Reih und Glied entlang des Steges lagen.

»Adi und ich haben es verpasst, rechtzeitig miteinander zu reden. Wann habt ihr so was das letzte Mal gemacht?«

»Zum Schluss haben wir uns wegen jeder Kleinigkeit angebrüllt. Irgendwann zog er aus.«

»Tut es dir leid?«

»Sehr.«

»Dann gehst du jetzt am besten zu ihm runter und sprichst mit ihm. Sobald er brüllt, hörst du wieder auf. Auf keinen Fall brüllst du zurück. Sollte zufällig Adrian an Bord sein, schickst du mir den raus.«

»Alleine gehe ich da nicht runter. Höchstens wenn du mitkommst.«

Einen Moment lang haderte ich mit mir. Schließlich hatte ich mir vorgenommen, mich von meiner Helferitis zu befreien. Aber hier war es für einen guten Zweck. Also hakte ich sie unter und stieg mit ihr die Treppe hinab, die von der Brücke ins Hafenviertel führte. Die »Happy Days« bewegte sich leicht. Es war also jemand zu Hause. Mein Herz klopfte jetzt schon schneller. Wir mussten noch um das Hafenbecken herumlaufen, denn die Steintreppe, die zu den Booten im Wasser führte, lag auf der anderen Seite. Mit jedem Schritt wurden wir beide etwas langsamer, wie mir schien. Wenn wir so weitermachten, wurde es nicht Ostermontag, sondern eher Weihnachten, bevor wir das Boot erreichten. Erika bremste, ich zog sie weiter. Vor Harrys Schiff blieben wir stehen, und ich rief nach ihm. Vorsichtig schaute er durch eins seiner Kajütfenster. Dann sah er Erika und kam schnell an Deck. Sie schauten einander an. »Erika, komm rein«, lud er uns in die Kajüte ein. Hastig stellte er benutzte Teller in die Spüle, wedelte Krümel mit einem Handtuch vom Tisch.

»Ich bin nur wegen Linda hier«, sagte Erika, und erst jetzt schien er mich wirklich wahrzunehmen. Er bot uns Kaffee an. Von Adrian war nichts zu sehen.

Er wandte sich an Erika. »Es tut mir so leid, dass …«

»Mir auch«, fiel sie ihm ins Wort. Dann redeten beide gleichzeitig darüber, was sie jeweils falsch gemacht hatten und wie sehr sie das bedauerten. Auch wenn ich versuchte, mich für sie zu freuen, saß ich doch wie auf heißen Kohlen. Da Adi nicht hier war, vermutete ich ihn bei Schmierschnepfen-Doris. Während Erika und Harry sich darüber unterhielten, was sie demnächst alles anders machen wollten, ermahnte ich mich, warum ich gekommen war. Ich unterbrach das Gespräch, das sich inzwischen in Richtung Harrys Rückkehr an den heimischen Herd des gemeinsamen Hauses bewegte, um nach Adrian zu fragen. Harry konnte mir aber nichts sagen. Dann fragte ich ihn, ob sie beide in der Tatnacht der »River Diamond« gefolgt seien. Das gab Harry zu. Zu meinem Horror. Adrian wollte mir demnach mit dem schnelleren Boot nachfahren, um zu erklären, was es mit der Situation in der Apotheke auf sich hatte, beziehungsweise, dass Doris ihm nichts bedeutete. Als er dann sah, wie ich diesen Mann küsste, wollte er erst recht sofort an Bord kommen. Es dauerte eine Weile, bis sie das seitliche Unterdeck entdeckten, wo er versuchte, in einer halsbrecherischen Aktion von der »Happy Days« auf die »River Diamond« zu gelangen. Dort traf er ausgerechnet auf Gunnar Behorn, der ihm auch noch dabei half. Offenbar kam es dann doch zu einem Gerangel zwischen den beiden. Als Adrian um 19.25 Uhr zurück auf die »Happy Days« kam, lebte der Mann jedoch noch. Das konnte Harry bezeugen. Er musste Adrian versprechen, niemandem von dieser Aktion zu erzählen. Erst recht, als bekannt wurde, dass genau dieser Mann zu Tode gekommen war. Dieses Schweigen wollte Harry nun nicht länger aufrechterhalten. Auch deshalb nicht, weil ich ihm Erika zurückgebracht hatte, wofür er mir leise dankte. Er legte seine Hand auf ihre. Wo sich Adrian aktuell aufhielt, konnte er jedoch nicht sagen. Doris' Telefonnummer oder Adresse kannte er nicht.

Ich verabschiedete mich und verließ sein Boot. Die beiden sollten jetzt für sich sein können und ich musste nachdenken.

Harry folgte mir auf den Steg, drückte mich dort so fest wie noch nie und versprach, sobald er etwas von Adi hörte, Bescheid zu geben. Ich gab ihm meine neue Handynummer. In einer stummen Geste der Übereinkunft verabschiedeten wir uns voneinander und ich lief mit innerem Seegang den Steg entlang zurück zur Treppe. Beim Hinaufgehen stützte ich mich an der alten grauen Steinmauer ab, fühlte mich flau und unsicher. Als ich oben ankam, wusste ich zunächst nicht, wohin. So lief ich halb um das Hafenbecken herum zu den großen Betonstufen seitlich des Hafenbeckens mit Blick hinunter zu den Booten. Ratlos ließ ich mich in der Mitte der obersten Stufe nieder. Sollte ich wirklich die Adresse von Desaster-Dolores ausfindig machen müssen, um mehr zu erfahren? In meinem Kopf hielt jene Achterbahn Einzug, die am anderen Ende der Severinsbrücke ihre Passagiere zu hysterischem Schreien brachte. Mir war jetzt auch danach. In meinem Hals spürte ich jedoch einen steinharten Knödel, der mich davon abhielt.

Wenn Adrian Gunnar Behorn zusammengeschlagen und über Bord geworfen hatte, wusste ich nicht weiter. Insgeheim sehnte ich mich danach, dass jetzt der Wecker klingelte, ich aus diesem Albtraum aufwachen und in ein Leben ohne größere Vorkommnisse zurückkehren durfte. In einen langweiligen Tag, der neben meinem schnarchenden Adi auf dem Sofa endete. Neben einem Ehemann, den ich wiedererkannte, was mir gerade schwerfiel. Wer war dieser Mann, der unerwartet aus seinem Phlegma aufwachte, halbfremde Frauen küsste, unter Einsatz seines Lebens auf Kreuzfahrtschiffe kletterte und sich mit unbekannten Männern raufte?

Am besten ging ich zurück zu meiner Kabine, bevor Golt mich vermisste. Aber etwas in mir wollte sich nicht bewegen. Stattdessen legte ich den Kopf in meine Hände und schloss die Augen. Nur einen kurzen Augenblick Ruhe wollte ich mir gönnen in diesem Chaos. Nur eine Minute.

Jemand klopfte auf meine Schulter. Harry und Erika standen neben mir, jeder den Henkel einer großen Reisetasche tragend. Offensichtlich durfte Harry auf der Stelle wieder heim. Sie wünschten mir alles Gute, rieten, die Ohren steifzuhalten, und liefen los, bis Erika zurückkam und sich neben mich kniete. »Wenn du eine Bleibe brauchst, geh auf die ›Happy Days‹. Fühl dich dort wie zu Hause. Ich will nicht, dass Harry hier wieder einzieht.«

Sie reichte mir einen Schlüssel. An dem hing ein kleiner Korkball, damit er nicht unterging, falls er ins Wasser fiel. Wortlos nickte ich ihr zu. Sie strich mir über die Schulter und ging. Ich sah den beiden nach. Wie eilig sie es hatten. Ich versuchte, mich für sie zu freuen.

Die Kälte des Betons, auf dem ich saß, kroch durch meine Hose hindurch an meine Oberschenkel. Wenn ich mir hier nicht den Tod holen wollte, musste ich langsam aufstehen. Bereits jetzt hing mein Po wie Blei an mir und zog mich innerlich runter wie ein eiserner Anker. Mit meinen Fingern fuhr ich über die Korkkugel des Bootsschlüssels, steckte ihn dann in meine Hosentasche. Er bot mir eine Option für eine Zukunft ohne Haus und Garten. Ohne Adi und Flori. Während ich versuchte, alle Kraft zu sammeln, um aufzustehen, sah ich ihn schräg links an der kleinen Treppe, die zum Hafen hinunterführte. An seiner Hand hing eine weiße Plastiktüte. Als er mich entdeckte, blieb er stehen. Mein Blut raste in Richtung Schädeldecke. Keiner von uns bewegte sich. Erst nach einer Schreckminute kam er rüber zu mir. Stumm sahen wir uns an, bevor er fragte, ob er sich zu mir setzen dürfe. Ich nickte, während mein Hintern vor Kälte zu zwei Eisbergen gefror.

Es ging ihm schlecht. Nach so langer Zeit an der Seite eines Menschen spürte man das auch ohne Worte. Unter anderen Umständen hätte ich alles versucht, um ihn aufzurichten. Aber ganz gleich, wie schwer es mir fiel, hier und heute wartete *ich* darauf, dass *er* einen Anfang machte.

Unten im Hafen warf ein Boot seinen Motor an, eine Frau löste die Leinen und sprang dann selbst mit einem großen Satz an Bord. Langsam setzte das Schiff zurück und drehte sich in Richtung Hafenausfahrt. Um das Schweigen zwischen uns besser auszuhalten, fokussierte ich meinen Blick fest auf dieses fremde Schiff.

»Gib uns die Chance zu einem Neuanfang«, kam es

nach einer Weile von ihm, »meine Arbeit hat mich so durchdrungen. Ich hätte mehr Zeit und Energie, ich hätte mehr von mir übrig lassen sollen für euch. Für dich. Ganz gleich, wie sehr ich dachte, dass ich außen vor bin, dass du die übergroße Mutter zu Hause bist und ich nur der dumpfe Monetenbeschaffer. Ich hätte um meinen Platz in der Familie kämpfen müssen. Das wäre ich euch schuldig gewesen. Gekämpft habe ich aber nur für meine Apotheken.«

Ich hörte Adrian zu, ohne selbst zu antworten. Er sollte ausreden können. Und er holte weit aus, um sich zu erklären. Bis an den Punkt, wo er in die Apotheke seines Vaters einstieg. Für ihn bedeutete das mehr als nur Arbeit und die Existenz seiner gerade gegründeten Familie. Er trat damals ein Erbe an. Das Erbe seiner Vorfahren in dritter Generation. Das war für ihn nicht nur ein Arbeitsplatz. Später musste er seinem Vater beweisen, dass er eine Apotheke erfolgreich führen konnte, nachdem man sich so darüber entzweit hatte, dass er seine eigene eröffnen musste. Er wollte alles richtig machen. Gerade jetzt in diesen schwierigen Zeiten, wo die Online-Apotheken den alteingesessenen den Garaus machten, wollte er das Erbe seines Vaters erhalten, um es Flori als solide Zukunft weiterzureichen.

»Aber Fleiß kann das Leben nicht ersetzen. So viel ist mir klar geworden«, erklärte er.

Meine Sehnsucht nach Zuneigung und nach Abenden ohne Geschnarche auf dem Sofa hatte sich schon lange in vorwurfsvolle Blicke und Nörgeleien umgewandelt. Ein konstruktives Gespräch kam auf diese Weise nicht zustande. Wir hingen beide fest. Sein Fremdgehen entschuldigte das für mich jedoch nicht.

»Wie konntest du mit dieser Doris etwas anfangen. Sie ist Floris Schwiegermutter.«

»Die hat mich überrollt, und einen winzigen Augenblick lang habe ich die Dinge geschehen lassen. Genau in dem Moment kamst du in mein Büro und ich wusste sofort, was ich angerichtet hatte.«

»Bist *du* der ›River Diamond‹ mit Harrys Boot gefolgt?«

Er erschrak. Schwieg kurz. Gab es dann zu. Um sich für den Fehltritt mit Doris zu entschuldigen, wollte er mir nachfahren und mich damit beeindrucken, James-Bond-mäßig bei voller Fahrt an Bord zu kommen. Man umkreiste unser Schiff und suchte eine Stelle, wo das möglich war. Dabei sah er, wie Behorn und ich uns küssten. Nach kurzer Überlegung, seine waghalsige Unternehmung abzubrechen, wollte er es dann erst recht. Also versuchte er es wenig später an besagtem Unterdeck, wo er unglücklicherweise auf den Ehefrauenküsser im lila Samtjackett traf. Der half ihm sogar selbst an Bord. Nachdem Adi ihm seinen Frust in den Bauch geboxt hatte, entschuldigte er sich bei Behorn und traf zu seinem Erstaunen auf Verständnis. Ganz Gentleman, half er Adrian zurück an Bord der »Happy Days«, war demnach also noch lebendig.

»Du musst der Polizei gegenüber aussagen, und wenn du es nicht tust, mache ich es.«

»Du willst mich denunzieren?«

»Ich will die Wahrheit, um weiterleben zu können.«

»Wenn ich mich stelle, kommst du dann zurück zu mir?«

»Tust du es nicht, ganz sicher nicht.«

Ich schlug ihm vor, Golt sofort anzurufen und um ein Treffen zu bitten. Dessen Visitenkarte trug ich in meinem Portemonnaie bei mir. Ich überreichte sie Adi und stand auf.

»Geh nicht«, bat er.

»Dann ruf an.«

Langsam steckte er die Visitenkarte in seine Hosentasche.

»Linda, willst du das wirklich? Denk an Flori.«

Ich stand auf und ging. Ohne mich nach ihm umzusehen, lief ich am Hafenbecken entlang zurück zur Treppe, die hinauf zur Severinsbrücke führte. Auf ihr kam mir ein gut gelaunter Krappmann entgegen. Er lud mich dazu ein, mit ihm ein Schiff zu begutachten, das er eventuell kaufen wollte, um auf ihm zu wohnen, wann immer er in Köln war. Es sollte sein schwimmendes Zuhause werden, auf dem seine Bücher auf ihn warteten und ein wenig Privatsphäre. Das Leben aus Koffern in anonymen Hotelzimmern und ständig wechselnden Kapitänskajüten war er leid. Ich bedauerte, nicht dabei sein zu können, aber ich hatte jetzt weder einen Kopf noch die Zeit dazu. Eilig gab ich ihm einen kleinen Kuss auf die Wange. Er wollte mich festhalten, aber ich war schneller und rannte davon.

Wenn Adi Gunnar Behorn wirklich noch lebend gesehen hatte, musste jemand anderer ihn zu Tode gebracht haben. Es gab noch zwei Verdächtige, deren Spuren ich nicht bis zum Ende verfolgt hatte: den Saunaboy und Britt-Marie.

Mit einem Gefühl von Hast überquerte ich die Severinsbrücke in Richtung Deutz und erreichte atemlos die Wendeltreppe hinunter zur Siegburger Straße. Als ich die ersten Stufen nahm und sich mein Kopf gerade auf Augenhöhe mit dem hellgrauen Straßenbelag der Brücke befand, erkannte ich Adis Nummernschild und sah unseren silberfarbenen Mercedes stadtauswärts fahren. Es konnte bedeuten, dass Adi sich mit Golt am Polizeipräsidium in Kalk traf oder an der »River Diamond«, wo ich die beiden dann gleich sehen würde, oder es bedeutete etwas ganz anderes. Vielleicht verließ er ja die Stadt oder das Land. Ich musste Adrian jetzt handeln lassen und lief durch eine Kirmes, die sich für einen neuen Tag bereitmachte, zum Schiff. Dort ging gerade ein Teil der Küchencrew von Bord und stieg mit Koffern in einen Kleinbus. Ansonsten wirkte die »River Diamond« verwaist. Es war jetzt 10 Uhr. Erst als sich die Schiebetür zum Unterdeck öffnete, traf ich wieder auf Leben. Heike Hurter stand hinter ihrem Tresen wie ein Soldat, der einsam Wache hielt. An ihr vorbei rollerten Oskar und August mit Indianermasken und Pistolen. Der Saunaboy unterhielt wieder mit lauter Stimme sein Umfeld. Bis dieser Mord nicht aufgeklärt sei, würde er seinen Bademantel nicht ausziehen. Aus Protest gegen eine schleppende und unfähige Polizeiarbeit. Der verkaufte auch noch die letzte Niederlage als Gewinn.

Ich trat näher an ihn heran und versuchte, eine Pause seines Vortrags zu erwischen, um eventuell ein Gespräch mit ihm führen zu können. Es kam aber keine. Er nahm gar keine Notiz von mir. In mir stauten sich Gefühle von Nervosität und Aggression. Schließlich platzte etwas aus mir heraus, was ich so nicht geplant hatte: »Hätten Sie nicht mal Lust, zu erfahren, was andere zu sagen hätten? Es wird ein großes Abenteuer für Sie, wenn Sie die mal zu Wort kommen lassen.«

Der Mann verstummte, und ich wartete darauf, dass sich meine hektischen Flecken einstellten, was sie prompt taten. Die waren verlässlich. Mein Gesicht glühte bis zum

Hals und hätte zum Leuchtturm getaugt mit seiner Strahlkraft. Es war mir egal, mein Gegenüber sah ja doch nur sich. Er nahm seine Hände hoch wie ein Boxer, der in den Ring stieg. Sein Gesicht verzog er zu einer finsteren Grimasse. Schnell drehte ich mich um und lief weg. Der Mann machte mir Angst. Als Fluchtweg nahm ich die blaue Treppe gegenüber der Rezeption und hastete auf ihr nach unten. Hinter mir hörte ich Schritte, die ebenfalls sehr schnell herunterliefen. Der folgte mir. Als ich im untersten Stock ankam, war der Gang menschenleer. Auch das noch. Niemand, der mir helfen konnte. Wo konnte man sich hier verstecken? Die Sauna. Vielleicht traf ich dort auf andere. Ich lief auf eine helle Holztür zu. Ein Glasfenster im oberen Bereich war dunkel getönt und zusätzlich von innen mit einer Jalousie verhängt. Ich öffnete sie und sah mich um. Hier war alles aus demselben Holz. In mehreren Etagen gab es Sitzflächen, auf denen leider niemand saß. Und das, obwohl die Sauna beheizt wurde und mich mit gefühlten 100 Grad empfing. Die Tür ließ sich nicht von innen verriegeln. Jeden Moment war der Mann hier und konnte mit mir machen, was er wollte, ohne dass es jemand sah. Mein Herz pochte wie mit einem Hammer in mir. Dem war alles zuzutrauen. Und wer wusste schon, was der sich im Waffengeschäft gekauft hatte und jetzt bei sich trug? Ein Messer, einen Revolver oder Schlagring, einfach alles. Ich wollte schreien, ließ es aber, vielleicht bemerkte er mich nicht. Ich duckte mich, falls er durchs Fenster sah. Aber die Jalousie ließ keine Blicke zu. Ich presste meinen Rücken an die Holzwand neben der Tür, damit er mich nicht gleich erblickte, wenn er hereinkam. Meine Sachen klebten schon an mir, jetzt auch an der Holzwand. Schweißperlen liefen mir über die Stirn. Hatte man hier drin Empfang? Ich versuchte, mein Handy aus der Hosentasche zu ziehen. Leider war schon alles an mir so feucht und klebrig, dass ich mit meiner Hand kaum mehr hineinkam, zumal ich hockte. Die Beleuchtung war schwach, ich sah kaum etwas. Man würde mich hier lange nicht finden, wenn er mir was antat. Dann verglühte ich auf langsame und grausame Weise. Ich dachte an Flori und Adi, an meine Eltern. Das hatten sie nicht verdient. Ich auch nicht. Mit Mühe bekam ich endlich das Handy aus der Hosentasche, als sich schon die Tür öffnete und an mein rechtes Knie stieß. Ich verlor die Balance, fiel zur Seite und sah, wie mein Handy unter die unterste Sitzbank schlitterte. Ich wollte laut »Scheiße« schreien, brachte aber keinen Ton heraus. Marco war hereingekommen, stand mit seinen schwarzen Springerstiefeln direkt vor meinen Augen. Gekrümmt wie ein Embryo verharrte ich am Boden. Einen Moment lang bewegten sich weder er noch ich. Mein Puls sprang hoch. Vor Angst hätte ich am liebsten in einen der vielen Holzbalken um mich herum gebissen.

»Junger Mann, lassen Sie doch die Tür nicht offen stehen, wie soll die Sauna ihre Temperatur behalten?«

Nackte Füße in Badeschlappen kamen herein. Jemand bückte sich zu mir. »Alles in Ordnung mit Ihnen?« Es war der Mann mit der steifen Hosennaht, im Bademantel. Er half mir auf. Wischte mir die verschwitzten Haare von der Stirn. Führte mich hinaus in den Gang. Hier wurde es kühl. Ich atmete in tiefen Zügen durch. Der Saunaboy lief wortlos an uns vorbei in Richtung Treppe. Ob ich gefallen sei, erkundigte sich der Hosennahtler. Ich beruhigte ihn und wünschte einen guten Saunagang, erklärte, ich hätte mich in der Tür geirrt. Er zögerte einen Moment, ging dann aber in die Sauna, und ich war alleine, blickte zur Treppe. Marco war nicht zu sehen. Aber ich traute dem Braten nicht. Auf der hintersten Liege im Ruhebereich wartete ich einige Minuten atemlos ab. Dem war alles zuzutrauen. Jemand wie er nahm einen Gunnar Behorn, der auf mich untrainiert wirkte, als Pausenbrot. Wahrscheinlich hatte er den mit einem einzigen Kinnhaken in den Rhein befördert und ihm aus Böswilligkeit nicht wieder herausgeholfen. Offenbar hatte Behorn gewagt, sich seinem Anhängsel und Privatbesitz, der lieben Tina, zu nähern. Aber wem hatte der sich nicht genähert? Langsam gewann ich den Eindruck, nicht eine einzige Frau an Bord war vor ihm sicher. Dass Tina, die an der Hand ihres Saunaboys wie eine Schaufensterpuppe spazieren geführt wurde, anfällig für jemanden war, der sich ihr widmete und wirklich zuhörte, verstand ich. Mir war es nicht anders ergangen. Wenn dieser Marco mich den ganzen Tag zuquatschte, würde ich aus dem Fenster springen oder das Radio einschalten. Dort unterbrach man die Textbeiträge wenigstens mit Musik.

Langsam beruhigte sich mein Atem. Sollte er zurückkommen, würde ich ohne Umwege zurück zum Hosennahtmann in die Sauna springen. Dann waren wir wenigstens zwei gegen einen. Aber es blieb ruhig. Am besten informierte ich Golt und suchte Schutz bei ihm oder bei Krappmann oder bei beiden.

Dafür brauchte ich mein Handy. Das lag noch immer unter heißen Holzbalken in der Sauna. Deshalb ging ich ein zweites Mal zu dieser Kabine mit dem kleinen Fenster, durch das ich nicht hindurchsehen konnte, und öffnete die Tür. Der Einzige, den ich dort vorfand, war der hüftsteife Thekensteher, jetzt ohne Hosennaht, sondern so, wie der Herr ihn geschaffen hatte. Er saß auf einem Handtuch genau an der Stelle der Sitzbank, unter der ich mein Handy vermutete.

»Rein oder raus!«, rief er. Also schloss ich die Tür hinter mir und versuchte zu erklären, worum es ging. Er sah mich mit offenem Mund an und verstand ganz offensichtlich nicht, was ich wollte. Ich ging vor ihm auf die Knie, versuchte auszublenden, was ich da sah, und duckte mich unter die Bank. In diesem Moment öffnete sich wieder die Tür. Mit einem: »Oh, Entschuldigung« warf sie jemand wieder zu. Ich erkannte Marcos Stimme. Leider war es in der Sauna nicht sehr hell. Das Handtuch, auf dem der Hosennahtmann saß, verdunkelte die Sicht zusätzlich, und so tastete ich nervös unter dem Sitz herum, um endlich mein Handy zu finden. Als ich es gerade erwischt hatte, öffnete sich die Tür erneut, und mit lautem Brüllen brachte sich Marco in Stellung.

»Was wird das hier? Sodom und Gomorrha?«, fragte er laut.

»Geht Sie das was an?«, entgegnete der Hosennahtmann und zog die Zipfel seines Handtuchs zusammen, um seine privaten Teile zu bedecken. Ich hoffte, dass der Mann besser trainiert war, als er aussah, für den Fall, dass der Saunaboy handgreiflich wurde. Noch immer auf allen vieren, schaute ich zu den beiden hoch, und schon ging es los. Es hätten ja wohl alle den Verstand verloren, meinte Marco und riss dem Hosennahtmann das Handtuch weg, was nicht klappte, weil er darauf saß. Der erhob sich und verbat sich das. Ich versuchte auch, mich aufzurichten, stieß mit der Stirn an seinen nackten Po, taumelte. Die Männer rangelten, ich bekam einen Schlag ab, ging wieder zu Boden, landete neben den schwarzen Springerstiefeln. Ich zog den Kopf ein und kroch an den raufenden Männern vorbei aus der Sauna heraus. Immerhin mit dem Handy. Endlich konnte ich aufstehen, da kam Ladislaus im Bademantel und brachte die beiden Männer auseinander. Marco führte er die blaue Treppe hinauf und bat den Hosennahtmann, vorerst hier unten zu bleiben, bis sich die Gemüter abgekühlt hätten. Der verzog sich aufgewühlt in die Sauna zurück.

Schnaufend setzte ich mich auf eine der Ruheliegen und versuchte, zu mir zu kommen. Golt musste unbedingt erfahren, was ich alles mit Marco erlebt hatte. Der war brandgefährlich, und mittlerweile traute ich ihm einen Mord ohne weiteres zu.

14. TÖDLICHE MOMENTE

Meine Hände zitterten, als ich gegenüber im Fitnessbereich Geräusche hörte, die ich nicht zuordnen konnte. Es klang wie ein Winseln oder Ächzen. Mich mehrmals umblickend, ging ich ein paar Schritte über den Gang. Dort war eine Tür nur angelehnt. Vorsichtig öffnete ich sie und sah Britt-Marie, wie sie auf einem Laufband stapfte. Von ihr kamen die Geräusche. Ihr weißes Sportshirt war durchgeschwitzt. Demnach trainierte sie schon länger. Ich stellte mich neben sie und wollte fragen, ob alles in Ordnung war, während ich meine Bluse aufknöpfte, um mir Luft zu verschaffen und mich abzukühlen. Darunter trug ich ein Baumwolltop, auch das war nass. Egal. Britt-Marie beachtete mich nicht. Sie schien in einer Art Trancezustand zu sein und weinte. Einen Moment lang überlegte ich, ob ich schnell hoch in meine Kabine laufen sollte, um mir etwas Trockenes anzuziehen. Aber die Gefahr, dem Saunaboy in die Arme zu laufen, war mir noch zu groß. Außerdem machte ich mir Sorgen um Britt-Marie. Irgendetwas stimmte hier nicht. Dieses Wimmern, das von ihr ausging, klang nicht nach körperlicher Anstrengung, sondern nach Wehklagen, nach einem großen inneren Schmerz. Von der Seite sah ich, wie der Schweiß über ihr Gesicht lief und ihr Make-up mit sich zog. Ihre Haare waren bereits durchnässt, an der Nase baumelte ein Tropfen. Sie marschierte wie ein Soldat mit grimmiger Miene.

An diese stille Pflanze war schwer ranzukommen. Schließlich war auch sie noch eine ungeklärte Spur. Auch wenn ich mehr und mehr zu der Überzeugung kam, dass der Saunaboy Behorn auf dem Gewissen hatte.

Inzwischen erreichten mich erste Schweißtropfen, die Britt-Marie durch ihre Bewegungen um sich herum verteilte, sie war jetzt klatschnass. Über ihr Gesicht zogen sich schwarze Bahnen, die ich ihrer Wimperntusche zuschrieb. Ihr Wimmern wurde zum Stöhnen. Ich hatte schon viel über Endorphine gehört, die man beim Sport ausschütten sollte und die angeblich glücklich machten. Mir waren die noch nie gekommen. Aber sie stöhnte jetzt so laut wie andere bei Presswehen. Dann plötzlich taumelte sie, wurde durch das weiterlaufende Band nach hinten weggezogen und auf den Fußboden geschleudert. Dort blieb sie regungslos liegen. Ich sprang zu ihr und rief: »Sind Sie okay?«

Sie antwortete nicht. Immerhin atmete sie noch. Vielleicht war sie ohnmächtig. Vorsichtig versuchte ich, sie aufzurichten.

»Ich hole einen Arzt.«

»Nein«, hauchte sie mit geschlossenen Augen.

Mit ihrer Hand tastete sie an mir herum und hielt mich schließlich am Handgelenk fest. Ich sah mich um, fand meine Bluse hinter mir, legte ihr die unter den Kopf. Sie begann zu zittern.

»Sie wissen, dass ich mich strafbar mache wegen unterlassener Hilfeleistung, wenn ich nichts unternehme.«

Nun öffnete sie die Augen und sah mich an. »Dann gehen Sie jetzt besser.«

Damit hatte ich nicht gerechnet. »In dem Fall unterlasse ich erst recht eine Hilfeleistung.«

Sie versuchte aufzustehen. Ohne Erfolg. Ich ermahnte sie, sich auszuruhen, sich auf eine der Saunaliegen zu legen.

»So gehen Sie doch. Alle sollen gehen und mich alleine lassen«, jammerte sie.

Erschöpft lehnte sie sich an mich und ich strich ihr das nasse Haar aus dem Gesicht. Dicke Tränen rollten über ihre Wangen. Man hörte ihr Weinen kaum noch, sondern spürte es an den Erschütterungen in ihrem Körper. Es fühlte sich an, als schluchzte sie nach innen. Ich hielt sie fest und hoffte, dass mir die Zeit für Hilfeleistung nicht davonlief.

»Wollen Sie mir nicht sagen, was Sie quält?«, wagte ich nach einer Weile zu fragen. Sie antwortete nicht. Atmete nur schwer.

Schließlich sagte sie: »Ich bin schuld.«

Wieder trat Stille ein.

»Woran sind Sie schuld?«

»An allem.«

»Da kommt aber einiges infrage. Trumps Präsidentschaft, Putins Übernahme der Krim, die Klimakatastrophe, worüber sprechen wir hier?«

»Martin.« Sie machte eine Pause. »Gunnar.«

»Was ist mit den beiden?« Es fiel mir schwer, meinen wieder schneller werdenden Atem zu kontrollieren. So unauffällig es ging, versuchte ich, mit einer freien Hand an mein Handy in meiner Hosentasche zu kommen, um die Aufnahmefunktion zu aktivieren. All das in vorsichtig langsamen Bewegungen, damit sie keinen Verdacht schöpfte.

»Der eine hat mich umgebracht, ich den anderen.«

»Es hat Sie jemand umgebracht?«

»Martin«, sie holte tief Luft, »er hat mir das Leben aus der Seele gerissen.«

»Wie hat er das gemacht?«

»Er hat mich verlassen.«

»Ja, so was bringt einen um. Und Gunnar?«

»Den habe ich umgebracht. Ohne es zu wollen. Oder doch, ich weiß es nicht. Ich stieß ihn über Bord und mit ihm Martin. Und mein Leben. Dabei wollte ich selber sterben. Er könnte noch leben. Ich bin eine Mörderin.«

Mein Herz klopfte so heftig, dass selbst sie es hätte spüren müssen, wäre sie nicht so mit sich selbst beschäftigt gewesen. Wenn Adi nicht für mich gemordet hatte, war auch ich wieder frei.

Noch immer hielt ich sie in meinen Armen wie ein verängstigtes Kind. Irgendwie musste ich sie dazu bringen, ein offizielles Geständnis abzulegen. Mein kleiner Handymitschnitt würde vor Gericht allerdings kaum standhalten. So viel wusste ich als sonntagabendlicher Tatort-Seher.

»Für Mord braucht es Vorsatz«, erklärte ich ihr, »und den hatten Sie offenbar nicht. Sie wollten Gunnar Behorn nicht umbringen. Sie waren in Rage, fühlten sich von ihm angegriffen und handelten in Notwehr. Gut, danach hätten Sie Hilfe holen können. Müssen. Aber das ist höchstens unterlassene Hilfeleistung, kein Mord. Dafür müssen Sie nicht lebenslang ins Gefängnis. Nicht mit einem guten Anwalt. Wenn Sie wollen, besorge ich Ihnen einen.«

Sie sah mich an. So wie sie mit ihrer verschmierten Wimperntusche aussah, konnte man sich schon vor ihr fürchten.

»Meinen Sie wirklich?«, fragte sie.

»Ich bin mir sicher. Am besten ist es allerdings, wenn Sie von sich aus zur Polizei gehen, das rechnen die einem hoch an.«

»Er wollte mich nur küssen.«

»Das konnten Sie nicht wissen.«

»Ich war so verzweifelt über Martin, das können Sie sich nicht vorstellen. Ich hatte gehofft, dass eine Reise unsere Liebe rettet, wir uns wieder näherkommen, und was macht er? Schluss macht er. Im nächsten Hafen wollte er wieder aussteigen. Da brannten in mir alle Sicherungen durch. Ich wollte eine Zukunft mit ihm und tat, was immer ich konnte, um ihm alles recht zu machen.«

Ich atmete tief durch. »Wissen Sie, eins habe ich kapiert. Je mehr wir es anderen recht machen wollen, desto mehr verpassen wir uns selbst. Letztlich werden wir auf diese Weise für unsere Partner nur bequem und alles andere als sexy.«

Sie zog ihre Augenbrauen zusammen, als spräche ich über Marshmallowanbau auf dem Mars.

»In gewisser Weise wollte ich wohl auch meine Schwester rächen. Heike hat so unter Gunnar gelitten. Irgendwie kam mein ganzer Hass auf die Männer in diesem Augenblick zusammen. Als er sich mir nähern wollte, brannte in mir eine Sicherung durch. Ich war so verzweifelt und so wütend.«

Britt-Marie war demnach Heike Hurters Schwester. Wie dreist und wie siegessicher musste Behorn gewesen sein, sogar seine Schwägerin anzubaggern.

Da saßen wir nun. Beide klatschnass, verlassen und irgendwie aus dem Leben gefallen.

Es dauerte noch eine Weile, bis ich sie so weit hatte, sich – nach einer Dusche – Golt zu stellen. Sicherheitshalber bot ich an, ihn anzurufen, damit auch nichts mehr dazwischenkam. Sie willigte ein, murmelte, dass es offenbar doch noch Leute gäbe, auf die man bauen könne. Frauen wie mich.

Vorsichtig half ich ihr dabei, sich gegen die Wand zu lehnen, damit ich aufstehen konnte. Es musste jetzt alles schnell gehen, denn ich hatte Angst, dass Britt-Marie ihre Mordaussage nicht offiziell machte. Aufgeregt rief ich Golt an und erklärte die Lage. Der nahm es gelassen. Heute seien alle so geständnisfreudig, meinte er, vielleicht läge es an Ostern. Er wollte Britt-Marie in der Kabine auf meinem Gang treffen, die er sich für Verhöre eingerichtet hatte. Wir sollten uns erst mal trockenlegen. Ich versprach, sie dort hinzubringen, half ihr, sich aufzurichten, und stützte sie beim Laufen. Ihre Kabine lag im ersten Unterdeck, hier gab es gar kein Tageslicht mehr, nicht einmal den oberen Schlitz zum Hafengeländer, der in unserer Kabine für das Knastfeeling sorgte.

Ich schob Britt-Marie ins Bad und half ihr dabei, sich das Gesicht zu waschen. Es sah mittlerweile aus wie eine Gruselmaske für Halloween. Danach duschte sie und zog sich etwas Frisches an. Derweil tat ich ihr den Gefallen und rief Kaplans Schwiegersohn erneut an. Vielleicht hätte ich mit ihm eine Flatrate vereinbaren sollen. Ausnahmsweise wollte ich nicht für seine Dienste bürgen. Er versprach dennoch, in zehn Minuten da zu sein. Auf ihn war Verlass. Als er kam, brachte ich ihn zusammen mit Britt-Marie um Punkt 12 Uhr zu Golts Verhörkabine. High Noon auf der »River Diamond«.

Als sich hinter ihnen die Tür schloss, raste mein Herz, aber jetzt konnte ich nichts mehr für sie tun. So ging ich auf meine Kabine und duschte selbst. Gerade als ich mich wieder angezogen hatte und meine nassen Haare kämmte, klopfte es an der Tür. Krappmann teilte mir mit, dass er nun glücklicher Besitzer eines schwimmenden Zuhauses hier in Köln sei, gleich im Rheinauhafen gegenüber. Der Deal sei so gut wie abgeschlossen. Nun lud er mich ein, es mit einem Glas Sekt einzuweihen. Die Schlüssel hätte er bereits, der Vertrag sei unterschrieben und eine beträchtliche Anzahlung geleistet. Einen Moment lang dachte ich nach. In den letzten Tagen hatte ich mir angewöhnt, längerfristig als bisher zu denken und etwaige Folgen intensiver abzuschätzen. War ich bereit, mit Kapitän Krappmann in See zu stechen? Ich vertröstete ihn, wollte das Ergebnis des Verhörs abwarten und erzählte ihm von den Ereignissen. Er verstand, drängte nicht, sondern küsste mich liebevoll auf die Stirn, bevor er wieder ging. Ich wollte jetzt alleine sein.

Erschöpft setzte ich mich in einen der Sessel vor dem Fenster. Ich hatte Hunger und schaute auf die Uhr. Wahrscheinlich gab es keine Versorgungslöcher hier an Bord, in denen das Restaurant nichts anbot. Allerdings hatte ich die Küchencrew bei ihrer Abreise gesehen.

Es öffnete sich die Kabinentür, Maike kam herein. »Ich hol dir die Sterne vom Himmel« stand auf einem großen Lebkuchenherz, das sie um ihren Hals trug. Sie knabberte gebrannte Mandeln, die ihren unvergleichlichen Duft sofort im Raum verbreiteten. Aufgeregt erzählte ich ihr, dass Britt-Marie gestanden hatte. Jetzt durfte sie nur nicht im Verhör umfallen oder alles zurücknehmen. Maike gratulierte mir.

»Ich habe dir doch gesagt, dass du so was kannst. Die Leute erzählen dir früher oder später alles. Sie vertrauen dir. Das ist dein Talent.«

Maikes Gesicht glühte geradezu. Sie und Kaplan hatten die ganze Nacht in aller Ruhe über die Situation gesprochen, wollten sich mit allem Zeit lassen, einen Schritt nach dem anderen gehen, um die Würde seiner Frau zu erhalten und dennoch einander nicht zu verlieren. Zur Krönung ihrer Zukunftspläne und vielleicht auch ein wenig aus Übermut ließen sich die beiden auf der Kirmes ein Tattoo stechen. Sie öffnete ihre Bluse, und ich sah auf einem geröteten, angeschwollenen Stück Haut einen schwarzen Schriftzug, den ich nicht entziffern konnte. Sie zog mich ins Bad vor den Spiegel. Neben ihr stehend las ich: »Was hinter und vor uns liegt, ist nichts verglichen mit dem, was in uns liegt.«

Es sollte in Spiegelschrift sein, damit sie es jeden Morgen als Erstes im Bad lesen konnte.

»Siegurt ist tot, und ich werde ihn immer vermissen. Aber ich lebe, und das ist auch ein Auftrag. Das Leben gefühlt halb tot zu verbringen, ist gegen die Schöpfung. Ich will wieder lieben.«

Ich nahm sie in meine Arme und fragte mich, wie viele Sprüche dieser Art ich noch verkraftete, als es wieder an der Tür klopfte. Frau Hurter bat darum, ihr in den Mannschaftsraum auf dem untersten Deck zu folgen. Kommissar Golt habe etwas mitzuteilen. Nur ungern ließ ich die angebrochene Tüte gebrannter Mandeln zurück, man wusste ja nie, was auf einen zukam in diesen Tagen. Schnell nahm ich noch ein paar als Wegzehrung in den Mund. H. H. ging voran und führte uns an der Rezeption entlang durch den gläsernen Gang am Restaurant vorbei. Ich sah hinaus durch die bodentiefen Fenster auf die Drehbrücke und sah dort einen Mann, der über dem Geländer hing. Mein Herz fühlte sich an, als würde es jemand in seine Hand nehmen und kühl zudrücken. Genau an dieser Stelle hatte ich noch vor drei Tagen gestanden und überlegt, ins Wasser zu gehen, um diesen schmerzenden Gefühlen in mir zu entkommen, die sich wie eine ätzende Säure durch meine Organe zogen. Ich fühlte mich so verlassen und unnütz, spürte jetzt noch die Kühle des Geländers in meinen Händen bei dem Gedanken daran. Vielleicht ging es dem Mann dort genauso. Ich blieb stehen. Maike drehte sich zu mir um. »Was ist?«

Ich zeigte auf den Mann am Brückengeländer. Unfähig, etwas zu sagen. Das Blut in meinen Adern stand still. Ich konnte mich nicht mehr bewegen. Dabei wollte ich loslaufen, den Mann bei den Beinen packen, ihn trösten, ihm sagen, dass es für alles eine Lösung gab und dass dieses grausame Gefühl von Verlassenheit aufhören konnte. Dass Schmerzen vergingen und man irgendwann wieder klar sehen konnte, sogar die Chancen des Lebens neu erkannte. Auch wenn man sich das alles gerade nicht vorstellen konnte.

Maike rief Frau Hurter hinterher, die uns bereits einige Meter voraus war, und deutete auf die Brücke. Die verstand sofort, nahm ihr Funkgerät aus der Tasche und beorderte zwei Matrosen mit Rettungsring auf die Hafenbrücke wegen möglicher Suizidgefahr. Erst jetzt löste sich eine Bremse in mir, und ich rannte zu der Schiebetür, die Eisentreppe hoch, über das Deck und den Steg, entlang des Schiffs, dann rechts ab zur Brücke. Vor mir lief ein Herr mit festem Schritt, aber keineswegs in Eile. Als er bei dem Selbstmordgefährdeten ankam, tippte er ihm auf den Rücken und bat ihn, die Brücke zu verlassen, sie würde sich gleich öffnen. Dies sei eine Drehbrücke, falls er es noch nicht wüsste. So konnte man doch einem

Menschen nicht einen solchen Schritt ausreden! Würde ich es besser können? Ich musste es versuchen. Langsam und mit stolperndem Herzen näherte ich mich ihm, als der andere Mann rief, wir sollten beide die Brücke sofort verlassen. Ich sah, wie er eine große Handkurbel an einer der Seitenwände ansetzte. Mit ihr fuhr er offenbar die Übergangsbleche an den Rändern zur Straße hoch. Ich sah, wie sie sich aufrichteten, und hörte einen Klingelton. Vorsichtig näherte ich mich dem Fremden, strich ihm zart über den Rücken und sagte: »Hallo, ich bin hier, um zu helfen. Tun Sie nichts, was Sie bereuen könnten. Ich werde für Sie da sein, ganz gleich, was passiert ist. Ich weiß, wie es jetzt in Ihnen aussieht. Ich stand hier selbst noch vor drei Tagen. In solch einem Moment will man nur, dass der Schmerz aufhört. Wir wollen nicht unser ganzes Leben beenden, nur den Schmerz. Wir wollen nicht *kein* Leben. Wir wollen ein anderes Leben. Das geht nur, wenn wir unser jetziges nicht wegwerfen. Wir wollen eigentlich unseren Schmerz beenden, nicht das Leben. Wir können es nur gerade nicht voneinander trennen.«

Der Mann richtete sich auf und sah mich verwundert an. Erst jetzt erkannte ich ihn. Es war der Saunaboy. Instinktiv trat ich einen Schritt zurück. Eigentlich hatte ich Angst vor diesem Scheusal von Mann. In diesem Augenblick jedoch hatte ich auch Angst um ihn. Ein verwirrendes Gefühl.

»Was wollen Sie von mir?«, fragte er und klang, als hätte ich ihm einen unsittlichen Antrag gemacht. »Lassen Sie mich einfach in Ruhe, kapiert?«

»Wir müssen die Brücke verlassen, sie öffnet sich«, erklärte ich und tat so, als hätte ich sonst nichts gesagt.

»Was?«

Hinter ihm, am anderen Ende der Brücke, sah ich, wie sich die weiß-roten Sicherheitsschlagbäume, die gerade noch wie Fahnenmasten aufrecht standen, langsam herabsenkten. Ich zog an der Bomberjacke, die der Saunaboy trug, um ihn dazu zu bewegen, die Brücke zu verlassen, auch wenn er sich heftig dagegen wehrte.

»Umbringen können Sie sich immer noch, das läuft Ihnen nicht weg!« Mit meiner verblüffenden Logik erschlug ich mich fast selbst.

Nun erkannte auch er, dass sich die Schlagbäume senkten, und rannte so schnell zurück zur Straße in Richtung Schiff, dass ich kaum mitkam. Ich hörte ein Rumpeln, die Schlagbäume kamen in die Horizontale, und schon löste sich die Brücke von der Straße. Sie schob sich links von uns zur Seite. Passanten und Passagiere der »River Diamond« stellten sich neben uns, um das Schauspiel zu beobachten beziehungsweise auf ihre Handys zu bannen. An uns vorbei schob sich ein Schild, das am Geländer befestigt war. Es zeigte ein rotes Quadrat mit zwei schwarzen Ecken, die nach innen zeigten, rechts und links vom Quadrat zeigten zwei Ecken nach außen, daneben stand jeweils die Zahl 12. Ich hatte das Schild schon oft gesehen, wenn ich auf meinem Lieblingssofa in der Lounge saß, und nahm an, es zeigte der Schifffahrt an, wie viel Meter Platz die Brücke zum Durchfahren ließ. Jetzt aber prangte in der Mitte des Quadrats ein lila Herz, das auf den Kopf gestellt war. Daneben hing das Liebesschloss, auch in leuchtendem Lila, welches er mit dem Bolzenschneider von der Hohenzollernbrücke, der übernächsten Brücke von hier aus gesehen, entfernt hatte.

»Was für eine Scheiße, jetzt kann sie es nicht mehr sehen!«, rief er entnervt und ich nahm an, er sprach von

Tina, die er mit diesem Herzen beeindrucken und zurückgewinnen wollte. Er war eben ein Mann der großen Gesten.

»Ich mache ein Foto davon mit meinem Handy! Das zeigen Sie ihr.«

»Das ist doch nicht dasselbe«, tat er mein Angebot ab.

Zwei Matrosen mit Rettungsring, Frau Hurter und Kapitän Krappmann stellten sich neben uns.

»Alles in Ordnung?«, fragte der und sah mich dabei an. Ich nickte, zeigte auf das Schild. Er lächelte, gab dann in geschäftsmäßigem Ton Order, sich im Mannschaftsraum einzufinden. Dort würde Golt schon auf uns warten. Wie auf Kommando drehten wir uns alle um und liefen zum Schiff. Es fehlte nur noch der Gleichschritt und so etwas wie ein: »Aye, aye, Käpt'n!« mit angedeutetem Tippen an die Stirn.

Der Saunaboy trug eine Spraydose bei sich.

»Sie wissen schon, dass Sie öffentliches Eigentum beschädigt haben?«, meinte Krappmann und zeigte auf die Farbdose. Der Saunaboy zuckte mit den Schultern, ihm hätte hier niemand was zu sagen.

»Ich zumindest nicht«, erwiderte Krappmann, »das beginnt erst wieder an Bord. Bitte nach Ihnen.«

Wie erreichten den kleinen Aluminiumsteg und überquerten das Deck, gingen die Treppe hinunter und dann durch jene Tür hinter der Bar, die ich von der Maschinenraumführung her kannte. Hier befand sich der schmale Gang mit Treppe, den nur das Personal benutzte. Im untersten Deck stand die Tür zur Küche offen, aus der man laute Musik hörte. Enni und Ladislaus standen dort hinter einem Herd und kochten. Es roch nach Pasta und Sekt, den sie gerade tranken. Frau Hurter ermahnte Lausi, an die Arbeitsschutzbestimmungen zu denken. Er denke unentwegt, rief er zurück. Ich warf einen Blick in diese Großküche. Töpfe, Schränke, Anrichten, Arbeitsplatten, hier war alles aus Edelstahl. Von der Decke hingen Schöpfkellen in allen Größen, darunter meterhohe Stapel von Tellern. Unsere neuen Hilfsköche banden sich ihre großen weißen Schürzen ab und verließen diese Orgie in Edelstahl, um uns in den Aufenthaltsraum zu folgen. Nur widerwillig zog Enni ihren Topf vom Herd. So würde das Essen nie was, maulte sie.

Die übernächste Tür stand ebenfalls offen und führte in einen Aufenthaltsraum mit Tischen und Stühlen, an der Rückwand stand ein Kaffeeautomat, daneben Muffins unter einer Plastikabdeckung. Hier schaute man aus rechteckigen Fenstern direkt auf das Rheinwasser und befand sich mit zwei Enten auf Augenhöhe. An einem der Tische saßen Golt, außerdem Adi, Johannes Krappmann, Lorena, Britt-Marie mit rotgeweinten Augen, daneben ihr Anwalt, Tina sowie ihr Saunaboy, Herr Drotze. Golt biss seelenruhig in ein *Rheingestein*, bat dann alle mit vollem Mund, sich zu setzen und Ruhe zu bewahren. Mir zitterten die Hände und was sonst an mir nicht niet- und nagelfest war. Von Ruhe konnte in meinem Fall keine Rede sein. Adis Blick versuchte ich mit einem Lächeln zu erwidern, was mir schwerfiel.

Als erste und gute Nachricht verkündete Golt, dass unsere Kleidung zurück aus der gerichtsmedizinischen Untersuchung und auf dem Weg zum Schiff sei, darauf hätten einige von uns sicher sehnsüchtig gewartet. Er bedankte sich dafür, dass die meisten von uns in dieser Sache so gut kooperiert hatten. Selbstverständlich war er sich darüber im Klaren, was es mit uns machte. Gerade deshalb hätte er sich zu diesem Schritt entschieden. Er hatte sich davon erhofft, uns zum einen Bewegungsfreiheit zu nehmen, um besser beobachten zu können. Es sollte uns aber auch ein Stück weit nackt und angreifbar machen. Dies war Teil seiner Ermittlungsstrategie und zugegebenermaßen nicht jedermanns Sache. Nun wollte er uns aber nicht länger auf die Folter spannen und seine aktuellen Erkenntnisse zum Ableben des Gunnar Behorn vortragen.

Es handelte sich seiner Meinung nach um das Zusammentreffen von Umständen, zu denen einige von uns, gewollt oder ungewollt, beigetragen hatten.

Ennis Tochter Lorena setzte eine Kette von tödlich endenden Ereignissen in Gang, indem sie einen speziellen Gruß aus der Küche für Herrn Behorn in Auftrag gab. Um ihm eins auszuwischen, wie sie es nannte. Auf einer der vorhergehenden Schiffstouren hatte er einige Liebesnächte mit ihr verbracht, sich bald danach jedoch von ihr abgewandt. Ihr Gruß aus der Küche hatte es in sich, denn er enthielt eine *Habanero*, die zu den schärfsten Chilisorten der Welt gehörte. Sie konnten die Körpertemperatur, den Blutdruck und die Herzfrequenz eines Menschen steigern, waren also je nach Dosis nicht ganz ungefährlich. Lorena ahnte nicht, dass Behorn unter zu hohem Blutdruck litt und deswegen von einem Arzt medikamentös behandelt werden musste. Sie wollte ihn lediglich ärgern, aber sein Blutdruck musste unter diesen Umständen förmlich explodiert sein.

Enni Flichs bot ihm Haschkekse an, die er aß. Dazu trank er reichlich Alkohol und, um das Maß voll zu machen, nahm er noch ein potenzsteigerndes Mittel ein. Die entsprechenden Substanzen wurden alle in seinem Blut nachgewiesen.

Vor zwei Tagen, Gründonnerstagabend, verabredete sich Herr Behorn nacheinander mit vier Passagierinnen am hinteren Unterdeck dieses Schiffes. Um 19 Uhr mit mir, um 19.30 Uhr mit Frau Britt-Marie Schmied, um 20 Uhr mit Frau Maike Freisin und eine Stunde später mit Frau Enni Flichs. Die letzten beiden Damen trafen ihn am vereinbarten Ort nicht mehr an. Mich dagegen fing er auf dem Weg dorthin ab, um mich auf seine Kabine zu lotsen. Dort verabreichte er mir höchstwahrscheinlich Rohypnol, sogenannte K.-o.-Tropfen, die sich auf das Erinnerungsvermögen auswirken. In Verbindung mit Alkohol konnten sich die betäubenden Wirkungen gegenseitig verstärken. Offenkundig wurden die Tropfen in Sekt verabreicht, denn in einem der Gläser aus Behorns Kabine befanden sich noch Reste dieser Substanz, ebenso wie in meinem Blut. Darüber, warum er sie mir verabreichte, konnte man nur spekulieren. Vielleicht hatte er sich überbucht und konnte seine Treffen nicht ausreichend einhalten, vielleicht wollte er sich damit zusätzliche Zeit verschaffen, ohne eine der Verabredungen absagen zu müssen. Wahrscheinlich kam er in Zeitnot, denn das Date mit Britt-Marie Schmied vereinbarte er erst kurz vorher.

Inzwischen konnte Golt auch erklären, wie mein Seidentuch an den Tatort kam. Nach Lorenas Verhaftung nahm der Bordmusiker Joscha es bei einem seiner Versorgungsbesuche auf unserer Kabine mit. Es hing zu diesem Zeitpunkt an der Garderobe, gleich neben der Tür. Das Team der kriminaltechnischen Untersuchung hatte es dort offensichtlich übersehen und nicht mitgenommen. Joscha platzierte es auf dem Zwischendeck, um den Verdacht von Lorena abzulenken, wie er gerade erst gestanden hatte. Er machte sich Hoffnungen auf eine gemeinsame Zukunft mit ihr, die junge Frau erwartete ein Kind.

Gunnar Behorn stieß am Tatort etwa um 19.20 Uhr auf die Herren Johannes Krappmann und Ladislaus Stapetke. Die wollten ihm nahelegen, das Schiff so schnell wie möglich zu verlassen. Allerdings im nächsten Hafen, nicht über den Wasserweg. Er sollte sein Treiben auf der »River Diamond« beenden. Zum einen, weil es sich bereits herumsprach und den Ruf der Reederei beschädigte. Aber auch aus Solidarität zu Behorns Exfrau Heike Hurter. Es kam zu Handgreiflichkeiten, die jedoch ohne größere Verletzungen vonstattengingen. Kurz darauf versuchte Adrian Weißenberg, sich unerlaubt Zutritt auf die »River Diamond« zu verschaffen, nachdem er von der »Happy Days« aus, die sein Freund Harry Weins steuerte, Herrn Behorn und mich bei intimen Handlungen beobachtet hatte. In diesem Fall bei einem Kuss. Auch zwischen den Herren Weißenberg und Behorn kam es zu einem kurzen Schlagabtausch verletzter Gefühle und handgreiflicher Gesten. Fast mussten sich Adrian Weißenberg und Britt-Marie Schmied noch begegnet sein. Denn kurz nach seinem halsbrecherischen Abgang zurück auf die »Happy Days«, bei dem Gunnar Behorn noch behilflich war, erschien sie dort gegen 19.30 Uhr. Als sich Herr Behorn ihr auf dem Unterdeck nähern wollte, wies sie ihn wild um sich schlagend zurück und drückte ihn dabei über Bord.

Obwohl er von den Matrosen eines vorbeifahrenden Lastschiffes lebend gerettet und an Bord gebracht werden konnte, hielt er den Sturz ins kalte Wasser und den dadurch erlittenen Schock sowie die mühsame Rettungsaktion aus dem Wasser nicht durch. Sein Herz hörte auf zu schlagen.

Die Besatzung begann sofort mit Wiederbelebungsmaßnahmen und forderte unverzüglich den Notarzt an, der von der Wasserschutzpolizei gebracht wurde. Leider blieben auch die Reanimationsversuche des Arztes erfolglos. Behorn starb an Bord des Lastschiffes.

Insofern kam nach Golts Auffassung Gunnar Behorns Tod durch eine Verkettung ungünstiger Umstände zustande. Frau Britt-Marie Schmied traf auf einen bereits geschwächten Mann. Als sie sich seiner Annäherungsversuche erwehrte, war es nicht mehr schwer, ihn über Bord zu drücken. Auch wenn dies als eine Notwehrhandlung bewertet werden konnte, musste sie sich wegen unterlassener Hilfeleistung verantworten. Allerdings fanden sich auch in ihrem Blut Spuren von Marihuana und Alkohol. Ob sich dies strafmildernd auswirkte, blieb jedoch der Bewertung eines Richters überlassen. Sie ahnte offenbar nicht, mit welcher Gefahr es verbunden war, in den Rhein zu fallen, sondern ging davon aus, das rettende Ufer sei nicht weit. Dies abschließend zu bewerten, sei nicht Golts Aufgabe.

Die Einzige, die sich auf keine Verabredung am Unterdeck eingelassen hatte, war Tina Plöhn. Auch ihr hatte Behorn sein Standardgedicht überreicht mit dem Vorschlag für ein Treffen. Sie blieb jedoch standhaft. Auch wenn ihr Lebenspartner, Herr Drotze, offensichtlich Schwierigkeiten hatte, dies zu glauben. Die Tatortanalyse erbrachte keinerlei Hinweise auf ihre Gegenwart auf dem Unterdeck. Herr Drotze war zwischenzeitlich in der Kölner Innenstadt unterwegs, wo er sich einen Sportbogen kaufte, um ihn seiner Partnerin zum anstehenden Geburtstag zu schenken.

Frau Heike Hurter war gegen 19 Uhr kurz auf dem Unterdeck, bevor Herr Behorn eintraf. Sie war nicht mit ihm verabredet, befürchtete jedoch, ihn dort mit anderen Frauen zu erwischen.

»Insofern, meine Damen und Herren, muss sich Herr Behorn überwiegend selbst zuschreiben, dass er diese Kreuzfahrt nicht überlebt hat. Er war ein Übeltäter, mit der Betonung auf Täter. Frau Schmied kommt jetzt im Anschluss mit mir aufs Revier, der Rest von Ihnen kann sich wieder frei bewegen. Ob innerhalb Kölns oder bis Australien, sei Ihnen überlassen. Ich bedanke mich für Ihre Zusammenarbeit und wünsche gute Erholung auf diesem oder einem anderen Schiff oder wohin Sie Ihre Wege führen.«

Es wurde still im Raum. Man würde also nie erfahren, wozu es zwischen diesem Berufsgigolo und mir letztlich gekommen war. Es würde für immer eine Verwirrung stiftende Lücke in meiner Erinnerung bleiben.

Enni und Ladislaus rührten sich als Erste. Sie wollten zurück in die Küche, der Wein verkoche sonst. Maike schloss sich ihnen an. Dann ging Golt mit Britt-Marie samt Anwalt. Frau Hurter stand auf und flüsterte mir ins Ohr: »Mit Ihnen wollte er wahrscheinlich aufwachen. Glauben Sie mir, bei ihm will das was heißen. Davor schreckte er meist zurück. Deshalb die Treffen auf dem Unterdeck.«

Sie schnäuzte sich die Nase, verließ leise den Raum und ließ mich mit diesem zweifelhaften Kompliment zurück.

Krappmann sah zu mir, aber ich wich seinem Blick aus. So wie auch Adis. Stattdessen rieb ich mir die Augen und spürte eine erschöpfte Leere in mir. Wie damals nach dem Abitur, als ich nicht, wie erwartet, vor Freude in die Luft sprang, sondern mich nur von einer Last befreit fühlte und mich fragte, was ich mit der neu gewonnenen Freiheit anfangen sollte. Genau diese Frage stellte sich mir jetzt wieder.

Golt ging mir durch den Kopf, sein Camper, die Gelato-Pommes-Therapie, seine Art zu leben.

In meiner Hosentasche trug ich den Schlüssel der »Happy Days«. Dort würde ich mitten in der Stadt wohnen. Hätte Krappmann zum Nachbarn. Eine verführerische Vorstellung. So frei. So neu. Das alte Haus in Rodenkirchen. Adis schwerer Kopf und lautes Schnarchen allabendlich an meiner Schulter. Er tippte jetzt an meinen Oberarm, hielt mir sein Handy hin. Darauf standen Nachrichten von Flori. Demzufolge war sie vor einer Stunde am Köln-Bonner Flughafen gelandet und auf dem Weg zum Deutzer Hafen. Wie lange brauchte man an einem Samstag von dort bis hier? Die Leere in mir wich einer Explosion der Freude. Plötzlich sah ich die Welt wieder in Farbe. In mir läuteten Jingle Bells, Weihnachten und Ostern fielen auf einen Tag, auf heute. Mein Stuhl flog nach hinten, als ich hektisch aufstand. Ich musste raus aus diesem Untergeschoss und an Deck ins Freie. Ich rannte die Treppe hoch zur Rezeption, nahm je zwei Stufen auf einmal bis zur Schiebetür, die ging mir viel zu langsam auf, dann hastete ich hoch auf den Kunstrasen bis ran an die Reling.

Auf dem kleinen Asphaltweg stand meine Flori neben ihrem Seesack. Endlich konnte es Frühling werden. Ich nahm sie in den Arm, drückte sie, lachte, weinte, strich ihr übers Haar und küsste sie. Der Himmel riss in mir auf. Sie hatte nur eine Grippe gehabt und konnte ein Rückflugticket buchen, weil ich heimlich nach ihrem Abflug ihr Konto aufgefüllt hatte. So waren wir Mütter eben. Ich hatte es längst vergessen.

Adi kam schwer atmend angelaufen, umarmte Flori und nahm dann meine Hand.

»Komm mit uns nach Hause, Linda. Du hast doch gehört, was der Kommissar gesagt hat. Du bist frei.«

Wie recht er hatte. Mit einem tiefen Atemzug schaute ich hoch in einen nach langer Zeit mal wieder wolkenlosen Himmel.

»Deshalb bin ich so frei, morgen an Bord der ›River Fantasy‹ meine versäumte Rhein-Reise nachzuholen.«

Ich drehte den Korkball an meinem Bootsschlüssel in der Hosentasche hin und her. »Danach, meine Lieben, lerne ich klettern und stürze mich kopfüber in mein neues Leben.«